"一带一路"国家当代文学精品译库
主 编 郑体武

西南欧与北欧系列

范妮·欧文
Fanny Owen

[葡萄牙] 阿古丝蒂娜·贝萨·路易斯 / 著
徐亦行 麦 然 / 译

上海外语教育出版社
SHANGHAI FOREIGN LANGUAGE EDUCATION PRESS
www.sflep.com

图书在版编目(CIP)数据

范妮·欧文/(葡)阿古丝蒂娜·贝萨·路易斯著;徐亦行,麦然译.—上海:上海外语教育出版社,2021
("一带一路"国家当代文学精品译库/郑体武主编)
ISBN 978-7-5446-6778-4

Ⅰ.①范… Ⅱ.①阿…②徐…③麦… Ⅲ.①中篇小说—葡萄牙—现代 Ⅳ.①I552.45

中国版本图书馆CIP数据核字(2021)第055464号

© Agustina Bessa-Luís and Relógio D'Água Editores,1979.
This Chinese translation edition published by arrangement with Relógio D'Água Editores, Lda.
Licensed for sale in the People's Republic of China.

本书由葡萄牙水钟出版社授权上海外语教育出版社有限公司出版。
仅供在中华人民共和国境内销售。

图字:09 – 2020 – 184

出版发行:**上海外语教育出版社**
　　　　　(上海外国语大学内) 邮编:200083
电　　话:021-65425300(总机)
电子邮箱:bookinfo@sflep.com.cn
网　　址:http://www.sflep.com
责任编辑:石东利

印　　刷:上海中华商务联合印刷有限公司
开　　本:890×1240　1/32　印张 7　字数 173千字
版　　次:2021年7月第1版　2021年7月第1次印刷

书　　号:ISBN 978-7-5446-6778-4
定　　价:40.00 元

本版图书如有印装质量问题,可向本社调换
质量服务热线:4008-213-263　电子邮箱:editorial@sflep.com

"一带一路"国家当代文学精品译库

顾　问：
姜　锋　上海外国语大学
李岩松　上海外国语大学

主　编：
郑体武　上海外国语大学

编委会（以姓氏拼音为序）：
陈众议　中国社会科学院外国文学研究所
高　兴　《世界文学》杂志
刘文飞　首都师范大学
宋炳辉　上海外国语大学
吴晓都　中国社会科学院外国文学研究所
张和龙　上海外国语大学
郑体武　上海外国语大学
周　敏　上海外国语大学

总序

自习近平主席2013年访问哈萨克斯坦和印度尼西亚时提出共同建设"丝绸之路经济带"与"21世纪海上丝绸之路"(简称"一带一路")以来,这一倡议日益得到国际社会的广泛理解和支持,也得到了越来越多国家的积极响应。到目前为止,中国已经与100多个国家和国际组织签署了共建合作文件,各个领域都取得了重大进展和积极成果,极大地促进了我国和相关国家之间的政治、经济、文化的交流与合作。

"一带一路"的建设,势必会促进国家之间的人文交流与合作,同时,国家之间的政治经济交流与合作也需要人文交流作基础和后盾。也就是说,在"一带一路"的建设中,人文交流举足轻重,不可或缺。常言道,国之交在于民相亲,民相亲在于心相通。文学是心灵的窗口,是民族性格、文化传统乃至国家精神的生动写照,一个民族和一个国家的历史经验和现实关切,总是会在相当程度上,以艺术的方式，通过重大事件的书写和日常生活的描绘，具体而微地在文学作品中得到反映。因此，要了解一个人、一个民族、一个国家的精神世界，走进其心灵，最好的途径莫过于文学。必须承认，同经贸合作的突飞猛进相比，我们与"一带一路"沿线国家的人文交往还明显落后，而对其中许多国家的文学，我们更是要么所知甚少，要么一无所知。这个空白亟待弥补。

正是本着"民相亲，心相通"的宗旨，同时也是为我国外国文学知识体系中的盲点和薄弱环节提供新知，我们策划、组织翻译出版了这套《"一带一路"国家当代文学精品译库》。

本《译库》根据语言文化和地缘因素，将"一带一路"沿线国家分成若干区域，并以此区域为基础，形成相应的若干系列，如"中亚与高加索系列""斯拉夫东欧系列""中东阿拉伯系列""西南欧与北欧系列""东南亚与南亚系列"等。关于入选作品，原则上每个国家限选一部，要求是近二十年出版的新作，题材上反映当代生活，体裁上以小说尤其是长篇小说为主，艺术上有较高水准，在该国有一定的代表性。

由于"一带一路"沿线涉及的国家和区域众多，语言和文化具有多样性和复杂性，而我们对其中大多数国家的文学缺乏了解，再加上作品甄选、版权谈判乃至译者物色颇费周折，使得本《译库》在组织翻译出版过程中，遇到的困难远超预想，缺点和遗憾也在所难免，诚望业内专家和广大读者提出批评和建议，以便我们在后续工作中不断改进。

本《译库》得到上海外国语大学重大课题立项和上海外语教育出版社重点图书出版支持，在此一并致以诚挚谢意。

郑体武

2019 年 7 月 22 日

巨匠成双

　　读者切勿仅仅因为阿古丝蒂娜愿意提笔作序，就认为这能使阅读更加轻松。看起来，序言似乎只是一些技巧内幕，表明作品有些过于客观。在某种程度上，它想告诉我们："这本书的原材料与你们一样，同属外部的真实世界，故而你们能目睹其所呈现出来的样貌。"在我们面前，能看到一扇半开半掩的门。但这其实是"视觉陷阱"，并不存在真实的通道，可以穿越此门。像阿古丝蒂娜的所有作品一样，这部小说筑起坚不可摧而又抖动摇晃的壁垒，令人眼花缭乱、神魂颠倒、心驰神往，却又毫不留情地使人陷入忧伤。如果有序言，序言也会误导。它只会预告一部分毫无意义的事实，别无其他。阿古丝蒂娜不是一位迁就读者的作家，但她是受过良好教育的女士，这体现在她的知识诚信上："这本书有这样那样的出处，但构思的理念并非出自我，它是构建出来的。"有人建议她走这条路，请她为相关主题的电影编写对白。我们都觉得，这部电影一定是《弗朗西斯卡》。但是曼努埃尔·德·奥利维拉有一次接受采访时表示:"我们根本就没有事先说好。我看了这本书,为它所吸引,因为要把《范妮·欧文》拍成电影的想法很早就在我的脑中形成了。"我们会被绊倒吗?我们会有撞到"视觉陷阱"而受伤的风险吗?一点儿也不会。这些都是无关紧要的事情,都只是告诉我们,即使一部深奥的作品让我们如沐春风,我们也永远无法进入作品的最深处。我们享受的这项特权,就是让我们坐在花园里,聆听家务劳作的敲打声,并像之前抓住感觉那样,抓住一些气氛,并从中获益良多。

明知不可能却极力为之辩护,这种引言无法让人愉快。关于这部作品,即便没有鞭辟入里的理解,也有许多可以谈论的东西。有历史文献、报告、证词、虚构文本,甚至还有两部戏剧可供参考,不胜枚举。范妮·欧文是一位英国上校的女儿,上校生于威尔士,戎马一生。他写过《围攻波尔图》(葡萄牙内战的历史),劳尔·布兰当为之后出版的葡萄牙语版写了序言,作了批注。上校与富有的寡妇玛丽娅·丽塔·罗莎·平托结婚,她曾是巴西皇室卡尔洛塔·若娅奇娜的宫廷随驾夫人之一。他们冬天住在波尔图,夏天则移居到帕莱索镇的爱丽丝庄园。他们有四个孩子,玛丽娅·丽塔——大家都叫她玛丽娅、范妮和两个男孩。最年长的休格为了获得佩罗帕里亚的男爵爵位不惜血本。在之后那些引起我们关注的事件发生的时候,欧文上校已经离开家庭,回到了英国。

若泽·奥古斯托·平托·德·马加良斯是富有的长子继承人,体弱多病,矫揉造作,还是个蹩脚的诗人,比起其他的北方人,他更加英国化一些,但和他们一样,浸淫于痛苦中无法自拔,这是一种来自外部的文化风尚,却在传播的过程中走了样,失去了原本崇高的意义。

客观地数下来,卡米洛在这部作品中算三号主人公。

至于发生了什么,我们只知道若泽·奥古斯托是帕莱索家中的常客，卡米洛亦然。报纸上报道了一起私奔事件，据推断，是范妮被一位长子继承人诱拐了。此后一篇简短的文章透露，事件的两位主人公于1853年9月5日结婚，双方均未到场，而是由代理人代为出席。1854年8月3日，范妮死于结核病。一个月之后，若泽·奥古斯托在里斯本去世。死亡证明上记录的死因是胃肠炎。

一时间，波尔图流言四起，关于私奔的丑闻甚嚣尘上，传言还称卡米洛·卡斯特洛·布兰科这个黑缪斯为此奠定了基调。资产阶级分子都将卡米洛视为眼中钉，而卡米洛也终其一生为他们的憎恨提供了充分的理由。这次事件发生时，他是个傲慢自负、丑陋不堪、夸张做作、目空一切的青年，为报纸撰稿，还是个糟糕的诗人，正处于一场惹人注目的神秘主义危机之中。据记载——现在这些资料已无处可寻——若泽·奥古斯托将妻子半囚禁在罗德伊洛的家中，远离一切，以此报复她在两人互定终身、筹划私奔期间与另一个男人通信。卡米洛准备好了这些信件，装作不经意的样子，让它们辗转到了范妮未来的丈夫手中。整座城市的控诉都落在了卡米洛瘦削狭窄的肩膀上。出于嫉妒，他将那场婚姻搅到万劫不复的地步。若泽·奥古斯托在家中将病态演绎到了极致，限制范妮出行，将她禁锢于孤独与幽闭之中，两人饱受不幸的吞噬，最终双双离世。

这些都是事实，客观而又罕见的真相。它控诉了一出悲剧，却又没有向我们解释这是什么悲剧。虚空具有一种强大的身体力量以及一种强大的情感力量。它将一切都召集到其中心。自然而然地，可能性都会积聚到一起。如果文字堆砌过多，我们可以想象会引起怎样的议论。如果文字没有与相关事实证据的细节完全吻合，让我们想象一下，一个极其干燥、随时准备助燃的社会所滋生的评论会如何在民众间被点燃。南方未经打磨的浪漫主义、大量的素材、休闲消遣以及哲理的缺失，都将伟大的思想浓缩进供人娱乐的袖珍版本。

书中有许多扣人心弦的地方：范妮·欧文的心脏被保存于酒精中，存放在罗德伊洛小教堂里的一个小罐子内，我们甚至有照片为证。她的尸体做了防腐处理，被放在玻璃盖板的棺材里，如此一来，若泽·奥古斯托便能好几个小时连续不断地凝视着她，好几个月，她的尸体就一直被安置在顶楼，直到后来才被转移到她母亲的家族罗莎·平托家的墓地。

在我们所能看到的叙述中，诸多疑问令读者摸不着头脑（比如范妮的心脏经年之后所在何处、状态如何；若泽·奥古斯托是如何、因何而死，是谁为葬礼出资的），然而没有什么能为此事的终结带来很大的干扰。

客观信息的收集到此为止，现在出场的是与文学有一半血缘的姐妹，即为了一项事业或为了一样清白而产生的文学。卡米洛以写作自卫，而他惯常是以写作来攻击的，这是种无法模仿的方式。他将自己代入到理智慎重的角色中，试图劝阻他人不要采取由形势、而非激情所导致的极端行为。是他将范妮的一些信件交到了那位动摇的丈夫手中，目的是为了让他能够平静下来。而到头来，这一行为却将罗德伊洛连同身居其中的人一起抛入了地狱。

卡米洛被指控为"那场私奔事件的制造者、参谋者和协助者"，遭受了来自生者和死者的谴责，饱受折磨。他在范妮的坟墓边低声呢喃着秘密，并在错误的墓地寻找若泽·奥古斯托的坟冢。他知道他有错，只是不知错到何种程度。就此事件，他写下了好几部小说，并希望为此事盖棺定论。小说的主人公是那位朋友，他称之为不幸的人、"有着晦涩灵魂的卑微殉道者"。经那"风暴""文字飓风"之手，一切都变成了作品中的场景和人物，这就是阿古丝蒂娜对卡米洛的看法。如今他想做什么就做什么，想怎么做就怎么做。他是语言的主宰者，是诠释的主宰者。

伟人一旦经过卡米洛的妙笔，都要被编排入最为离奇的情节。大家都很好奇，那些巨著的作家是如何进入那样的虚空之中，然后又保持着原来的样貌，几乎没有更多的变化，再从虚空中出来的。对范妮颇感兴趣的劳尔·布兰当曾这么写道："她总是以化为泡影的春天形象常驻于卡米洛的作品中。"特谢拉·德·帕斯科艾斯认为她"被卡米洛抛弃了"，他说，卡米洛爱范妮入骨，无人能及，但那份爱如同对天使的爱。而阿奇利诺则称若泽·奥古斯托为"蠢货"，他认为性无能是导致范妮和若泽·奥古斯托之间婚姻不圆满的最不可能、也最有可能的诱因。几封信件的出现只是及时地为两人的疏远提供了理由。

曼努埃拉·德·阿泽维多写了第一部关于这个主题的戏剧剧本。剧中未能明确表达的内容处理得非常出色。而毫无疑问，作者告知大家，电影是最适合这个剧本的载体。该作品于 1957 年上演，这与《弗朗西斯卡》的上映间隔了很多年。

曼努艾尔·德·奥利维拉将电影演绎成了一个爱情故事，而阿古丝蒂娜却宣称这不是一个爱情故事。至少，它反映的并非激情，而是男性以及那个世纪的劣根性。

这并不意味着这本书不会激情四射。书内所发生的是一种现象，其力量能使一个大陆沉没，或使一座岛屿从灰烬中复活。书中卡米洛·卡斯特洛·布兰科与阿古丝蒂娜的相遇是不为自然法则所允许的。没错，这种相遇有着极高的风险。如果这种伟大的相遇无法迫使我们保持距离，那么谨慎也会让我们保持距离。

《卡米洛，天才和人物》是阿古丝蒂娜所著的另一本书，该书收集了关于卡米洛以及他身边的人不同体裁的文章。在该书中，阿古丝蒂娜如是写道："当我在写作遇到瓶颈时，我就会求助于卡米洛，他是永远的王者,即便在独眼巨人的土地上依然如此。"然而她求助于这个曾经说过"葡萄牙语,没有比它更伟大的其他文字了。尽管其中不乏浪漫主义、现实主义,还有结构主义流派里招摇撞骗之辈,各种都有"的男人,并非出于顺从或依赖,也并不是因为亲近的关系,而是因为他们发现彼此是孤独的,他们与其他作家的普遍风格相去甚远。无人能够理解他们,无人能踩到那些影子。那是一种不可能测量的怪物,使得人类无法征服他们。显然,他们必须出生在两个不同的时代,因为他们的共存会导致灭顶之灾。即便如此,他们之间的关联仍旧是惊天动地、深入肺腑、兴奋激荡的。可以看到,阿古丝蒂娜是多么崇拜这个男人,她是如何理解他、如何揭开他的伪装、如何像个自家人一样为他性格软弱而动怒的。如果文学中存在着灵魂、风格完美契合的一对人,那就是他们,不会是桑和缪塞,因为后者之间的爱情破坏了这种关系。

阿古丝蒂娜是这样写的:"我们不会虔诚地相信悲剧发生后卡米洛所说的一切。"当然,我们也不会虔诚地相信阿古丝蒂娜所写的一切。完全依据事实来写的是公证员,而天赋则"一定是置于真理之上的"。阿古丝蒂娜在她所写的序言中声称,在她看来,"按照我们的人生经验引入卡米洛·卡斯特洛·布兰科这个人物,而不是以我作为作家的观点来诠释他,这很有必要,而且非常有用"。并且,或许是为了表明清白,她保证书中的对话都是出自卡米洛的书或其他人物真实所写的内容。这或许只是告知一个过程,而非一种意图。然而过程绝不是价廉物劣的东西。当历史小说的作者试图在对话的形式中插入预先存在的篇章,则很少会饰以色彩。对于现今的颜料了如指掌的人绝不会对过去的颜料也了如指掌。"阿古丝蒂娜不会画画,她会编织。"爱杜亚尔多·洛伦索是这么说的。正如在编织地毯的时候,不懂得在哪里起针，在哪里落针，自然也不可能区分那些线的年代和来源。序言中所提到的拼接粘贴在进入阿古丝蒂娜笔下的时候，就失去了面孔。

有人说，这本书是模仿卡米洛风格所作的"仿本"，而阿古丝蒂娜比正版卡米洛更卡米洛。但是，阿古丝蒂娜的文学智慧不是卡米洛的文学智慧，二者并不相同。他们就好比是伟大的相爱相杀的对手。这本书中有诽谤，也有令人神往之处。有那么一种反常，它并不是对社会指令的封锁或冒犯，它的产生是由于为我们通常无法言说的东西找到了表达的词汇。这是伟大的文学的力量，绝不会与讲述故事的虚空浮华混为一谈。这让人们感到自己很多余，因为某种程度上，这里并没有读者的空间。我们和其他看到影子的人一样，但即便如此，还是惊叹于它的伟大。

阿古丝蒂娜将卡米洛塑造成一个自大狂妄、撒谎成性、小气善妒、怨气冲天的"小报撰稿人"。卡米洛在智力上碾压若泽·奥古斯托，后者自诩拜伦主义者，但却连丝毫虚无的浪漫想法都没有。对于此书的一些评论解读暗示了同性恋的倾向，并赞扬了作者的大胆，当然，阿古丝蒂娜对此的反应一如往常，一笑置之。

两人的生活就像他们的穿着，他们经受着浪漫派的精神腐蚀，在其最让人昏昏欲睡的表达方式中，将死亡作为一种吸引注意力的方式。卡米洛时常处于垂死的边缘，以至于他的一位朋友调侃他道："你总是明天就要死去。"若泽·奥古斯托将卡米洛从一场自杀中解救出来，或者至少是和他一样戏剧化。由此而建立起的纽带，与其说是出于血债关系，倒不如说是出于非真实记忆方面的关联。即便与阿古丝蒂娜的论点相左，且仍有秘密尚未解开，但卡米洛·卡斯特洛·布兰科在历史上已经清白地走出了审判。

他们两人经常去欧文一家的避暑庄园，甚至还在附近租了地方。若泽·奥古斯托单独和玛丽娅在花园里散步，不过，玛丽娅是个鲁莽的人。正如若泽·奥古斯托自己所说的那样，他变得日趋英国化，将两性关系正式化。而与其朋友截然相反的是，卡米洛仍旧在舞会上设计着他的恋情，将两性问题交付给诗意而不道破。之后的情节是众所周知的：若泽·奥古斯托否认与玛丽娅私定过终身，他发现自己迷恋上了范妮，并向卡米洛坦白了这一点。先后迷恋上同一个家庭的两个女孩，这种摇摆不定必然不可能被这个家庭接受，于是这位长子继承人选择了私奔，而这方面的专家卡米洛对他进行了劝阻。他的劝阻不是出于诚实，亦非出于谨慎，而是出于失望，出于堕落天使的隐喻。女人失去了翅膀，就变成了失去光泽的东西，如果发光，也只是因为出汗。安娜·普莱西多只会因为她提供的晚餐得到赏识，而并非因为她写的东西。卡米洛鄙视所有的女人。如同某个阶段的柯尔律治一样，他哀叹扫盲的浪潮使女性成了读者，她们读着语言极具迷惑性的小说，并深受荼毒。或许卡米洛对范妮根本就未曾有过渴望，也绝对不会介入她和她的男朋友之间。他们的遭遇就像一幅美丽的图景，供大家欣赏。不幸更多源于笨拙，而非激情带来的巨大痛苦。不管是对于他们在世时相处的关系，还是对于死亡，他都保持着清醒的头脑，却又粗鲁无礼。然而他的所有行为，都不会被视为罪行。

阿古丝蒂娜巧妙地歪曲了事实，将卡米洛的真相作为玩弄的对象，而也只有她有这个能力，有这个意愿，并且知道该如何玩弄这个真相。那些信件在若泽·奥古斯托的胸口上撕开一个可笑的伤口，并导致二人郁郁而终。但她并非是写给卡米洛，而是写给西班牙领事贝尔纳多·罗德里格斯·富恩特斯的儿子的。若泽·罗德里格斯·富恩特斯于1850年同曼努埃尔·德·索萨·卡尔克佳的一个女儿结了婚，曼努埃尔·德·索萨·卡尔克佳是《商报》（即后来的《波尔图商报》）的创始人。范妮和这对夫妇的关系源于儿时的友谊。这也解释了一个奇怪的细节问题，为何富恩特斯会告诉卡米洛那些信在他妻子手上。20世纪，范妮的一个侄女在一次采访中透露，他们家人相信是卡米洛将姑妈写给富恩特斯的信交到了若泽·奥古斯托的手中。

当卡米洛发表那篇文章时，为范妮进行尸检的医生尚未离世，卡米洛对那段婚姻不圆满的原因充满了好奇，而那篇文章则将这份病态、令人反感的好奇心展现得淋漓尽致。那位若泽·若阿金·费雷拉医生别名花花医生，衣领上总是别着一朵花，《在圣山仁慈基督堂》出版的时候他还好好地活着——他去世的时候是1896年。尽管花花医生小心翼翼地为那份隐情保密，尽管他之后与年轻医生里卡多·若热产生分歧时卡米洛对他极尽讽刺挖苦之能事，但他的才能从来没有被否定过。

几年后，卡米洛拿到范妮少了几页的私人日记、若泽·奥古斯托那本出名的绿色日记本——另外还有朋友若泽·奥古斯托用来让他垂死的妻子"转移注意力"的三本拜伦的书——时，卡米洛作了如下备注："这本册子中的几页，根据对其阅读推断，是在他妻子范妮·欧文的尸体上书写的（54年8月4/5日）。波尔图，1865年1月13日。"

而另一条用铅笔写下的注解却留下了对叙述和幸存者有利的重点："这些文件证明了，浪漫主义会给两个脑中无物、满心愚蠢的可怜虫带来怎样的不幸。"

鉴于以上，就让我们见证如此庞大、充满能量的巨人之争吧，而事实如果想要靠近，就会燃成碎纸片。

艾丽娅·科雷亚

序

　　一般来说，我不会为自己的书作序。我明白，对于书籍的推荐，就好像是去圣地亚哥的朝圣者，帽子上要配有贝壳标志，来象征这场发现、见证与自我救赎的最高意义之旅。每一本书都是一次朝圣；无需护照，也无需提示，来显示它的与众不同或保证它能感人至深。可是这本书却有几点需要说明，正因为它是一本送到我面前的小说，创作构思并非来自于我本人。我应邀为一部电影编写对白，电影的主题就是范妮·欧文。为了写对白，我必须了解引发对话的条件及支持它们的故事背景，于是，这本书诞生了，我写下了它。

　　在我看来，按照我们的人生经验引入卡米洛·卡斯特洛·布兰科这个人物，而不是以我作为作家的观点来诠释他，这很有必要，而且非常有用。所以，我采用了拼接粘贴的手法，几乎所有他说的话都是真实的，是他写在小说、发表的文章和用于记录想法的纸头上的。同样，范妮和若泽·奥古斯托的许多话也可以理解为是在他们的生活中,直接从他们本人的口中听到的。一方面,因为这些原话被写在私密日记里,原封不动地保存了下来;另一方面,还因为卡米洛在以他们为原型的书中为他们保留了位置,书中承载着充满感情的回忆,使其触及的那一切都变为了永恒。如此一来,也许这本小说里的一切便不会显得那么语焉不详,小说语焉不详、令人迷惑,这原本就是断章取义带来的后果。

阿古丝蒂娜·贝萨·路易斯

目录

一　长子继承人　/001

二　帕莱索小镇　/068

三　罗德伊洛　/134

一 长子继承人

与蒙德古河和特茹河不同,杜罗河畔可没有歌者引吭高歌。而玛朗山顶那边,也不闻诗琴声和吉他声,惟闻节庆时的钟鸣余音绕梁,绵延不绝。还有鹧鸪猎人命中目标的枪击声,在穆沙加塔和卡绍·达·瓦雷拉那一带回荡。在笼罩着萨布罗索山谷的雪雾间,可以听到游击队的号角声。杜罗河凶猛湍急之状,与葡萄牙的诗情画意格格不入,难以为贝尔纳尔丁派诗人的吟诵注入生气,因为他们总是多愁善感,在水边洗足涤罪。然而,它是一条波澜壮阔的河流,无能出其右者。我曾在扎莫拉见过它,却未能将其认出;据说"杜罗河"这个名字源于河的两岸长满了松树,"杜"即有"木材"之意。但它流入葡萄牙的时候却紧绷着脸,蜿蜒越过巨石,就像一头套着黑皮鞍子的斗牛爬石子路一般,哞哞低吼,喘着粗气。我不相信会有诗人栖身于此;可但丁必定会热爱这里,喜欢这里;就像他钟情于用威尼斯灯火通明的船坞和阿尔勒竞技场敞开的墓穴来描述地狱的景象一样。在这里,里拉琴声轻柔婉转;在饥肠辘辘的刺激下,某些叛逆的力量有时候会跳出来,让卡利俄佩缪斯微颤几下。在爱的蜇刺中,人们只会犯下十四行诗或六合曲的罪过。而史诗却着实罕见,因为缪斯们生性温柔娇羞,而非热情似火。

不过,杜罗河的两岸倒是有一群特殊的当地人,他们晚餐吃的是传统美食鳕鱼煮鸡蛋,一成不变。晚上九点,在煤气灯的金属亮光或双臂烛台的烛光映照下,杜罗河的农场主坐在桌边,这是一位总体来说沉稳持重、平易近人的男士。他有四个女儿、两个儿子,其中一个是长子继承人,身材壮硕,酷爱饮酒;二十岁之前,他就成了孤儿,他把遗产都挥霍在了雷格市酒馆里的下注赌博上,这种执迷不悟若不是上了瘾的恶性循环,便是斯巴达式的英勇无畏。1840年的雷格市带有一丝密苏里州圣路易斯城的气质,只是欧洲人较少。英国人当然是有的,可是到了曼查这边,英国血统就减少了百分之五十。为了讲得更明白一些,我得解释一下。1845年,在拜昂高地和一个叫圣克鲁斯·德·杜罗的地方,住着这么一位长子继承人,他是那群怪异的长子继承人中的一员,他们一般通过引诱某个女裁缝或迎娶一个表妹来完成自己的使命,胡吃海喝并把土地管理得乱七八糟,几乎不出家门就能债台高筑。但是,罗德伊洛庄园的年轻领主若泽·奥古斯托·平托·德·马加良斯却有一个更具毁灭性的特点:写诗。他的父母都过世了,同父异母的兄弟娶了一位出身名门、才情卓越的女子。若泽·奥古斯托并没有将自己局限在梅桑弗里奥和阿马兰特的夜宴中,而是南下到了波尔图,在那里,以锦衣华服堆砌起来的放荡生活远远凌驾于思想理念之上,人们更注重门第传统而非创造革新。那是一种跟其他地方如出一辙的放荡生活。那群浪漫主义者让若泽·奥古斯托感到失望沮丧,在唐璜主义的刺激下,几乎所有人都可以为一份来自帕拉州或新圣若昂路鳕鱼贩子的嫁妆而自我牺牲。若泽·奥古斯托落脚于首府,在那里接受了沙龙的洗礼:换言之,大家都觉得他傻帽老土,而他也无法说服别人自己并非如此。就在那里,若泽·奥古斯托遇到了卡米洛·卡斯特洛·布兰科,一个才华横溢、满脸痘痘、记性极差的青年。记性差对于写小说和亲身体验小说是必不可少的;在生活和小说中,一切都在重复上演。记性太好会令一切以失败告终,因为天赋如果未曾被精神的坚毅所震慑,则无法令人信服,因其意识不到见证衰老的想象力是多么可敬。最终，卡米洛遇到了若泽·奥古斯托，但对他无甚好感。"你好！"他心想，"这类人我是知道的。一个十足的乡下人。"可若泽·奥古斯托并不是这样，就像后来人们所看到的。卡米洛喜欢懂得哭泣的人。在讽刺的虚张声势和鄙视的教条框架之下，有时遇见如此脆弱的灵魂，连老练的魔鬼都不知道该如何应付。卡米洛并不是一个老练的魔鬼；他没学几年外科医学，对法律和神学的涉猎就更少了。跟伏尔泰一样，他与上帝的关系与其说是亲密无间，还不如说是仅限于礼尚往来。只是随着时间的推移，他对怀疑论的无法释怀在一种尴尬的谵妄中改变了，因为他的内心有种不可名状的迷惘；一种悲伤的低烧，来自为积怨而弑杀、为复仇而钟爱的人。

当若泽·奥古斯托对女人表现出彻头彻尾的轻蔑时，他是真诚的。他至少认识一个让他失望的女人，他的母亲。她已经撒手人寰了，正值盛年便离他而去。对于为母之心来说，没有比这更严重的玩忽职守了。当情感的晦涩使命得以巩固，当所有的危险都已被克服、显而易见、昭然若揭之后，母亲的死亡仿佛就是一种无法接受的难堪的事情，而事实也确实如此。一个十八岁的男孩，通达音律，富有文化底蕴与个人魅力，家族之王，习惯于抚养他的女人们的怀抱，和以撒一样，是享有继承权的长子，又如雅各般受尽宠爱，才不会被死亡所蒙骗。对他而言，母亲没有去世，而是抛弃了他。正因为这样，对于种种暗示挑逗和主动献身的情人，他总是情绪愤懑，表现得不置可否。而卡米洛对于这些机会则更为热忱，也许是更为自私，他对若泽·奥古斯托没有好感，可能是因为在他身上预感到了一种内心深处的吸引力，一种不用撒旦天性就没法定义的类型：傲慢。傲慢没有灵魂，但却在万事万物中效而仿之。女人哪怕是在卑躬屈膝、脑子空白或是无精打采的时候，也会自带这种天使与野兽般的傲慢。

事实是，有一天在波尔图，卡米洛又遇到了若泽·奥古斯托。有些会面由所有与理智关联的深思熟虑与百般阻碍来决定，这便是其中的一次。他在同一张咖啡桌旁坐下，两人就诗歌交换了意见。卡米洛写的诗句很糟，但蹩脚的诗人通常都是优秀的评论家，因为妨碍他们灵感的正是不合时宜的正义感。这一次，卡米洛对若泽·奥古斯托的印象有所改观。他觉得他聪明、精力充沛，在那座属于生意人与杂文作家的沉闷城市里，在那杜罗河式的孤独中，出淤泥而不染。波尔图充斥着低俗无聊的青年、肥胖慵懒的资产阶级分子、怪癖的修士和纨绔子弟。在他眼里，那个孤高桀骜、忧伤淡然、对生活及其中的陷阱略显漠然的男孩，在一群为剧院戏子打架斗殴、热衷于喧哗吵闹与旁观资产阶级走向绝望的乌合之众里，显得特立独行。他们成了朋友；甚至会为了刺激情感而故意争风吃醋。一个支持达贝德尔，另一个就支持贝罗妮。达贝德尔是个美女，嗓音肯定也好听。若泽·奥古斯托钟情于她，是因为她没在掌声中让自己显得滑稽可笑。至于其他原因，显然他属于那类业余音乐爱好者，走进剧院的楼座包厢里，双手握拳，托着脸庞，如同滴水嘴兽般一言不发，可哪怕是一个极小的走音，他们也会像轻骑兵分队那样用脚把地板踩得隆隆作响。整座房子都会被震塌下来。杜罗河谷的长子继承人们以精通音律而闻名。有些确实在音乐方面颇有造诣。我的祖父便是其中之一，他叫罗伦索·费雷拉；一个英俊的年轻人，富有冒险精神，不屈不挠；通过出售卡乐斯地产，他得到了一笔英磅，在这笔钱尚未挥霍一空前，他就一直穿着同一套燕尾服和格子长裤，在 1870 年仍旧风行的放荡生活里纸醉金迷。他的继父兼表兄贝尔基奥尔·德·阿尔梅达·卡尔瓦良斯一直给他明智的建议，劝其过过隐士的生活，还在伊拉斯谟的书上给他划了重点，却毫无作用。这群长子继承人都有面对风险丧失理智、却还乐此不疲的毛病。轻易得来的财富无法与荣耀相匹配。若泽·奥古斯托可能就是其中之一。他的文化修养更高，在最为脆弱的矫揉造作之道上愈行愈远。在这样的道路上，不仅会失去生命，还会失去为子孙后代流芳百世的清誉。卡利古拉在这些道路上策马驰骋；角色扮演的快乐使他走向了毁灭。

后来，卡米洛目睹若泽·奥古斯托如何采取一种虚假的姿态，成为他自己所塑造的角色。

1849年11月，卡米洛受若泽·奥古斯托之邀，住在罗德伊洛大宅里。彼时，正值杜罗河的萧瑟时节。葡萄藤枝叶稀疏，葡萄园尚未松土除草。叶片腐烂，失去了它们橘红色的光彩。天下着雨；可以听到仓库里传来压榨机碾轧最后葡萄残渣的呻吟声。在太阳直射的光束下，葡萄籽在被汁水染红的袋子上晾晒着。罗德伊洛的继承人在大厅门前下了马，泥巴粘在他厚实的皮靴子上，溅到了紧腿马裤上。杜罗河谷的屋子都有一个门厅，与门口的院子相连；通常，门厅装有白色漆木天花板，升降式窗户上是厚实的窗板。这些简陋的宅子，起初是为落魄的贵族幽居而建的，后来慢慢增加了玻璃阳台和木隔板卧室，画着神迹的金箔板在里面闪闪发光，这样的宅子在杜罗河谷比比皆是。这些宅子要么就建在葡萄园的平坡上，被颇有些年份的青皮无花果树环绕，夹在光滑石子路上的"民众"之中，孩子们在那里奔跑，胸前斜挂的布条好似步枪的肩带；要么就建在能体现贵族情怀的地方，带有围墙，上面爬着九重葛或其他更为罕见的蔓生植物，比如肉桂树或百香果花[1]。

若泽·奥古斯托就生活在这样一个地方，罗德伊洛庄园。那种宅子散发着以贫穷来彰显尊严的气息，因为两翼居住部分的中间是私

1　原文为 **flor-das-cinco-chagas**，字面意思为有五处伤口的花。百香果花有五个雄蕊，立体层叠的花型就像耶稣受刑的十字架，因此又名受难果。注：书中脚注均为译者所加。

人教堂的大厅。此刻，能听到一支圣曲，在小型管风琴的琴键上被敲击出来。那是卡米洛。应该是无聊激发他奏出甚至可以说是柔和的曲调，或是他的内心因抱负未能得以施展而郁郁不得志，以至于沉溺到了这种毫无禀赋的避世生活和某种因焦躁而走音的旋律里。若泽·奥古斯托笑了，却没有打断他。他就站在教堂门口，前额靠在弯过来的手臂上，好像头晕的样子。他整个人看上去阴郁、疲倦，汗从他的头发根部冒出来，仿佛忍受酷刑的人出的汗。他是一个高个青年，两只眼睛离得太近，所以不怎么好看；尽管竭力掩饰，他还是一副全神贯注、几近无耻的神情，也许是某种恶习、某种痛苦、某种占据了他整个心灵境界的忧虑。他衣着高雅，略带稚拙地穿了一条绿色罗登骑马裤，头戴一顶简陋的小圆帽。他擅长骑马，虽然财富算不上十分雄厚，却习惯于走附庸风雅的路线；他去尚蒂伊看赛马，还计划去巴勒斯坦朝圣。为此，他卖掉了一座葡萄园，并抵押了同一处罗德伊洛庄园的一部分地产。被仆人牵着的马慢速小跑着，引得卡米洛转过身来。

"是你在那儿啊？"他边说边从长凳上跳了下来，在昏暗的教堂里，他带着一种咄咄逼人的神情，精力旺盛到不知道是否会把周遭的墙壁以及小祭坛上的油灯和蓝色罐子震碎。他整个人充满了一种奇异的情绪，几近暴躁。他刚刚才从上一次的自杀企图中死里逃生，是若泽·奥古斯托救了他。不久前的那一幕还萦绕在两人之间。那是一个小房间，里面放着十瓶蔫头蔫脑的花，已经散发出一种烂泥的气味。房间在烟草厂路的一座宫殿里，是《国民报》印刷坊所在地。据说卡米洛爱上了一位贵妇，她成了他不断失望的借口，让他失去巨额遗产、学业中断、加入米格尔派叛乱、陷入利益婚姻、诱拐、因诱拐而入狱、丧偶、颜面尽失以及遭受各种痛苦折磨。1848 年 2 月 14 日，卡米洛在雷亚尔镇遭到十名中士的殴打，因《国民报》上的内容而被狠狠地教训了一顿。在光天化日之下,面对空无一人的商店和紧闭的窗户,他们几乎要了他的命。卡米洛有个坏名声,被人叫做"小报撰稿人";那些人埋伏在那儿,发誓要把他干掉。卡米洛厌倦了这群与精神高贵差之千里的人道貌岸然的阴谋,便在波尔图定居了下来。他可能感到了这座城市的抗拒,比对他的轻视更为甚者,是对他的漠不关心。充满乡村抒情主义情调的小马厩、群山峻岭、记录员以及讽刺诗文写手的生活,全都已结束。在他面前的是新广场上聚集的巴西人、他们珠光宝气的妻子、圣拉扎罗公园里的花花公子和盖查德咖啡馆里的文化人。买一件带黄色纽扣的蓝礼服和一件西班牙式披风,买一条狗,他希望至少能和阿尔西比亚德斯一样出名。可根本没人在乎。他下定决心,出版一本诗集,坠入爱河,参加决斗,所有这一切都让这个资产阶级分子在账单和舞会之间一筹莫展,但也只能默默忍受。他只剩了自杀这条路可走。此时,若泽·奥古斯托出现了。最精彩的悲剧始于一场简单的闹剧。烟草厂路上的那个小房间里,堆着许许多多插着鲜花的花瓶,角落里摆着弗雷德里克式的靴子,看上去酷似那种紧挨着大教堂的住所,房间里有一个漏水的大理石水斗,还有一幅《忏悔的抹大拉的玛丽亚》画像。它既没有圣器室的拱门,也没有牧师穿的长袍、毛巾、沾有墨渍和潦草签名的教区受洗记录这些乱七八糟的仪式用具。祭坛画屏里的画是《耶稣下十字架》,上面满是灰尘,发出难闻的气味,模糊之中透着忧郁。它更像是一个十二岁男孩与十五岁少年用来忏悔的房间,他们忏悔初犯的罪孽,忏悔青葱岁月的激情,就像控诉一般,几乎成了用真诚低颂出来的最早的诗句。此前通过亲戚关系而结识的两个朋友,将会因为被勾起一种独特却显然是不可原谅的感觉而聚到一起:他们俩都不幸福。卡米洛的床头有一些鸦片丸,还有一些钱。靠着这些,他跟那些不太相信他的人和那些过于相信他的人把所有的账都结清了。一贯冷漠不屑的若泽·奥古斯托突然被感动了,可能还哭了。卡米洛喜欢会哭的人。

"我还没死呢。"卡米洛半开玩笑地说。

"抱歉。我不是为你哭泣。我是为了我们的青春。"

"还没结束呢。"

"是我们杜撰出来的。结果都一样。"

"这个世界上,要么一切都是真的,要么根本就没有真的。你说得对,"卡米洛笑着说,"这些花,我假装是为心灵的盛宴准备的,而实际上,它们已经枯萎了。我只是点燃了幻想的火焰。我想象着暴风骤雨,用虚构的情感让自己激动不已。"

"我当然知道。"若泽·奥古斯托说。他在房间里转了一圈,用戴着手套的手指摸了摸书脊。要是一直不停地就这件事情往下说,便会失去意义。所以若泽·奥古斯托谈到了时间,因为花已经被卡米洛说过了。自杀的冲动便到此为止了。友情得到了巩固,更多是出于对彼此秘密的坚守,而非流于言表的声援。第二天,若泽·奥古斯托回来了,但他不是一个人,还带来了一位表兄,莫斯特伊洛某地的贵族农场主,一个单纯的青年,少有的行端坐正的葡萄牙贵族之一。他四肢健硕,内心强大,唯独在面对中伤诽谤时会害怕。十六岁时,曼努埃尔·内格朗是麦克唐纳将军麾下的一名军官,曾追随其至坡乌卡镇战场,在那里,将军遭遇了不测。卡米洛从战争年代起就醉心于麦克唐纳将军的事迹,经常向内格朗询问那次行军的细节,那一次行军以挫败的悲剧告终,一半叛离、另一半又屈从于说不清道不明的战争。内格朗不作回答,或者只透露一丁点儿信息。他一点儿也不喜欢把荣耀作为谈资,把书写的文字作为宣传。此外,他还是个聋子;在马朗露营地度过的一个夜里,大雪对他的听力造成了永久性损害。可是,友谊却把他与卡米洛连在了一起,这种友谊是那么真诚,回忆起来竟也会变得不真实。由于两人共同的过往经历和个人形象的美化,共处时的摩擦也会被一笔抹掉。

曼努埃尔·内格朗体格健硕,灵魂强大。他有聋子的迟钝,尤有甚者,周遭的寂静使他因自我节制而跻身浪漫主义者之列;这种节制让他对某些口耳相传的事实听之任之,只将其当作一众信息来记录。他是一个不知疲倦的骑士,卡米洛常常跟着他去散步,里斯本路边酒馆的羊杂烩和熏鲱鱼或多或少为他们的出行增添了乐趣。曼努埃尔·内格朗走进房间,带着害羞的人所特有的迷离眼神,注视着卡米洛。卡米洛正在吃午饭,嚼着烤细麦面包片,喝着看上去像一池圣水一样的咖啡。

"你好!"内格朗说,"你还有胃口吃东西!这件事上表弟他可骗了我。"

"他没骗你,真的没有。可你想要怎么样呢?我痛苦地睡去,却梦见了更痛苦的事情,醒来时就感到很欣慰。"

"那还好。可你还是有点虚弱,八字胡垂在那里,就像藤蔓没了可以攀附的东西。"内格朗看了看一个盒子上的标签,翻了翻床头柜上的瓶子,摆出一个厌恶的手势,"这些药丸会害死你的,小伙子。这是你的恶习,这些'灵丹'和'妙药'。"

"人们赖到我头上的恶习里,只有它们才是真的。其他的都是假的。"

交谈变得激烈吵闹起来。卡米洛拿起吉他,弹了法多的几个调子。从《国民报》办公室走上来两个长头发的男青年,他们手指上沾着墨水的印迹;卡米洛称他们这类人为"俊男",他们只有一个名字,甚至还不如墓碑上的描述。若泽·奥古斯托站得有点远,他用指尖挑开皱巴巴的细纱窗帘,向街上望去,看到一匹安达卢西亚马正经过,马背上骑着一个人。他喜欢马,最近认识了一个比他更为狂热的业余爱好者——休格·欧文,他父亲在波尔图围攻战时曾是唐·佩德罗国王的顾问，他和他父亲同名。在一个狂欢节的晚上，他和他相识于圣若昂剧院。年轻的欧文陪着两个妹妹，她们个子高挑，英姿飒爽，富有活力，同其他女人洋娃娃似的打扮形成鲜明对比。那是一场化装舞会，若泽·奥古斯托进去的时候还饶有兴致，但很快就后悔了。丧母的哀痛对他来说才过去没多久——她去世还不到两年。他那苍白的脸色、突然湿润的双眼、微微颤抖的嘴唇，都表露出厌恶自己如此执着于痛苦的内心状态；疲倦的他寻求欢乐，即使知道惟有哭泣才能使他得以释怀。

"你太悲伤了！"一个声音对他说。一个女人把手放到他胸前，翻领上佩戴的粉色茶花的花瓣掉落在那只手中。那是一个非常年轻的女人，肌肤如新织锦般泛着鲜嫩的粉色。她戴着一个白色的丝绸面具，鼻子部分非常突出。没有办法辨认出她的脸部。此时，休格·欧文走过来，带走了她。跟他在一起的还有另一位姑娘，烟草色的头发，连衣裙绉布上绣着石榴花。他没有忘记。她的手套很长，在胳膊肘弯曲的地方皱褶起来；他看到了她手腕上的首字母花押：M.O.。后来，他才知道那是玛丽娅·欧文。她很活泼，性格略带夸张，体内沸腾着母亲的血液，那是一位珠光宝气的巴西女士，在波尔图郊区拥有一座小农场。欧文上校对丈夫这一角色并不十分热衷。他在城里置了房产，还长时间待在首都，只有夏天才出现在帕莱索小镇的别墅里，牵一条狗，拿一份报纸，脸上令人作呕的神情就像卡米洛所说的那样，集合了"十五个满腹狐疑的骚人"的样子。

"你在看什么，若泽·奥古斯托？"卡米洛问他的朋友。接着，他把脑袋凑到了窗玻璃前。

"没什么。"若泽·奥古斯托转向了那个正在议论无穷、爱情和磁场的二人小组。他们在谈女人。他的脸上露出一丝不屑，虽然是一种忍着不耐烦的不屑。

"你不想跟我一起去罗德伊洛庄园住段日子吗?""好啊,"卡米洛说,"可你不是打算去旅行吗?"

"我是打算去。不过去之前还得处理几桩生意上的事。跟我一起去吧。我请你也不是什么大不了的事情。我家的宅子看起来就像一座坟墓,里面有一架走调的旧钢琴,每间卧室闻着都有死气沉沉的味道。"

"那我就去,亲爱的若泽。两个不幸的人最有资格、也最懂得如何互相安慰。"卡米洛低声说道。那是十一月初的一天,天气还算晴朗,一块青苔在往宅子的墙上蔓延,那里从来都照不到太阳。"在这样一座繁华却寸步不前的城市里,人怎么会道德高尚呢?城里的文人相互吹捧,因为他们全都一样毫无是处。在这里,我们必须体现出给予的价值,以免沾染上施恩的嗜好。我们就去罗德伊洛庄园吧,我的朋友。我们在那里做些什么呢?"

"你写东西,我散步。这两种职业都不会成为别人的笑柄。"

"哦,不对。即使是在逝者的宅邸里,笑柄也能幸存下来。只要读一下墓志铭就能知道。不过没关系。我们走着瞧,看看像我们这样习惯了聆听鸡毛蒜皮琐事的人,认真聊起天来是不是会觉得无聊。"

于是,他们去了。那段时间,曼努埃尔·内格朗也回到了莫斯特伊洛。他经历了一场桃色冒险,却并不顺利,其实也只不过是夜晚在窗口看到了一位女士,两人聊了聊,内容莫名其妙,却十分愉悦。

"你叫什么名字?"内格朗问她。

"你这么问我名字很无礼。"

不知怎么回事,大家都在风传,他爱上了某个名叫维珊西雅·德·卡尔莫的女人;他还用紫色墨水把她姓名的首字母写在手心和餐巾边缘。那位女士已婚,而且诚实地告知了他,这让他心碎。有时候,闪电确实会两次都落在同一个地方。曼努埃尔·内格朗随后去了莫斯特伊洛的庄园,下令修剪葡萄枝叶,安排把葡萄酒换到大桶里。他随身还带了发丝环、小鹅卵石、海螺、丝带和干花,还有对柏拉图式恋人以及其他恋人的种种回忆。

"那个年轻人心思太重,所以精神力量不足。"卡米洛说。他们在一个星期天分道扬镳,相互说了再见,分别的地点不是在圣拉扎罗公园,而是在内塔巷,一场瓢泼大雨之中,雨水打在石子上,像子弹一样噼啪作响。雨中的波尔图呈现出的,就是一场现代版的大洪水中动物逃难的画面。波尔图的大水让装了沙丁鱼的木桶和竖起毛来的猫都浮到了水面上,却仍似往昔般质朴纯洁。克尔多亚利亚的树木依旧,只是多了些地衣和年轮。它们过滤掉了滚滚闷雷与监狱囚犯的目光。在一场狂风暴雨之中,卡米洛和若泽·奥古斯托这两位友人进入了拜昂地区。他们裹在圆披风和塞维利亚式帽子里,仿佛是从胡亚雷斯与马克西米利安一世两军交战的插画中走出来的一样。若泽·奥古斯托像是哈布斯堡家族成员的化身,带着那种可怖的复仇神情和某种疯狂的先兆。而卡米洛则是个纯粹的叛乱分子,烂泥都渗进了骨子里,双肺被两本语法书取而代之。他一边咳嗽,一边发自内心地乞盼热茶与长毛绒毛毯。

"看,雪!"快到索亚良斯的复式院落时,卡米洛惊呼起来,"看起来就像是在太阳下曝晒的女式衬衫。"

阿博博雷拉山巅,一束阳光向午后道别。一个男孩和两只浑身湿透的绵羊,一跳一跳地跑下山来。男孩的衣服脏得发硬,透过撕破的口子,可以看到他皮肉上跳蚤的咬痕。若泽·奥古斯托策马前行。他一言不发,和同伴拉开了距离,很快就变成了一个小点,淹没在一路上被雨水打弯了的橡树枝之中。

"唉哟!这个讨厌鬼!无事可急却健步如飞的人,无所畏惧却落荒而逃的人,要么苟且偷生,要么一事无成。"

接着,他便跟了上去。

*

事实上并没有下雪。这个季节仍受温暖东风的青睐,只有大量的雨水如粗面筋般从天空落下,使得蒸腾的水汽从地面升起。大块的粗麻布刚从织布机上取下来,正在草地上曝晒漂白。马朗山的那条山麓紧挨着曾那么多次经过的蓬巴尔大道,走在那儿,半游移在情爱冒险和被刊印文字羞辱的复仇之中,卡米洛的思绪沉浸到了另一个年代之中。在那个年代里,他紧随麦克唐纳将军之后,目睹了拜昂战役的到来,两百个无所畏惧的男人,如格拉列拉四十勇士一般;他们没有制服,没有武器,像路西法的军团一样被人败坏名声。曼努埃尔·内格朗追随麦克唐纳将军,沿着通往坡乌卡镇的道路高强度连续行军,跟着那位英国人来到了他命丧黄泉的战地。卡米洛从来都不想相信,麦克唐纳将军参加那场由长子继承人们发动的战役,是为了将众人卷入米格尔派叛乱那场灾难性的阴谋之中。卡米洛怀疑维拉普卡围场那次遭遇是暗中策划好的一次谋杀行动。这位醉醺醺的老军人为英国人和西班牙人效劳,米格尔派的事业对这些人而言无利可图。他和萨尔丹尼亚公爵同坐一艘船来到葡萄牙,在利尼亚雷尔斯庄园喝空的酒瓶比为完成使命而制定的策略还要多。但是,十六岁的内格朗对他忠心耿耿,在他面前可不能谈论老将军的酩酊醉态,虽然这比他打仗的意愿更为人尽皆知。麦克唐纳将军骑一匹漂亮的浅褐色马,内格朗的坐骑叫拉比查,它对杜罗河谷的险峰奇岩了如指掌,机灵聪明,还擅长跳跃。大雪盖住了道路。两个山里人——有着向导般健硕体魄的漂亮男孩,骑着小马驹赶过来,小跑的马蹄声闷闷的。他们带来了敌人在向雷亚尔镇进军的消息。麦克唐纳将军命令他的人马前进,与军事参谋部一同在萨布罗索的卡纳瓦罗斯大院扎下营来,在那里留下了一顶军帽和喝了半桶的烧酒。第二天,将军便遭遇了不测,当时,峡谷里的雪被阳光照射着,闪烁着光芒。内格朗还曾试图救他;他提醒他,敌人的先行部队即将到达,因为能看到一些骑兵的金属盔甲闪闪发亮。可将军对此表示怀疑,或者说,他的态度模棱两可。也许他不相信自己会遇害。曼努埃尔·内格朗的命是拉比查救的,它纵身跃过了其他人跳不过去的壕沟。他远远地望见了几匹四散的马;拉比查的脖子流着血;山上的风卷着雪渣子打过来。内格朗就这样幸免于难,也逃过了亲眼目睹麦克唐纳将军遇难的悲惨结局,将军被一个中士从背后用棍子打倒,那人还抢走了他的手表和金币。1885年1月,内格朗在莫斯特伊洛的家中写下了这段回忆。他在向卡米洛吐露相关内容时,总是会言而未尽,有所保留。他不乐意在回忆录里寻觅事实真相,而且知道卡米洛会如何添油加醋。此外,卡米洛还告诉他,麦克唐纳将军是一个流氓,两人总是为此争论不休。

"有时候,我们对某种罪行表示怀疑,会让美德也蒙受耻辱。"卡米洛如是评论。他说得有道理;可他个性乖张,因此别人对他的想法也置若罔闻。他一边努力盯住若泽·奥古斯托的背影,怕跟丢了,一边思考起将军那匹骏马的下场,因为他后来还看到那匹马拉过圣罗伦索男爵的马车。拉比查又活了很久,脖子上留有一道子弹划过的痕迹。每当它听到杜罗河谷猎人的枪响,便会嘶叫几声,仿佛是在怀念自己被卷入米格尔派叛乱的那段年轻时光。

抵达罗德伊洛庄园时,卡米洛看到若泽·奥古斯托跳下了马,还抖了抖穿在身上的羊毛披风,这个动作在那一带独具一格。披风是一位故人从阿根廷带来的,他把父亲那边的亲戚都称作故人;那人还带来了一个喝马黛茶的葫芦罐和一根银吸管。那葫芦罐被摆在餐厅的瓷器柜里,两边放着卡尔达斯产的水果盆和其他画着圣山仁慈基督堂的盘子。

面对那低矮的门面和带有三级长满青苔的台阶的小教堂,卡米洛不禁打了一个冷颤。马蹄声在石板天井里回响;那是一种超自然的洪亮声响。"多美的地方啊!"卡米洛心想,"在这里要么成仙,要么发疯。再不然就会犯罪。"但当他身处客厅,看到一堆用樱桃木生好的炉火和一个燃着葡萄藤的火盆时,这些想法就烟消云散了。他喝了茶,吃了雷森德的卡瓦卡饼。一个戴着布列塔尼头巾的女佣替他脱下靴子,给他拿来一双绣花拖鞋。她挺着大肚子,所以围裙经常蹭到桌子和厨房灶台,都有点起毛了。她名叫克洛蒂尔德。同其他在与世隔绝的地方服侍久了的人一样,她的眼神就像个间谍。卡米洛惊喜地发现书架上放着许多好书。有百科全书和骑士小说,有一些还是新出的,《克拉丽莎·哈洛》《汤姆·琼斯》。一套《拜伦全集》吸引了他的注意。

"漂亮!我早就猜到了!……你就像波尔图百分之五的花花公子那样,是拜伦的崇拜者。"

"百分之五?那剩下的呢?"若泽·奥古斯托一边拨弄炭火,一边说道。

"剩下的,只能是伟人了,"他停顿了一下,继续说道,"拜伦是潮流,文学里的潮流是所有潮流中最为糟糕的。我不知道自己是不是在哪儿看到过这句话,但如果没看过,那就是我自己说的。"

"不管是否符合爱情文学里的着装潮流,你我都戴着撒了发粉的假发,穿着饰有带扣的鞋子。"

在卡米洛看来,他的朋友陷入了一种执念,这使他比平常更通人情。他坐到他身边,点燃了一支雪茄,客厅里飘满了黄色的烟雾,就像利摩日市的陶瓷烟囱,更何况那里面飘出的还是高岭土烟雾,就是在那样的烟雾缭绕间,《国际歌》诞生了。

"你是在舞会上才看到她的吗?"他直言不讳地问。

"我们就是在那里认识的。"

"朋友,我们绝不应该抬眼去看一个手执魔法棒的女人,她会把我们变成天使的。我不妒忌你。那场舞会就像是你进入灵魂寄居世界的前厅。"

"有那么糟吗?"

"可怕极了。灵魂会开拓思索的视野。她叫什么名字?"

"玛丽娅。"

"有些名字能在我们隐匿的天地里照亮崭新的世界,里面的秘密有一天可能会被揭晓。"

"什么时候?"

"世界末日之后,文明将七道封印解开之时。"

这时,若泽·奥古斯托的哥哥的到来打断了两人的对话。他的妻子若泽芬与他同来,那是一位可爱、善良的女士,举止符合乡下女人的特点,毕竟,源于血统头衔的骄傲敌不过对万贯家财的屈从。她穿着一件红棕色的那不勒斯厚重连衣裙,披了一件同样色调的缎子斗篷,绑了苏格兰式丝带。头上戴着一顶绿色帽子,上面插了绿白相间的羽毛,多少有些油腻的黑发藏在里面。她把帽子摘下来,便可以看到少女的发型,没戴假发,配上她那副贵族的模样,简直惨不忍睹。"如果她是金发女郎,效果应该会很好,"卡米洛自言自语道,他把脚和拖鞋藏到带有流苏配饰的椅子下面,"多么贤惠的女人,无知得不可救药。而他,则属于温顺的封建贵族阶级,被围在黄油、鳕鱼和木薯粉砌就的城堡里。希望他们不要留下来吃晚饭。"

但他们还是留下来了。聊天的内容全是陈词滥调,仆人缓缓点头附和着,他们戴着白手套,仿佛是从漆黑的夜里走出来似的,更像是要把客人勒死,而不是给他们端上烩肉。传入耳际的,是外面打在石头上的雨声。狗闻到了大肠炖饭的香味,抓挠着厨房的门。若泽·奥古斯托额上的抬头纹里透着一个不断滋长的狂热念头,就是希望把客人赶走,恢复到只与一个朋友相处,两人亲密得近乎孤独,这样才会让他愿意倾诉知心话。在这种倾诉中,那些脱离现实的行为连想象都无法预料,它们会被烙上绝对正确的印记。一种无法自知的残忍冒险已经开始,而其极限只能是死亡。在他的胡言乱语之间,总会有女人,这是被用来作为男子气概的借口,欲望、恶习,甚至这一切的升华都无法使其感到满足。灵魂与上帝的面孔最为相似;它的幻象使人发狂,它的光芒使人麻痹。女人啊!利用她们来圣化造就男性的无名虚幻的时刻尚未到来。现在他们只想分享同样的时刻,分享内心的空虚,那里面能装下世上所有的承诺。若泽·奥古斯托站起身来,看见嫂子来的时候戴着的一只象牙色手套落到了地上,他便怀揣着一丝恶意踩了上去。卡米洛则极尽甜言蜜语的讽刺之能事,那是他内心某种施虐癖的体现。谈到平等时,他说:

"葡萄牙正在成为平等的典范、贵族头衔均分的典范。我住的那条大街上有五个男爵、两个子爵和十个领主,自我感觉全都非常之好。别以为我对此存有非议。不是的。满腹狐疑的蝙蝠正用它们黑色的翅膀蹭着我的额头。可是,除了这样的危机之外,我就是一个可怜的魔鬼,不会伤害任何人,在认真考虑把自己也变成男爵的方法。"

"哦,兄弟,难道不能通过宫廷权谋来使你得偿所愿吗?"若泽芬问。

"既然我们现在想恢复唐·佩德罗国王废除的阅兵式,甚至想要给士兵穿上教士服,那么我也可以当上个男爵,灵感我可不缺。"

"怎么了,若泽·奥古斯托?您过来坐,还没吃甜点呢。"兄弟俩互相用"您"来称呼对方,这在一定程度上符合宫廷的礼节。

"若泽·奥古斯托坠入爱河了。你知道什么是爱吗?它是灵魂的蛀虫，幻觉那如同最深处的麝香葡萄藤蔓上的白粉霉斑。要像生命中第二十次坠入爱河那样去爱。"卡米洛说道。

大家都笑了，相互敬了酒。夜色在一阵甜蜜的微风里起了波澜，风召唤着更多雨水的到来。但若泽芬和她丈夫离开的时候，雨还没落下来；若泽芬的眼睛里闪着柔和的光，手中绞弄着一块麻纱手帕。

"多好的女士啊，"卡米洛说，"这里像她这样的女士多吗？"若泽·奥古斯托没有回答，他便继续说道："女人的穿着方式歪曲了《福音书》的内容。丈夫不能说'你是我的肉中肉'；其实有一半是棉浆。"

若泽·奥古斯托正打着瞌睡。他的卷发留到耳朵以上，两边参差不齐，还有一缕落到了眼睛上。那是一个垂死之人的脑袋，嘴巴周围是蓝色的阴影，鼻翼如纸般惨白。卡米洛怔了怔，把他叫醒。

"你上床睡吧……"

"我这就去……"若泽·奥古斯托说，他不想让人看出他已经睡着过了，于是站了起来。他个子很高，瘦得皮包骨头，有一点点驼背，这让他看起来好像背着一副重担。他说了再见，便走进了灯光昏暗的走廊里。"他这是怎么了？"卡米洛心想。对他而言，那个戴锦缎领带、穿黑色毛料裤的纨绔公子突然变成了被抵押贷款折磨殆尽的长子继承人，因担心要拯救财产、马匹和暗色粗呢燕尾服而变得粗俗不堪。他必须娶个富有的女人，这是他现在唯一能做的。"玩世不恭的历史比诚实更为悠久。这个小伙子想要有风度，可对于一个破了产的男人来说，哪种风度都可以凑合。"卡米洛上床睡觉去了，他思索着自己作为座上宾的现状，在了解别人建议其如何运用天赋之前便已感到厌烦。如果自己的生活习惯得到起码的尊重，午饭至少能喝上牛奶咖啡，吃上阿文特斯饼干，他就肯定不会牢骚满腹。他看了看那件磨得很破的长外套和那顶毛都没了的羊毛毡帽子。他唯一的奢侈品就是那顶用蓝色真丝镶边的红色羊绒睡帽。他很穷，一直都很穷，所以他的敌人要么蒙昧无知，要么无足轻重；他的女人都是普通的邻家女子，名字只能激起同情怜悯，而非诗词的即兴创作。他出生在"不幸年代"，喝的是来历不明的牛奶，吃的是硬肉丸子，学会的是所有的损失都有补救的办法，但钱财除外。商人们可以带着尊严破产，而文人只能在卑微可笑的情境中痛苦挣扎。他看着衣柜镜子里的自己，大声说道：

"从7月15日到8月15日，我可以尽情去爱。但是在冬天，爱情和智力都不存在。这个地方没有鲜花，没有光亮，没有太阳，没有大自然，我还能期待什么呢？如果不这么困的话，我一定会写上一篇社论。这是唯一一件无需思考就能做的事了。"

说完，他就爬上了被炭火炉焙热的床，睡着了。

*

起初，对他来说，那种吃着猪耳朵、穿着橡胶鞋的流放生活似乎是无法长期忍受的。他怀念盖查德咖啡馆里的文人，他们棱角分明，长着天才的鼻子，留的是无政府主义八字胡，穿的是粗厚毛呢斗篷。进门时，他们的身上滴淌着雨水和警句，一些是希腊人，一些是波旁改革家[1]，一些如磐石般火星闪耀，另一些则富有沙龙精神。与他们结识令人情绪激昂。亚历山大·布拉加、索亚雷斯·德·帕索斯、马尔塞利诺·德·马托斯，所有这些人都是文学界的晴雨表，一边喝着柠檬水，一边买着西班牙的彩票。

---

[1] 波旁改革是18世纪西班牙波旁王朝数位君王进行的一系列政治经济变法，相对于哈布斯堡王朝时期复杂的政府体系来说，波旁改革加强了王权对各官员的明确权威。

若泽·奥古斯托为了让卡米洛有宾至如归的感受，竭尽所能，命人送来了阿富拉达的鲽鱼，装在用海藻包起来的柳条筐里，价格不菲，足以用来重修两块被大水冲坏的梯田。但卡米洛却说："肉体的眼睛遵循的是一种逻辑，而灵魂的眼睛遵循的则是另一种。"若泽·奥古斯托举办了一场舞会。

"耶利米在耶路撒冷的城门口哭泣，却无人搭理他。我请求那些跳玛祖卡的男人和跳沙龙舞的女人们忏悔反省。我以文明的名义，请求他们保持安静，就像正人君子那样，但他们根本不理会。至少那不是一场化装舞会。"卡米洛说。

"不是。可我答应过你要举办一场化装舞会。"

"哪里？你在哪里答应我的？"

"在波尔图。在塞多菲塔，科尔沃男爵的家里。"

"总有一天我会有幸住到塞多菲塔教区里，但这种荣幸会被科尔沃男爵的舞会所玷污。总是那些男爵！我也不再说什么了。琐事上还是无需动用荷马史诗的风格吧。"

"你得和我一起去参加舞会，我得见识一下你沉醉于华尔兹中翩翩起舞、展露长筒丝袜的样子。"

"我不跳舞，"卡米洛说，"我可不是提线木偶，搂着作家的缪斯女神雪白石膏像。"

"我要把你介绍给我的表姐妹们。她们既缺乏想象力，也毫不浪漫。她们对女仆说'艾薇泽比娅，把晚餐撤下去吧'的腔调，就可以解释她们是怎样的人。她们将爱情称作'刺激我们的东西'。但她们穿着上流，不披波尔图头纱，看上去也不会像流动的帐篷。"

两个朋友为《国民报》写文章，在拜昂和马尔克之间的两里[1]路

---

1 葡萄牙的距离单位，相当于 5 公里。

上策马往返的间隙,有了这些对话。前面提到过的表姐妹们就住在马尔克,她们无忧无虑,通过把头发梳成女王的样式以及在擤鼻涕的手帕上绣上"一日四时辰"来打发时间,并以此为乐。但渐渐地,与卡米洛的共处变得更加认真了,彼此间的信任也与日俱增。轻浮能够掩饰恐惧,而卡米洛极具诗人特质,害怕与让他自卑的一切相比较。于是,他便把自己神秘化,这样就无需损害真诚这种美德。他们在谈论玛丽娅·欧文。她给若泽·奥古斯托留下的印象,越来越使人担忧。卡米洛并不认识她。

"她人怎么样?"有一次,他一边用袍襟裹住纤细的腿,一边问道。雨势变小后,天气很冷。菜园里一片凋敝破败的景象,只有挂在枝头的小葫芦瓜像剃光了的头一样闪闪发亮,毛细血管都暴露在外。若泽·奥古斯托沉默了一会儿。

"她的脸看上去不属于这个时代,也不属于这样的气候。让我想起了维吉尔笔下酷似男性的女人,"他停顿了一下,又沉思着补充道,"我不喜欢。我绝对肯定地告诉你,我不喜欢。后来人们对我说她博览群书。对于女人而言,智慧要么与生俱来,为心所生,若是之后所得,便会把心扼杀。你是知道的,我想要的是找到一颗全新的心,未经人世,无知单纯!然后,由我来亲自教导。"

"瞧瞧,多么妄自尊大啊!"

"不管怎样,我们互通了三封信,仅此而已。到第三封信的时候,我收拾好行李来到了杜罗河谷。事情就这样结束了。"

"那些刺激我们的东西啊……你最后那封信里说了什么?"

"我称她为妹妹。当我对一个女人不感兴趣时,我通常会把她尊为亲戚。"

"那她怎么说?"

"她回复了我。差不多是这样说的:'你的妹妹!那我就把所有男人对我的取悦都理解成这种感情吧。'"

"小子,她识破你了。"

"什么?识破了我?"

"你难道没有刻意制造距离感吗?你难道没有考虑过亲密关系所带来的不便吗?这可是你自己说的。来吧,我的朋友。当软弱才是荣耀的时候,我们不必坚强。"

若泽·奥古斯托恼羞成怒,表现出他个性中反复无常与冷酷无情的一面。他提到玛丽娅的时候不屑一顾,很大程度上是出于固执。卡米洛心想:"这个男人疯了。他不能原谅玛丽娅在忍受痛苦;他没有爱,只有对于痛苦的嫉妒。这是一个可以研究的案例。"但是,渐渐地,卡米洛感到自己被卷入了一片漆黑之中,简单的感恩关系受到了对真相窥探成瘾的牵连。真相?谁能从中一窥究竟?他读了玛丽娅的信;觉得除了最后一封信外,全都平庸无奇。她写道:"你看,我可是有身价的。但为了体面,我可以做个普通人。"读到这里,卡米洛开始想象那个女人。她的神秘感被确信她会带来厄运的感觉远远超出。可是,没有什么是神秘的,有的只是更为显眼的平庸浅薄。

后来,他认识了若泽·奥古斯托的表姐妹们,敏感的姑娘,牙齿重叠长在一起,显示了出身,举手投足间的文化教养源于对《淑女邮报》的热衷。卡米洛喜欢她们那种样子,就算换成另一副样子,他也照样喜爱无疑。女人们让他神魂颠倒,这是对自由本身的一种侵犯;他报仇雪耻,迅速将她们遗忘,把她们压缩进故事里去,要么声名狼藉,要么虚无缥缈。当看到三四个头戴粉色羽毛小帽子、身穿黑色弥撒连衣裙的女孩把若泽·奥古斯托团团围住,用麻纱手帕撩拨他的脸,把腰带系到他的手腕上时,他的嫉妒感油然而生。他嫉妒这个渴望掌声、脆弱到需要天赋的男人,仿佛是酒馆里的一个卡利古拉[1]。他的灵魂苍老到都能数得出上面的皱纹，一道一道，通过对形而上学的描摹而刻画分明。他试图避开这些转瞬即逝、带有毁灭性的可怖想法；可它们总在最意想不到的时刻出现：每当看到若泽·奥古斯托坐在他母亲曾用来弹奏小咏叹调的钢琴前；或每当看到他从外面回来，用鞭子拍打溅了泥渍的貘皮马裤，把怀疑冷漠的目光投向一切时。这使卡米洛感到害怕，害怕中却又夹杂着钦佩。但钦佩他——钦佩他什么呢？脸色苍白，面带微笑，对最漂亮的女人漫不经心的关注吗？卡米洛渐渐地感到，自己被某种地狱里的不幸讯息所羁绊；那个男人，就是魔鬼的一个哈欠，就是晚香玉散发的芬芳。他打算尽快离开他；可双方却总能找到借口继续留下来：一次散步，或是曼努埃尔·内格朗的到来，带着那平和的纯真，为虚幻现实凝重的沉沦撒下些许光亮。仿佛是一场短暂的特赦，一块沾满清新气息的手帕，阻断了发热的口气。可随后，心悸又将回归，那些最不起眼的迹象发出警告，就像一只鸟儿突然在窗边鸣叫，在凝滞的空气中，犹如一声警报。不知不觉中，两人共处的时光越来越少。他们很少碰面，各自局限于自己的习惯之中；卡米洛整个早上都在房间里写作，吃剩下的早餐一直搁到正午时分，等女仆克洛蒂尔德来收走餐盘。她环顾四周，好奇中似乎略带指责，仿佛在说："难道这就是作家？"接着，出奇用力地带上了身后的门。

其他时候来做一些家务的，是管家的次子维森特。他十五岁，十岁时就进了神学院。跟伊纳西奥·马尔克斯和妻子朱迪特所有的儿子一样，他长得非常漂亮。朱迪特个子高高的，是个信徒，智慧过人，

---

[1] 即盖乌斯·尤里乌斯·恺撒·日耳曼尼库斯，罗马帝国第三位皇帝。在拉丁语中，卡利古拉的意思是"小靴子"。在他还是个蹒跚学步的孩子时，他的父亲就习惯于让他穿着小军装，并将他带到战场上，因此父亲就给他起了这个绰号。

却非常阴险。她憎恨自己的丈夫。俩人的争吵声从很远就能听到，还伴随着碗碟摔碎的巨响和带着哭腔的尖叫。伊纳西奥·马尔克斯嗜酒，还嫉妒自己的孩子。他控诉朱迪特与孩子们睡在一起，因为她很早就跟他分床睡了，提到这个男人就好像是说到了基督的大敌。在生活中，她与传教士走得很近，虔诚信教，更多是为了满足心中的雄心壮志，而非对真福的需求。她懒散、狡黠，若泽·奥古斯托的母亲在家时根本不允许她进房间。她能把是是非非用一种传神的方式讲述出来，将低俗与粗鄙摒除在外。她的最爱是维森特，听话、温顺，她认为他注定会有更公正更杰出的命运。尽管朱迪特一直很虔诚，但对雇主们却怀有强烈的怨恨之情。她的心气太高，不满足于服侍他人。她和若泽·奥古斯托之间曾有一场说不清道不明的过节，双方都很恼火。只不过维森特从中斡旋，才避免了两人间的敌意越演越烈。

"哪个女士跟了他可要倒霉了。"她边剪葡萄边说，然后慢吞吞地把葡萄一串串扯下来，但评论起来却眉飞色舞，还能激发起别人的不满。

在采摘葡萄的时候，她总是会挑起事端。女人们抗议食物太差，把金属碗掀翻在猪食槽里或者地上，就倒在管家马尔克斯的脚边。

"他妈的一群婊子！"马尔克斯说，他抱怨着。朱迪特却笑了，露出缝隙很大的黄牙，那是老太婆的牙齿，在她那长满黄斑的脸上倒也不显得违和。能挑战丈夫的权威，让他在那堆既不为法律也不求正义、却渴望得到某种满足的人之中出尽洋相，对她来说不失为一件幸事。夜里，他就揍她。只有在穿着过短的小外套、卷发被剃去一半的维森特回家时，她才能克制住自己，变得几乎温顺起来。但有一天下午，卡米洛被痛苦的哭叫声吓了一跳，接着，维森特冲进他的房间，脸色苍白，浑身颤抖。

"救救我妈吧，他要杀了她。"他说着就要把卡米洛往门外拽。卡米洛挣了几下,然后便跟了上去,男孩跑了起来,没再坚持要拉着他。在院子里,他目睹了一幅奇怪的场景。管家正在毒打朱迪特;她眉毛上开了条大口子,鲜血直流。她正试着把撩到膝盖上的裙子整理好,那种无力的羞耻心使其表情苦涩,却摒弃了痛楚。被马尔克斯用厨房的长凳猛砸了一下,她的胳膊显然受了伤。卡米洛看到了若泽·奥古斯托,他就在教堂大门的中间,似乎准备要插手。可他什么也没做。他在那里待了一会儿,仿佛在欣赏一场简单的狗咬狗的厮斗,然后他下了两级石阶,向屋后走去,在那里,马已上套备鞍,等着他去骑。维森特跟在他后面;他几乎是拖着步子在跑,像一只抓到猎物的动物,紧紧地拽住他的手。若泽·奥古斯托转过身来,眼睛里没有流露出任何想要帮忙或想要惩罚的意思。男孩突然咬了他一口,就跑开了。若泽·奥古斯托见他走了,把手举到嘴边,慢慢地把血吸出来,从胸前的口袋里掏出手帕,把伤口包好。那是一条绣着姓名首字母的亚麻手帕。卡米洛看着他消失在葡萄棚的藤蔓之间,却没感觉到马蹄踏动,也没听到其他声响。若泽·奥古斯托似乎突然消失了;但他曾在嘈杂的教堂前驻足,眼睁睁地看着一个女人被人殴打。

朱迪特的一只手臂确实是骨折了,在医院里住了两三天。回来时,比以往任何时候都更为趾高气扬。

"哎,朱迪特。你好些了吗?"若泽·奥古斯托一边说,一边看着她用那只健全的手臂打扫已故女主人的房间。她的另一只胳膊缠着绷带,用一条印度纱巾吊着。

"好些了。非常感谢您,阁下。"

"你跟马尔克斯和好了吗?"

"为了什么啊?正如卡米洛先生所说,他的心醉生梦死,他的灵魂就是一个酒窖。总有一天他会倒下,然后我在家里就会得到安宁。"

若泽·奥古斯托既没微笑，也没让她继续说下去。但是——多复杂的人性啊！——有一天他却给她买了一把西班牙梳钗，还亲自插到她那被溅到柴火星灰的小辫子上。炭火是朱迪特点的，她在壁炉里烧起大把还没干透的葡萄藤，水在燃烧的热度中升腾。像修道院厨房那样大的烟囱，抽起卷卷烟尘，潮湿的空气让烟柱悬在了云雾上方。

维森特回神学院去了。剩下了老大乌尔比诺，唯唯诺诺，不太机灵，他长了副老爷的模样，留着稀稀拉拉的淡红色胡子。托尼科只有十岁，他是个小无赖，总是惹是生非，不是惹老妇人们生气就是把窗玻璃砸烂。他的父亲却对他怀有一种粗暴的温柔，叫他"坏小贼"，因为总是看到他的衬衣下摆露在外面，满脸煤渣印子。这是唯一一个不惹他讨厌的儿子；但如果看到他用粘鸟胶做陷阱或用弹弓把橙子从树枝上弹下来，他就会用皮带抽他一顿。

卡米洛已经对那个圈子了如指掌，包括所有的马匹和那两只睁一只眼闭一只眼睡在阳光底下的虎斑猫。只有到了晚上，若泽·奥古斯托才会在家里多待一会儿，晚饭后，会留下来抽上一根雪茄，用小指把烟灰弹到地毯上。如果嫂子在的话，他就会把这个动作做得臻于完美，因为这会让她很紧张。她害怕火灾，如果不把房子的角角落落都查遍，是绝不会去睡觉的。乡下的生活也会有跌宕起伏，其原因是见解上的无谓争斗、爱好上的无法包容以及情感上的禁绝；一切都靠激情的表象来维系，激情声名狼藉，因为它们只能被用来逃避时间和忘记死亡。虔诚、恶习、因喜悦或哀悼而掉落的纯粹眼泪，总结下来就是极度厌倦，是一种小人物们为之殉道的光环。

那些表面上看起来无聊透顶的夜间沙龙，几乎是以一种修道院的单调方式在举行，却被人怀着某种兴奋之心期待着。它们有时会留下一种不满的苦涩，因为只开展了一场针对文学的讨论，而文学则似乎是一种让若泽·奥古斯托突然感到憎恨的东西。因为互相无法容忍对方的喜好，他们之间的对话带着火药味，各执一词，让无法用其他方式表达的敌意日益剧烈。

"我想我是太年轻了，所以不会因为逗号的位置和句法的完美而感到喜悦。玛丽娅让我恼火的是，她注定要让《情人秘书》的作者惭愧到汗流浃背。"但是，当卡米洛在椅子上调整到更舒服的坐姿，准备回答他的时候，若泽·奥古斯托却又转换了话题，让他很受打击。这种情况经常发生，足以让人不满到失去理智。然后，突然间，若泽·奥古斯托又变得宽厚起来，正如他曾经承认过的，"自己从暴力中得到了解放"。

"我不爱她，我还问自己为什么不爱她，"他说，"她为什么不能大方地对我不屑一顾，为什么不用最可笑的男人来取代我呢？所有的男人都比我更体面。"

"女人就是这样。我不知道对人不屑一顾有什么诱惑力，她们都乐此不疲，就像是为了胜利而战似的。"

这段谈话太过友好、真诚，仿佛是因为某种亲密的折磨让人疲惫的缘故。卡米洛很同情他的朋友，眼泪甚至都让他的声音哽咽了。他不再劝他；因为他知道若泽·奥古斯托的生活只有一个逻辑，那便是反复无常；本性扭转的那一刻过了之后，他又会回归到那种对自由的渴望，自由是可怕的，因为它阻碍了他纠正是非感。他，一个最具无穷天赋、最善于洞察人心的人，感觉是被镇住了，被那种不愿为感觉的独立而牺牲任何东西的坚定态度镇住了。对于若泽·奥古斯托而言，善与恶并不存在；灵魂对他来说索然无味。这一切难道不都是幻觉吗？会不会是因为通过内心的倾吐来对他进行分析而因此产生了偏差呢？为了证明自己的冷静沉着，卡米洛宣布要去波尔图。若泽·奥古斯托命人为他收拾行李，并备下一顶轿子，听候他的差遣。

"我要骑马去。天气这么好。"卡米洛说。出发前夜，趁若泽·奥古斯托出门的机会,他在房子里转了一圈,因为已故女主人的房门开着,他第一次走了进去。克洛蒂尔德打开了窗户,正在打扫。她似乎比平时更为健谈,说起了若泽·奥古斯托的母亲,从肖像画上看,那是一位有点丰腴的女士,梳着尼农发式,裹着一条带有流苏的羊绒大披肩。她看起来就像是被包在剧院的幕布里。克洛蒂尔德信誓旦旦地说她其实身材苗条,为了证明这一点,她打开了装有三面全身镜的衣柜,给他看原封未动的连衣裙。有一件大开领的连衣裙是用淡紫色的印度纱做的,镶着两条金色的花边。罩裙上配了粉红色和淡紫色的丝带。连衣裙散发出浓烈的康乃馨精油味,就像那种用来缓解牙痛的精油。只有美丽的女人穿上这件连衣裙才不会显得像个小丑。更何况,克洛蒂尔德还口口声声说,头饰是一条饰有金线的包头巾,其中一根金线要从下巴下面穿过去。

"为什么还把它们保存在这里?"卡米洛问。

"它们太奢华了,我们谁都没法穿。现在也不流行了,永远都不会有人再穿了。即使是若泽·奥古斯托先生结婚,它们最终还是会成为教堂里圣人的装饰。按照惯例,这些东西是送给圣母玛丽娅做嫁妆的。"

不知为何,这件事情让卡米洛很受困扰。他把自己关在房里写东西,吃晚饭的时候几乎没说一句话。第二天,他病得很重,说是胃痛。他直到六点钟才起床,离开房间,到餐厅去喝了一碗汤。若泽·奥古斯托对他的病情深表遗憾,想要叫医生来。

"不用了,"卡米洛说,"这些年来,我已经变成了思想家,还有化学家。我自己给自己开药方,在研钵里研碎的大黄比财务问题和对社会的看法还要多。"

没人再提旅行的事。骡子在马厩里,担子还没安上。鹌鹑肉汤和一些萨布罗索水让卡米洛好了起来。他去果园里散一小会儿步的时

一　长子继承人

候，正撞上托尼科在用小刀刮一棵无花果树的树皮。

"你在那儿干什么呢，小流氓？"卡米洛问他。那男孩望着他，眼里带着某种快乐的挑衅。他有一张善良的脸和一双黑眼睛；但他真的就像盲主人的小癞子家仆[1]，乖张古怪，满口谎言。作为长子继承人的仆人，他过于精明了。男孩知道共济会会员的格言和嘲讽之语，他让母亲为生下他而悔恨。那是一个欢欣鼓舞的时代，已经预见到，王国的动荡交织着腐朽贵族的昏聩，某些情感的美德将被摒弃殆尽。"谁消灭了腐朽贵族，就会变成新晋贵族的笑柄。"卡米洛说，这位后备的子爵人选，想通过唐突鲁莽的意愿让自己克服内心的痛苦屈辱。有人认为卡米洛是一个手握羽毛笔的游手好闲之徒，禁不住诱惑，企图靠霸占国家工程部的办公桌来获得重生。可是那个年代里，是非恶意铺天盖地。与积极的玩世不恭相比，腐败沉沦更趋向于可笑。《爱国者》上发表言论的是严肃的卡米洛，而它的《娱乐增刊》则是取笑众人的卡米洛。"在圣本托，各省的贩子们都聚到了一起，"他说，"葡萄牙在享受腐朽的宁静中，并没有走出它败落时不光彩的萧条时期，尽管这被江湖骗子们虚伪地否定，他们连一个村庄都管理不了。"1855 年 3 月，他在《波尔图与大宪章》中这样写道。在经历江郎才尽的困境之后，他走出了他的神秘危机，写下了《拜昂城堡主的女儿》等诗歌，献给若泽·奥古斯托。1855 年，若泽·奥古斯托去世。"胡言乱语才是天才的终极动词。"卡米洛说，也许他还会补充道，"我正是为此而幸存下来的。"

---

[1] 援引自西班牙流浪汉小说《小癞子》（La Vida de Lazarillo de Tormes），小说描述了一个卑贱穷苦孩子痛苦遭遇的故事。小癞子从小离家流浪，先为一个瞎子领路，继而先后侍候过一个吝啬的教士、一个身无分文的绅士、一个穿着破烂的修士、一个经销免罪符的骗子和一个公差。这些人贪婪、奸诈、不顾廉耻，连小癞子自己也学会了欺诈，一心只想发迹，赚不义之财，还靠老婆和神甫私通而得以过上富裕的生活。

＊

康复期间,卡米洛很喜欢托尼科陪着他,为他带来新闻和板栗,这种板栗烤的时候会冒出水滴,就像哭了一样。有一些里面会有一条又肥又红的虫子,就像吃奶的小男孩那样。但突然间,托尼科不再出现了。卡米洛问起他。原来,他是去葡萄园里修整葡萄藤了。对一个孩子来说,这是一项艰苦的工作:双手冻得生疼。工人们生起了小火堆,围在边上,说话的时候鼻子一吸一吸的,大家都被冻僵了,鼻子里滴下来的是玻璃状的鼻涕。他们的眼睛泪汪汪的。一些女人在取暖时会突然瘫软下来。管家过来把他们都赶开了。

"快走……快走……"

那个马尔克斯,他可是个奴隶贩子。但他却没有情人,老婆形同虚设,却还执迷不悟,总是闪烁其词,拒绝爱情和美好的生活。托尼科并没有受到他任何的特殊照顾。朱迪特在他的衬衫里面衬上旧报纸,这是她唯一能为他做的了。克洛蒂尔德没看着或把钥匙忘在储藏室门上的时候,她就偷一点儿橄榄油和鸡蛋。卡米洛为那个男孩求情。

"他就是个小孩子,别叫他去干重活。"他对若泽·奥古斯托说。他目不转睛地盯着他,既没有生气,也没有触动。

"你是想分散一下注意力吗,卡米洛?去写本小说吧。即使你用眼泪来写,也是一种消遣。工作再怎么痛苦,也不过如此;来自地狱的消遣会让我们成为伦理道德的怪兽。"

"你这是在侮辱痛苦的伟大性。"

"没有,我没有。我比这个还要残忍,因为我热爱不影响情绪和内心的痛楚。除此以外,所有的痛楚都是野蛮的。"

"哪种?"

"没有弱点的那种,我的朋友。"

卡米洛感到脖颈后面凉飕飕的,如同被菜刀拂过似的。虽然还病着,但第二天早上,他就去了波尔图。他装出感激的样子,但实际上却心神不安。他在罗德伊洛看到的最后画面,是若泽·奥古斯托站在教堂的门槛上,一动不动,脸上不带一丝微笑,却有着难以捕捉的不会撒谎的什么东西。朱迪特抱着一堆衣服从房子的角落里经过;她咬了一口面包,张嘴的动作让人看到她少了几颗牙,那是在婚姻大战中被打掉的牙。

在到达波尔图之前,他骑的马得了肺病,无法继续行程。卡米洛独自一人,仍旧抱恙。在博亚镇的驿站,他下了马;一座座山头似乎在嘲笑他的不幸遭遇,他靠到一棵葡萄树的树干上,无力再去思考自己的人生。他听到有人从上方一扇漆成砖红色的小窗户里叫他。原来是曼努埃尔·内格朗,带着他以两百车玉米为底气的好心肠,命中注定要扮演大家长的角色。

"你在这儿啊?"他说,低沉的声音在山间的门廊里回荡。

"是我在这儿呀。你呢?"卡米洛大叫着回应他。

"我就在这个鬼地方。你要去哪里?"

"我本来要去波尔图的;现在我的坐骑不行了,追逐财富的想象力也没了。"

"把坐骑留在那儿,还是会有用的。马朗山的某个恩培多克勒[1]可以用它的皮来做屏风,让风改变方向。你就坐我的轿子去。"

"轿子?难道不是先知以利亚的火焰战车吗?看哪,我多走运!"

他顺着葡萄藤生长的方向,往上走去,礼数周到地和内格朗打

---

[1] 古希腊哲学家。

招呼。富有的内格朗，如大主教般威严庄重，耳朵聋了，不过神色愉悦。他们一起用了午餐，喝了牛肉浓汤，吃了两块猪耳朵尖，还吃了煮板栗。葡萄酒和汤一样难喝；面包黑得跟煮栗子的水一样。但这两个朋友就像布谷鸟一样，对着酒馆里的小孩们笑，那些小孩脏得像是焦炭，额头上都有黄色的鼻涕。

"你是从罗德伊洛来的吗？"内格朗问道。就这样，欢笑的面纱落了下来，两人有点尴尬地对视着。

"我是从那里来的，"卡米洛停顿了好一会儿，然后说，"你那表弟真是个奇怪的家伙。"

"对他那种人只有一句话可说：'让他去吧。'我也不再对你多说什么了，因为你最终会用自己的方式看清这些事情。我可不许别人打着我的名义撒谎，也不喜欢成为别人茶余饭后的话题。"

一路上，两人相谈甚欢，不过都没再提起那个话题。他们谈到了婚姻、金钱和马驹。内格朗饲养小马驹，他做买卖小马的交易时很有技巧，丝毫不影响自己的声望。他虽然不喜欢小说，却很欣赏卡米洛。他是一个唯物论者，支撑内心的是属于一个好儿子和一个诚实的庄园主的诗句。在巴尔塔尔，他们挨着客栈的炉火取暖；厨房的橡子上有一条大蟒蛇的标本，食物也不错。突然，内格朗说：

"所有共同的不幸都有一个存在的原由。但要找到它，需要拥有野兔般的耳朵，可我没有；需要拥有老鹰般的眼睛和猎狗般的鼻子，我也不确定你是不是有。如果你没有占卜的禀赋，那事情存在的原由，就随它去吧。"

"你知道吗？我打算写一篇关于磁力的文章。生命是一种磁性的传导。世界是一个磁性流质转移的球体，不是男爵，不是文人，也不是资产阶级。但最好不要把所有的后果都归咎于一个原则。你的表弟，如果我们谈论的是他，只不过是一个人尽皆知的奇葩；他的内心平庸无奇。现在我要跟你坦白一件事:我觉得非常冷。"

在波尔图,卡米洛住在圣卡塔琳娜那边的一座房子里,房子由一位女士管理,她总是穿着带花边装饰的羊毛纱睡袍。耳朵上边是两根盘起来的辫子,看起来像是埃及艳后的毒蛇盘在两只早熟的无花果上面。她穿着拖鞋,披着绿色缎带大围巾,仿佛是失去法力的蛇发女妖戈耳工。她总是在院子和走廊之间走来走去,监视着住客的进进出出。但卡米洛住的房间很宽敞,有贴面家具和两幅浪漫派的雕版画,上面画着玫瑰花堆和因玫瑰引起鼻炎而打喷嚏的小女孩。1850 年 2 月,若泽·奥古斯托在那里找到了他。

他瘦骨嶙峋,却带着一种几乎不合时宜的优雅。燕尾服应该是在莱茨定做的。深绿色的礼服,纽扣是金色的。他不只满足于看起来像个纨绔子弟,还深陷其中无法自拔,因为说到时装和沙龙,他就会口若悬河。无聊轻浮遮掩了严重的问题。若泽·奥古斯托就冈布拉裤子和夹棉背心高谈阔论,打算去里斯本向皇室专用裁缝伯纳多·德·莱莫斯咨询意见,与此同时,卡米洛在他身上观察到了某种反复无常的无所不能,从中能窥见内心的波澜起伏。如果说灵魂是记忆的支撑,那个男人就没有灵魂;但是他正经历着痛苦。

"科尔沃男爵家有场舞会。你想和我一起去吗?我给你介绍波尔图最漂亮的三个女人。"

"是两个吧,如果我没记错你之前说过的数字。"

"没错,应该是两个。但她们美艳绝伦,真配得上'美惠三女神'的称号。"他看上去有些惊讶的样子,把手挪到脖子边,轻轻一拉,松开了丝缎围巾,"还是我不配跟你一起去?我可是个好人。"

"有些好人会让我们感到害怕。但我陪你去。舞会可从来都不是小事。"

若泽·奥古斯托一下跌坐在椅子上,突然间,他似乎摆脱了拘束。他笑着、说着,眉飞色舞,仿佛微醉了一般。他又变回了莱萨镇餐厅里那个花天酒地的青年,为了达贝德尔和贝罗妮一争高下。他的脸都稍微有点红了,看到绣花拖鞋跌落到地毯上时,还拿它们开了许多玩笑。

"你不笑吗?"他问道。

"当我没法欣赏某种风格的时候,便会去钦佩人的耐心。但告诉我……你又见过玛丽娅了吗?"

"我见过,是的。在圣若昂剧院的一个包厢里,她在看《诺尔玛》。她一直都在用绑带弄手套,我不知道该对你说些什么:我恨她。"

"你恨她?"

"是真的。这件事重塑了我的精神面貌,真是意义非凡。憎恨是对智慧的一种投资,是它最纯粹的旋律。"

"那她呢?"

"我不知道。那些珍珠和花束拂过她的脸,这样的她越是让我觉得美丽,我就越为自己不受诱惑、不去爱她而充满了胜利感。我就是这样。如果再加上一点非洲血统,定能变成富有内涵的圣奥古斯丁[1]。"

"你成不了的。你有一颗因厌倦而悲伤的心,这让你无法获得形而上学的体验。还有另外一个。"

"我有吗?"若泽·奥古斯托带着某种优雅的坦诚望着他。他确实令人无法抗拒。有多少女人心甘情愿为他迷失自我,一个鄙视爱情却又有能力去爱的男人!这就是他那股毁灭性气息所传递的、知道可以用非凡的激情去爱,却由于自私地承受痛苦,无法向幸福让步。他是疯了吗?还是病了?对于他的行为,对于他那奇特、病态、令人眩

---

[1] 古罗马帝国时期天主教思想家,出生于古罗马帝国统治下的北非努米底亚。

晕,或者纯粹只是空虚的生活,可以编织出多少流言蜚语。他认为自己轻易就会被人爱上,对这一点的过于自信扼杀了他心中的爱。卡米洛钦佩他。"此刻,他就是我生命的主人。"他想着,仿佛是在梦中。他觉得自己很可笑,于是大声说:

"波尔图被跳蚤垄断了,还有化装舞会。是戴面具的吧,那场舞会?"

如果无法用讥讽自身的力量来挥霍感情,他便会猝死。现在,他对结识玛丽娅和弗朗西斯卡·欧文感兴趣了。

*

科尔沃男爵的舞会上,出席的都是城里最著名的高雅人士。但若泽·奥古斯托的到来还是引起了轰动。他心血来潮,穿了件梅奎内斯长外套,就像阿丰索五世时期流行的那种。女人们目瞪口呆,用折扇掩着脸,笑了起来。她们土到毫不掩饰自己的惊讶,也愚笨到感觉不到想象所产生的效果。她们发现杜罗河谷的圣克鲁斯长子继承人长相俊美,其他的正式继承人与之相比也毫不逊色,大家都是衣着光鲜亮丽、千篇一律,步调几乎一致。到处都是人,若泽·奥古斯托没有马上就看到熟人。里卡多·布朗夸张的笑声不断传到自助餐桌的两旁。卡米洛想立刻离开。

"那个人还欠我一场决斗,这跟欠我一撮鼻烟可不是一回事。"他说。内格朗和另外两个长子继承人挡住了他的去路,大家都在为大厅的富丽堂皇所震撼,盘算着自己的财力,露出了量入为出的人所特有的傻样。那里有非常多的巴西人和男爵,卡米洛看着他们绣花背心上交叉的链条,大声说:"一头驮着钱的驴子想爬到哪儿就爬到哪儿。这是迪奥戈·伯纳德写的。"一个金发男孩来找若泽·奥古斯托,他眼神清澈，冷淡地跟内格朗打了招呼。他们之间有过一笔马驹的交易，内幕很黑，正如他的名字所示[1]，卡米洛这么说；内格朗是出了名的狡猾，他经常会卖给别人患有肺气肿的病马或者靠近戴大披巾的老妇人就发性子的烈马。但内格朗曾经效命于麦克唐纳将军，陪他穿越萨布罗索山谷，就像是穿越约沙法山谷那般；恶名无法歪曲他的出身，就算是欧文那种标本公鸡都无法做到。

"来看看这个大厅里最漂亮的三个女人。"若泽·奥古斯托压低声音说道。

"不是波尔图最漂亮的吗？"

"波尔图在这里可占了主角。过来看看。"若泽·奥古斯托领着他，在人群中往前挤，当中还停下来跟几个人打了招呼，然后一直走到一张沙发旁，沙发上坐着一位浑身珠光宝气的女士，卡米洛在边上说：

"那是一头奇美拉[2]……我喜欢更古典的东西。"

她的紫色天鹅绒帽子上镶有珍珠，戴的戒指跟连衣裙上的丝带和羽毛一样多。那是丽塔·欧文太太，巴西人；她很漂亮，属于那种活泼的女人，她们无法从简单的枯燥乏味之中分辨出不幸的意味，能给普通人留下很好的印象；也就是说，任何人每天至少要花一个小时来欣赏她。站在旁边的是她的两个女儿，玛丽娅和范妮。两人的个子都很高，但范妮更为苗条，手小小的，歪着脑袋的样子仿佛命中注定会化为一尊悲哀的雕像。从热那亚到巴黎，整个欧洲的墓地里都能看到这种雕塑。谦虚而不狡诈，敏感却不失腼腆。一张线条分明的脸，如果不是用热情真诚的凿子塑造出来的话，就会让人觉得线条模糊。

---

1 葡萄牙语原义为"很黑"。
2 希腊神话中狮头羊身蛇尾的吐火怪物。

"这个女人爱上了某个人。"卡米洛心想。在她身旁,他感到自己失去了那种与内心冷漠并驾齐驱的废话连篇。一般而言,坐到一个女人旁边时,无论其美丑,他都会展开这种感情的游戏,她不明白,他也不见得比她更明白。但现在,他变得词穷,甚至有几分胆怯。他几乎没注意到,她穿着白色的短袖;她的肌肤纹理细腻,脖子汗毛上的香粉闪闪发亮。玛丽娅也许更漂亮;但她不善于应变,所以显得不那么高贵。卡米洛觉得自己如此受着折磨很是愚蠢,更何况都还没猜透那个女人。若泽·奥古斯托一边和玛丽娅说着话,一边还听着丽塔太太说话,与此同时,卡米洛和范妮之间达成了某种协定。罗德伊洛长子继承人所说的话,她一个字也没有错过。可她天真地笑着,似乎是在想最单纯的事情。然后,她问了一个奇怪的问题:

"他是谁?"

听到卡米洛冒失的回答,她也并未感到震撼:

"他是一个具有毁灭性情绪的人。"

"毁灭性,为什么?"

"他没有灵魂。"

"灵魂是什么?蝴蝶也没有灵魂,可没有人比它更懂得如何去触摸花朵。"

"随他去吧。他对你说出的每一句话,都会让你皇冠上的一朵鲜花凋零。他为你绽放的每一个微笑,都会让照亮你世界的千盏明灯中的一盏熄灭。随他去吧。"

她看向他,受到了惊吓。接着,她恢复了镇定,有些不耐烦地说:

"我以为你是他的朋友。"

"友谊并不能禁止头脑清醒时的无情。也许我忘恩负义,但我不会恶意中伤。有一次,他对我说:'我不会存在很久……'在二十五岁就想到死亡,若不是诗意,便是罪恶。"

"他是你的朋友？"

"他替我还了债，还救了我一命。这并不意味着他是我的朋友。知道什么是灵魂的人，才知道什么是朋友。"

"灵魂不是给客人来做客时坐的椅子。灵魂是……"

"是？"

"是一种恶习。灵魂是一种恶习。"

"什么？"

"别把我当作个傻瓜。一个人可以无邪，却不可以无知。"

"我的天哪！"他震惊地说道，"我能从你的脸上读到好奇、同情、被冒犯了的自尊、对自身坦诚的恐惧，或是男子气概的表现。所有会带来毁灭性爱情的一切。"

她的脸色苍白到连她母亲都注意到了。大家喝着盛在鎏银上釉杯子里的巧克力，伴侣们止住了舞步。仆人们过来把硼砂撒到木地板上，换了大吊灯上的蜡烛。艾尔韦多萨的贵族和一个胳膊上绑着苏丹后宫女奴式头巾的女人一起走过，朝卡米洛点了点头，卡米洛没有回礼。他与范妮之间的对话很快就结束了，对话中没有多年的默契或者接触，这使他的心悬了起来，几乎眼冒金星。现在没什么可多说的了。他注意到自己的手在颤抖，说话时，声音听上去很陌生。范妮翩翩起舞，她穿着英式束胸，高高的束带有些松了，仿佛是全副防卫中的一丝懈怠。她很美。她的双眼分得很开，有着孩子那种饱满的额头，让她的神情看上去消极被动、惹人爱怜。短小的鼻子，窄窄的鼻翼，樱桃小口。他想象着那些手指触碰着若泽·奥古斯托的肩膀；指甲上的半月痕非常白，条纹明显。科尔沃男爵过来打断了他的这场神游。

"舞会怎么样啊？"他问，用专注和幸福的目光环顾四周。

"舞会真是精彩。我不跳舞也不喜欢音乐，是真的。我天生就是要在特拉斯·多·博罗镇当法官的，我不属于这个消化容易、精神敏锐的社会。"

"精神您是有的，卡米洛。您将会才华盖世，长满痘疮，独立地死去，就像外边人们所说的那样。"

"每次叫我去为我这个时代作证的时候，还要为杰出的男爵们歌功颂德。"

男爵略带夸张地笑了，却不太相信自己能跟卡米洛有情感上的共鸣，卡米洛是一个有偿的连载小说作者，把天赋都用在了有钱人不愿被卷入其中的法律纠纷之中。波良男爵付给他钱，叫他口诛笔伐自己的敌人，但却对其嗤之以鼻。正如卡米洛所说，在这片土地上，人们要么出于无法逃避的职责去爱，要么就因为按部就班的需求而感到厌烦，他如火如荼的写作热情被视为活跃气氛和刺激厌世者的一种方式；一般来说，这些厌世者从外表上看都很伟大，即使受到那个戴单片眼镜的无赖的嘲弄，也依然故我。如果不是那么懒惰的话，卡米洛还是能有一番作为的。科尔沃男爵说，要是他更守时一些，他就能去非洲的监狱里度日，要么就能获得个学士的学历。至于以后的事情，就全凭上帝的旨意了。

卡米洛看到若泽·奥古斯托手里拿着个酒杯穿过客厅，就跟在了他后面。若泽·奥古斯托走进了一个小厅，墙上覆着蓝色锦缎饰面，他停下来看了会儿一幅画着海难的画。卡米洛把手放到他胳膊上，若泽·奥古斯托转过身来；他已醉意朦胧。

"你看到她走路的样子了吗？很庄重，带着忧伤，如同神灵附身。"他嘲弄地笑了一下，卡米洛稍稍让开了些。

"谁？"他问，一边点上一支雪茄，一边等待着回答。

"范妮。你会说我是在侮辱那忍受折磨的尊贵的王权。我是个弑君者。我不敬畏神明。啊！这里太热了！我要能喝上些冷水就好了，能从公用饮水龙头里双手掬满了冷水来喝也可以……很冷的水……"他转了半圈,向门口走去;突然,他又回过身来问道,"你爱范妮吗?"

"我?她是一个让人想说'这是我妹妹'的女人。"

"那么你爱拉克尔吗?"

"是那个排名第三的美女吗?你没指给我看,但我在那儿见到她了,穿紫罗兰锦缎的那个,对吧?你和她还有联系吗?"

"没有,没有……我结束了和她的关系。我受够了会带来灾难的女人和会带来灾难的男人。"

他几乎是跑了出去,卡米洛可以看到他冲入了门厅。仆人急忙把大门打开,要不然他肯定会撞上去,或者还会把挡风玻璃撞碎。在人行道上,他的举止也没比刚才更体面;两个加利西亚人走过来问他要不要轿子,他很粗暴地对待他们,甚至还捶了其中一个粗人一拳。"快点,我想在吃晚饭的时候赶到伦敦。"他说道。他满脸通红,一件外套都没穿,嘴角还有一点白色的泡沫。卡米洛陪他回了家,房子在贝洛蒙特街上,铺着石块的门口有一条专供马匹进出的地下石子路。客厅在顶层。他们上了楼,若泽·奥古斯托把窗户两扇两扇一起打开,从那儿能看到黄色的灯火投射到河面上。他看上去平静了一些。整个人冻得瑟瑟发抖。

"喝点咖啡吧……"卡米洛建议道。他感觉到了自己对他的同情,但其中似乎也夹杂了一丝幸灾乐祸的轻蔑。他蔑视那个男人,这给了他某种安全感。"这就是尊重吗?对受害者的蔑视……不……我错了。这个男人已经死了。他站在这里,就如同花园里的一尊雕塑,无法令人害怕,也毫无知觉。"若泽·奥古斯托说:

"河流对我有镇静的作用。我想我可以潜入水中,慢慢地,接受水的拥抱,就像是某人在感激地迎接我的到来。河流总是为我这么做。它犹如女人的小腹一般平滑。"

他退到客厅里面,看上去神志清醒,甚至面带微笑。"我们回舞会去吧?"他问。

"不回。你去睡觉吧。我也要回家了。"

若泽·奥古斯托的眼中闪过一丝怀疑。他迅速下楼,到卧室里换好衬衫,洗好脸;接着,他用激动的声音喊了卡米洛,但已然没有了先前那样毫不掩饰的绝望。他们又回到了舞会上,却没有再看到欧文一家。对此,若泽·奥古斯托不但没有感到失望,反而似乎心情大好。他来到拉克尔身边,后来整个晚上都打足精神取悦于她。他能够让自己陷入狂热之中,热烈到让人无法抗拒。拉克尔,如果说她真的曾经遭到抛弃,现在又被他重新俘虏了。

*

拉克尔嫁给了一个比她大二十五岁的男人。她众人皆知的情人就有十四个,但是,波尔图所有支持怀疑论的诗人都爱着她,他们中没有一个能赢得她的芳心,无不以失败而告终。他们纠结于嫉妒之中,犯下情敌偏见所造成的所有失误,最终都丢盔弃甲,却仍对她矢志不渝。与若泽·奥古斯托在一起,事情就不同了;两人之间从来都没有自欺欺人,相信彼此别无所图。他们的关系非常积极,这就杜绝了两人的关系变得锱铢必较。当玛丽娅·欧文两年前,也就是1849年冬天,写信给若泽·奥古斯托时,他做了件几乎可以说是娘娘腔的无聊事情;他把信交给了拉克尔,如果不是因为拉克尔的坚持,都没想把信再要回来。

"我向来都无法做到鼓励你与我通信;在书面上,应该禁止做这种事情。"她说道。她是一个美丽的尤物,嘴唇厚厚的,肤色很暗,和克里奥尔人一样。若泽·奥古斯托痴迷于当她的情人,因为这能使他声名大噪,但事实上,他总是回避着挑逗性的话语。他假装尊重她，拉克尔认为这很明智。不爱一个女人的时候，就应该让她感到困惑，这样便不会将其贬低到被直截了当地拒绝。若泽·奥古斯托读起拜伦来就像其他人读《圣经》一样。那里面的字字句句和一切会在社交圈里引起的尴尬，特别是让女士尴尬的种种，他都烂熟于心。他去拜访拉克尔，就像拜伦去拜访卡罗琳·兰姆女爵那样。兰姆的意思是羔羊，拉克尔的意思也是羔羊。从温顺的镜子里看到的，是令人眼花缭乱的诱惑；只是拉克尔背叛了她的名字，就像她背叛了其他所有的一切。若泽·奥古斯托与她关系的亲密程度，也就只到不会因为向她大献殷勤而感到内疚而已；所以，比起那些与她偷情的人来，似乎更像是她的情人，因为偷情是从别人——丈夫或另一个人——身上，偷走了快乐。

如果不忠的女人足够聪明，不将情人置于社会责任之上的话，波尔图对她们会有一种特殊的包容态度。个人的品味没什么好谈论的，所以也没有与之相关的错误可言。但若被宿命感化，只爱一个男人，那就不是一种错、昙花一现，更谈不上什么离经叛道。美貌的拉克尔，剩下的，就只有一种热情：稳稳地攒上大笔财富，管理自己的收入。她与租户争论的方式，或为某个泥瓦工程算账的样子，能让最冲动的心都冷却下来。事实是，无论走到哪里，大家都为她提供便利：地契合约、土地购买，还有其他无数的生意。市政厅和税务机关的男人、行政官员和法官们，都愿意为她提供帮助，因为比起对她用情的后果来，通过受贿卖人情给她所造成的伤害更小。在生活中，她忙于应付各式各样的财务纷争，还忙于赌博，所以根本腾不出时间给爱情。对于拉克尔而言，爱情不是别的，它只是一件用来装饰打扮的附属品而已。她用情人来搭配连衣裙，上帝才知道她每一季要订多少套出游和出访的连衣裙。她根本无法掌控若泽·奥古斯托，但因此，她比某些摧毁男人性格的女人危害更大；因为若泽·奥古斯托不怕她，所以把权利交到她手里,甚至将最宝贵的秘密都托付给她。所以,她知道玛丽娅·欧文那些信里甜蜜的挑逗,当她哥哥把若泽·奥古斯托当成一匹纯种小马驹那样领到她面前时,玛丽娅就不再写那样的信了。她的爱情中带有许多感恩之情,也会因现实生活美好而欢天喜地,对之所期待的是毫无风险的平常事。她和范妮之间有一个本质的区别。玛丽娅懂得顺应礼仪,即便在编织浪漫情怀的时候也是如此;而范妮只是纯粹的多情,对父亲的缺位有点儿失望,她的父亲在子女尚年幼时就远离了婚姻家庭。一开始是因为无伤大雅的摩擦,后来是因为内心小小的不幸往往容易接受抚慰。他在里斯本认识了一个英国女人,有教养到无法有力地说服任何一个男孩娶她为妻。但一个成熟男人总是会被女人的与众不同所吸引,认为那是自己发挥成熟魅力的结果。他们建立了一段感情,结果还生了个儿子,几乎与休格·欧文同样年纪。丽塔太太习惯了众人对她言听计从,只把出轨理解为双方意见相左的一种方式。她相对文雅地接受了丈夫的出走,没有与他断绝关系。

"丈夫老了,就变成了亲人。"她说。她把欧文上校当作是一个负有教养职责的叔父。他在塞多菲塔保留了一座房子,在帕莱索小镇也尽量避人耳目,免得他人猜疑,因为无论如何,他都是一个军人,视军装高于一切,那身军装也适用于爱情的战场。

科尔沃男爵那场著名的生日舞会之后,大家和欧文家就没再联系过。在波尔图酒店待了一晚以后,女士们就回到了帕莱索小镇的庄园里,若泽·奥古斯托与卡米洛一起出发前往里斯本。在那里,在那沙龙大厅的纸醉金迷中,罗德伊洛的长子继承人迷失了自我。卡米洛回到了波尔图,一切都如意料之中,单调地进行着。对于那情感泛滥之夜的记忆,几乎已经消失殆尽。剩下的只有一丝犹豫,不确定那里的一切是否真实地发生过。惧怕的心不想去证实,它已然摒弃了危险。

一日清晨，卡米洛听到有人喊他。原来是若泽·奥古斯托，他骑着马，进了他的房间。他看上去兴致极高。女房东穿着印度羊毛睡袍，前来抗议这种荒唐的举动。

"进来吧，继承人先生。四条腿能进，两条腿也能进。都是一路货色。"

房子里弥漫着刚煮好的咖啡的味道。那是早晨六点；五月最后一个周日，阳光明媚，夹杂着信徒前去圣石基督朝圣的嘈杂声，一些人走路过去，红柳条筐里装了干粮，还有一些人坐在用铃铛装饰的马车里。卡米洛还在睡梦之中，银烛台上蜡烛滴落的蜡油足以说明，他花了一整个晚上来撰写《国民报》上的连载小说。一个黄色的大皮箱上面是皱巴巴的衣服，它们应该有一股薰衣草的香味，因为马用鼻子把它们拱了起来。

"醒醒……"若泽·奥古斯托说。他在卡米洛的鼻子底下挥了挥马鞭，把马拴到了门把手上，自己坐到了一把伏尔泰椅里。卡米洛睁开了眼睛。

"杜罗高地来的贵族，怀疑论者！"

"我可不是贵族，我只是个高贵的人。它们是有点区别的。我是巴尔卡桥人的后裔，那就是证据。"

"你就差把这找出来了。还有一个证据，就是你把女人称为鬼怪。我们的王子也把宫中的女士们称为鬼怪。"

"唐·塞巴斯蒂昂把她们叫得更难听。可这并不妨碍他赢得'众望所归者'的外号。"

"你是众望所归吗？"

"我是若泽，就像唐璜的父亲一样，是'一个真正的大领主，血管里没有一滴犹太人或摩尔人的血'，拜伦是这么说的。"

"拜伦是个爱恶作剧的人。他应该叫那个唐璜的父亲雷卡雷多，而不是若泽。是谁关了窗户?"

"窗开着呢,天大亮了。"

"我才刚睡着。"

"现在睡太晚了。我们出去,去看圣石基督吧。朝圣的有好多人、马和乐队。那里就是塞维利亚加上露天演出舞台的贝多芬,还有雷肖萨镇迷恋诗句的农妇。我们去把盘子打碎,叫马抬起前腿,去逗逗那些卖甜食的姑娘。你能弄匹马来吗?"

"我能弄到一匹像大船龙骨那样的马来,钻石都能破开。但我不想去弄。"但他还是站了起来,把门把手上拴的马推开,吩咐道:"伊斯特鲁莉亚,把我的咖啡和瓦隆古饼干拿来!"

那次见面的亲密无间的幸福感被俏皮话和某种对社交圈里流言蜚语的迷信掩盖了过去。他们已经三个月没见面了,各自过着宝贵的互不相干的生活,关心的是平凡无奇的事情,就像是淡如水的君子之交和毫无意义的消遣。现在,他们再次有了被人欺诈的感觉,那些更强大的事物衍生出的骗局正碾磨着他们的思想,消耗着他们的神经。若泽·奥古斯托的体魄,毫不夸张地说,看上去一副非常丑陋的架势;胳膊粗壮,双肩下垂,远远超过他实际二十三岁该有的模样。他留着比以前更短的头发和鞑靼人的大胡子。脖子上挂了一根黑丝带,上面吊着一块一英镑硬币大小的手表。他摆出半做作的神态思索着,左手插在羊毛针织燕尾服的衣襟里。他看也没看卡米洛,说道:

"我们可以吓唬牲口,把饮料倒翻……"

"我们可以把螺旋状面包和螺旋状蛋糕穿到鞭子上……"他站到门口叫道,"伊斯特鲁莉亚,热水!"

"我们可以让女人尖叫。"

"为我们祈祷吧。"

"让迫击炮响起来。"

"为我们祈祷吧。"

"一个伤心的人若是展露笑颜,是因为发现了一个更加伤心的人。一种动机不纯的幸福感会攻击像我这样的人。"若泽·奥古斯托说道,声音没有一丝波动。这些话突然将他们带入了那种曾经呼吸过的氛围,使他们几乎窒息。他补充道:"当你在应该幸福的年纪遭受折磨,就再也不会相信幸福了;幸福不是偶然,也不是回报。我们的痛苦已成为习惯,比任何一种补偿都更为亲切。"

"我知道那是什么。"卡米洛说,他用毛巾擦脸,似乎离自己说出口的话十分遥远,至少,他不愿被卷入任何形式的灵魂交融之中,"如果是痛楚拥抱哺育了我们,我们将永远都会需要它。"

若泽·奥古斯托站了起来;他太过激动了,以至于连马都咬住嚼子,嘶叫了一声。他轻轻拍了拍马脖子,与它低语。接着,转向卡米洛说:

"不幸福是放弃的一种方式,它与厄运无关。她是最为灼烈的情人,为她我们可以牺牲一切:荣誉、朋友,甚至上帝。"

"我们二十三岁。等我们老了,会知道年轻人说些什么吗?"卡米洛说道,嘲弄着这场已经变得难以忍受的沉重对话。他了解若泽·奥古斯托那种压抑的倾向,说话多少有点莫名其妙。他被盖查德咖啡馆里的文人称为"怪人",的确是当之无愧。卡米洛自己有几次也叫他"乡下人",曼努埃尔·内格朗对此也有同感,觉得罗德伊洛的继承人完全就是一个谜。"他欠了许多债,"曼努埃尔·内格朗说,"债务比雅典学院更能造就哲学家。"卡米洛认为那种说法非常明智。

*

他们不会忘记那个五月的周日。沙滩上挤满了人,路上到处都是坐满了资产阶级的马车，孩子们戴着摩纳哥草帽，手上拿着抓鱼的小网。可以望见玛亚镇的农妇们，胸前挂满了金饰，帽子上插着羽毛，站在遮阳篷的阴影下，以女修道院长的那种姿态吸引着情郎，怀揣着堪称典范的小心谨慎，把胸前那片高地展示出来。两个朋友收起了那些深不可测的话题，只是简单地聊着没有实质内容、可说可不说的东西。一种隐约而简单的喜悦占据了他们的心灵；就这样，他们寻觅到了一种近乎夸张的热忱，引导着他们走进教堂祈祷。如若亲临其境，他们定然会登上科林斯神庙，将狂热的思绪献给那个异教之地，他们对此地的价值已然熟悉：那便是以正统的形式来归整他们的幻想。他们在路上闲逛，进入了帕莱索小镇地界，到处可见沃土和松林，那里还有一座残垣破壁的庄园大宅，几扇大门都是木制的。门框早已被大风吹走。大宅散发着一股修士被驱逐殆尽之后的修道院的气息，边上是一间教堂，比显灵圣母的礼堂还要小。塔楼被一棵树的树荫遮住了。在这样的一个时刻，周日的宁静似乎在向墓地里的逝者致敬。一匹母马和她的小马驹在草地上打滚。若泽·奥古斯托和卡米洛感到，五月的阳光下已经攒足的精力变得衰竭；一种莫名的忧郁涌上了他们的心头。

"我的心愿是住在这样的地方。如果我没有离开我的村子，我会在那里，让一切顺其自然。在这里，女人所拥有的价值是第一份感情所赋予的。"他从马鞍上稍稍立起身子，用手指着低墙后面一座装着绿色百叶窗的房子。花园里有一棵花朵绽放的山茶树；红白相间的花瓣让人感到一种近乎痛苦的不真实。"住在那座房子里的几个女子应该常常会到这里来，坐在这棵树底下。"

"谁住在那房子里？"卡米洛问道。

"玛丽娅和范妮。"若泽·奥古斯托几乎有些心不在焉地回答。卡米洛说：

"我们走吧。这太感伤了。我们几乎是在爱着这辈子只见过一次的女人。我永远都不会忘记这个地方、这一天,还有我所感受到的相思之情。我们去吃点炸鲱鱼,聊上两句吧。"

"你说得有道理。"

他们策马前行,卡米洛的马是白色的,脊背像把锯子,却迈不开步子。从花园前面经过时,他让自己落在了后面;他先是看到了玛丽娅,手里拿着一本书,应该是诗集,接着看到范妮从家里走出来,她穿着薄麻连衣裙,头戴一顶系着蓝色丝带的草帽。她开始给花浇水;因为弄湿了鞋子,或者是鞋子里进了沙子,她便脱下了一只,又再脱下另一只,抖了抖,并从花园的墙头向远处眺望。她看到了卡米洛,明显吓了一跳。她一瘸一拐地进屋,手里还拿着一只鞋。或许是没有认出他来,但两人之间确实交汇了一种冲动,那并非激情,但却是源于激情的呼唤。当卡米洛接近若泽·奥古斯托时,发现他丝毫没有起疑。到达海滩之前,他们几乎没怎么交谈。接着,他们便被带入了一种快乐之中,其间萦绕着歇斯底里的刺耳之声。

他们很晚才返回波尔图,渐渐地,他们找到了心照不宣的方式以及为文雅忏悔守口如瓶的愉悦。田地里升起了一股令人不适的寒气,潮湿引得若泽·奥古斯托一阵咳嗽。

"你更喜欢她们中的哪一个?"若泽·奥古斯托出乎意料地问。

"不,她们不是我喜欢的类型。"

若泽·奥古斯托沉默了一会儿,不紧不慢地说:

"那如果我爱上她们了呢?"

"你,爱上她们?你不是对什么都要怀疑的吗?你的心不是跟我卧室里的皮箱一样,硬邦邦、空洞洞吗?"

"你认为我不可以爱一个女人吗?"

"你可以的。但只能在电击的作用下才可以。接着,你就会倒下死去。我不该对你说这话。有时候,为了不哭出来,我们会说一些残酷的话。听着,若泽·奥古斯托:有些人天生就是不会爱任何人的。"

"对身边人的爱一文不值,这会让我们把注意力从可怕的事物中转移出来。"因为卡米洛既没有表露出任何抗议的意思,也没有打断他,他继续说道,"激情是那些可怕的事物之一。激情不是为了荣耀,或为了某个女人。也许是不可能永恒的缘故。我为自己不是神而感到愤恨。"

"让我们忘掉这一切吧,若泽·奥古斯托。我们再也别回帕莱索小镇了。那两个女孩都自命不凡。她们的母亲就爱显摆,从连衣裙的花边和鞋底里都流露出来。我敢打赌,让我们哭泣的所有一切都能让她们笑出来。她们把自己关在房间里,吃着炸肉卷,嘲笑着一切。"

若泽·奥古斯托微笑着,情绪又好转了起来。他们策马扬鞭到了波尔图,热切地互相道别,仿佛是刚刚遇见的样子。两人约好了第二天一起去莱萨镇的那家客栈吃午饭,那家客栈曾是达贝德尔和贝罗妮两派不同旋律的竞技场。卡米洛已经走远了,还转过身来,喊道:

"哎!"若泽·奥古斯托行了个礼,礼数周全地向他道别,"友谊才是众神唯一羡慕人类的东西。"

卡米洛不清楚朋友是否理解了自己所说的话。他回到家,躺到床上,思考起那个周日发生的种种,有若泽·奥古斯托相伴的散步、他的诙谐、他的悲伤、蜡烛垂泪的小教堂、帕莱索小镇上那种有着业已开花的山茶树的房子,还有范妮。"男孩在患难与共中增进情感;男人则因忧郁感伤而彼此奉献。"他写下了这些话,想起了游击战年代,他正是在那时结识了曼努埃尔·内格朗,那个杜罗高地贵族继承人里的明星,和科尔戈高地的贵族一样勇敢,比塔梅加高地的贵族更具出奇的梦幻色彩。成就辉煌伟业的长子继承人们,用起火枪来得心应手,衣服亮丽多彩,爱穿苏格兰背心,也叫羊毛呢料背心。太让人怀念了！怀念二十三岁时的年华；怀念十九岁时就成了经历过普通苦难的男人，现在却为成为人与人之间不平等的明证而感到遗憾。

*

我们悄悄嘀咕的是一件事情，而说出口的却是另外一桩。社会道德便游走在这些矛盾的刀刃之上。大家没说出口的是，欧文上校在陪同贝雷斯福德将军去巴西时，听从英国外交部门的建议，在那儿与富有的寡妇丽塔夫人结了婚。这样，欧文就在葡萄牙拥有了住所和家庭关系证明，省得被王室集团强烈地怀疑是间谍。无论如何，他都是一个相当奇怪的人，对家庭不太有感情，只对把儿子作为政治资产感兴趣。他或许在一个军人所及的范围之内耍了手段，也就是说，混淆了既成事实和奋斗目标，公开声讨正义。事实是，休格·欧文注定要成为男爵，而上校肯定会在苏塞克斯的某份产业里以乡绅的身份度过余生。

卡米洛突然发现，自己只围绕着欧文一家就安排好了故事情节的突变，创作热情高涨。他没有按照约定和若泽·奥古斯托见面，也没有给他送去口信，而是去圣母修道院拜访了伊莎贝尔·坎迪达嬷嬷。嬷嬷是一位高大豪爽的女士，她将担负起教导小蓓尔纳尔迪娜的教育责任，那是卡米洛与雷亚尔镇的帕特莉西娅·埃米莉娅所生的女儿。轻易的诽谤是邪恶欲望的产物。的确，这位修女很富有，凭着这种状况，她击败了其他所有的一切：宗教、遁世、微不足道的正直以及清修所赋予的道义。她以往经常会去农庄里住上一段日子，那里，长子继承人们拥有圣像龛和图书馆，就是为像她这样的客人预备的。由此亦可寻出一些蛛丝马迹，来证明她是卡米洛的情人，这并非大胆猜想，而纯粹是观察后得出的结论。卡米洛敲了敲大门，一个负责接收弃婴的女人走出来,脸上的皮肤又粗又红,认出他后大献殷勤。

"叫一下伊莎贝尔嬷嬷。"卡米洛说。伊莎贝尔·坎迪达·德·瓦兹·莫朗既不年轻也不漂亮,声音粗犷,长着看上去就让人觉得很严肃的鼻子。她自掏腰包为卡米洛的小私生女提供生活所需,后来还把她嫁给了一个底细清白的有钱人,可谓是功德圆满。修女来了。

"怎么啦,我的朋友?"她坐得非常端正,用一种机械式的动作把从腰带上垂到地面的大念珠往裙兜里拉。

"没事……我只是想请求你……如果我出了什么事,派人去把孩子接来。"

"这是又怎么了?又会有一场决斗,还是哪个男爵来复仇?您无药可救了,无药可救。"

"这次是另外一件事……"突然间,他似乎厌倦了解释,厌倦了用平庸浅薄的审慎和经过粉饰的道德败坏来治愈内心的冲突,他觉得自爱的幻想消失了,"我要去米尼奥省,我会在那里待上一段时间。"

"那又怎么样?又不是去登喜马拉雅山。你要去哪儿?"

"去帕尔梅拉宫。"卡米洛急急忙忙地说。他记起艾尔韦多萨的贵族好几次要把一块清修之地借给他,那里只住着一个跛脚老仆和两条看门狗。那是一个如田园诗一般纯朴而美妙的地方,观景台可以俯瞰卡瓦多河,维列纳·库蒂尼奥家族曾用它来作避暑之地。

"我知道那个地方,"伊莎贝尔嬷嬷说,"我在那儿住过几天。走廊上能容得下两乘骡车和三尊大十字架。"

卡米洛欣赏那个女人的地方在于,她能承受偏见,还有心情将其变成简单朦胧的记忆。他们聊了起来。厨房里传来一股糖浆的香味,在那里,樱桃被去掉了果核,制成了第一批果酱。离开修道院时,卡米洛觉得自己的忧虑是狂躁的结果,这种狂躁源于雷亚尔镇布洛卡斯家族尚未被清洗至纯正的血统。可他一到圣卡塔琳娜的客栈,不祥的预感便又卷土重来，于是情绪低落，食欲全无。他没吃晚饭，写了一篇专栏文章，尖酸刻薄到他自己重读时都笑了，一边感叹道：

"是的，先生，我是个铅笔画出来的公子哥。用墨水画出来的公子哥们是有马车的。写专栏文章的稿酬都不够我去租一头驴子。我现在正陷于多愁善感之中，若再严重一点，我的专栏文章就会以三遍《圣母颂》来结尾。我该用哪个笔名呢？富奇，还是萨拉戈萨诺？我所拥有的，是做诗原则的缺乏。"

这时，女仆来取餐盘，看到晚餐没有动过。她叫捷尔特鲁德斯，脸蛋棕褐色，头发乌黑。

"你不吃吗？这是魔鬼干出来的事。"她说。

"这样才能终结一堆蠢事。"说完，卡米洛关上了美丽的伊斯特鲁莉亚身后的门。

帕尔梅拉宫仿佛是受到了《女人皆如此》[1]场景的启发，卡米洛置身其中，感觉到了对波尔图撕心裂肺的思念，只差那么一点便能让他动身上路，回到那里。他带了头纽芬兰犬来，这家伙很少作声，面露乏闷，可即使如此，还是能让庄园里的两条看门狗畏然起敬。它们被锁链套住，带着纯粹冲动的愤慨而嚎叫着。

花园里的橙树枝桠遮住了房间里的光线，他创作了连自己都觉得乏味的十四行诗。天气很热，口干舌燥的鸟儿在枝头啾啾地鸣叫着，它们突然飞起来，把被太阳晒得开裂的树叶都弄皱了。晚上，卡米洛感到害怕。他觉得似乎听到了宅子天花板隔层里有脚步声，那里有一处藏身之地，刚造好，是为了防范泽·杜·特利亚多[2]的袭击而建的。可以爬到那上边去的机械梯子被掩藏在天花板上铺的厚装饰垫层

1　莫扎特所作喜歌剧。
2　号称葡萄牙罗宾汉。

里。负责操作梯子的仆人说,梯子是给政治逃犯用的,唐·米格尔国王本人也曾爬过。卡米洛对此深信不疑。在雷亚尔镇,艾尔韦多萨贵族们见过卡米洛在泽·达·索拉桌边研读《穷人期刊》上卡西米罗神父的宣言,与他的友谊便始于彼时。那是 1846 年的冬天,外面下着雪,风在房顶上呼啸盘旋,好像要把屋脊吹垮似的。他诱拐了帕特莉西娅·埃米莉娅,并在波尔图的雷拉桑监狱里蹲了七天,那是多么疯狂的快乐时光啊,横行无阻!那与卡内塔将军友好相处的七天里,他还赢了十个金币,那是法学专业第一年的注册费。他作为苏格兰人麦克唐纳将军"愚蠢至极"的军团骑兵,扣上马刺,但却并未如他想让大家相信的那样,穷其一生追随将军。经过自己村子附近时,他感到了痛苦的思念之情,便当了逃兵,回到家乡,他对事实的思考远比执行能力要敏锐得多。一直追随麦克唐纳将军的是曼努埃尔·内格朗,他自十六岁起便对其抱有病态的忠诚。若是换作任何其他人,他也会跟着;他当时正处在一个把埃尔梅洛当作特洛伊城、把帕切科少校当作尤利西斯的年纪。

  公平地说,如果不是内格朗在一个天色灰蒙蒙的下午出现在帕尔梅拉宫,卡米洛也会逃离这场与孤独的战斗。和曼努埃尔·内格朗一起来的,是一个青年和一匹母马,母马是他去里贝拉利玛找来的,他叫它拉比查。他给所有的爱驹都取名叫拉比查,因为那是麦克唐纳将军坐骑的名字。卡米洛以接待教皇的阵势迎接了他;几乎都要去亲吻他的双脚。

  "你好吗?你好吗?"

  "我还是和野兽一样健康。"

  "真希望你能分我一点儿!"

  "少吃药,尽量少。要保养,要调理。"

他炫耀了一下那匹母马,让它抬起前足,围着长满绿色浮萍的喷泉转了一圈。大宅的正面矗立着一排柱子，与入口大道上一路种植的松林相映成趣。"原来这里才是亚壁古道的终点，"内格朗若有所思地望了一眼，说道，"我以为它的终点在希腊，却原来是在这里。"

"兄弟，过来，和我一起吃晚饭吧。你得把麦克唐纳将军之死的所有细节全都告诉我。"

"我可不喜欢成为众人瞩目的焦点……""这就是你的老生常谈，很少跟人分享你的回忆。"两人一边喝着大杯的糖水兑白兰地，一边开始追忆往事。内格朗要成为考古学家，怀着如传染病毒般猛烈来袭的激情在城市里到处挖掘。他觉得卡米洛瘦小佝偻，即便是身在议会或是圣若昂剧院的二等包厢里，都不太可能会被认为是高雅入流的人物。

"还不至于这样。"卡米洛说，他看着厅里的威尼斯镜子，带着欣赏的神色端详着自己，"我虽不能说自己是圣地亚哥将军，但也不像大家所说的那么丑，"他还慢慢地补充道，"我从来都没弄明白为什么麦克唐纳将军会降了他的职。"

"看他不顺眼呗，就是这样简单。"

"不是。他是太好心了。好心在没必要的情况下也会连累到大家。但是，不管是否被降级，他永远都是圣地亚哥将军。"

"这是为了什么呀，兄弟？"

"为了被一个女人爱，那种爱得不理智的女人……可以为爱去死的女人……"

"没人会为爱去死，"内格朗下定论般说道，"人们会死于瘟疫，死于怨恨、骄傲或饥饿。麦克唐纳将军死于悲伤。"

"他死是因为喝了太多法瓦约斯的葡萄酒。再加上卡莫纳中士的突袭。"

"不。老将军们是因为轻敌、因为悲伤，在日落时分死去的。有的是身上被打满了子弹，肝脏还被刺刀刺穿，但实际上，却是被轻敌和

一 长子继承人

战场上悲伤的柔情蒙住了眼睛,死者赤着脚,马儿徘徊于死人堆里。"

"好吧,"卡米洛说,"一个严肃的长子继承人要比一个有教养的神父更加糟糕。你吃烤猪排还是鸡肉饭?"

*

圣地亚哥将军是卡米洛的英雄,但还未英雄到能被塑造成一个小说人物原型的地步。然而,这个嘴上没毛却无所畏惧、勇往直前的西班牙男人却具备了与这位文学天才相契合的所有条件,并对他之后的作品产生深远的影响。他有一个组织(这是当时流行的讲法),能让自己时来运转。化身为伏脱冷的巴尔扎克就对这种类型的人物情有独钟,他们不适合被夸张地描绘,这些人只要多一点勃勃的野心,便能成为大赢家。可以相信,在那些身体素质超乎寻常、却因不具备在必要时不择手段的脑力而无法取得成就的人面前,卡米洛就有这种感觉。也许对于卡米洛来说,若泽·奥古斯托就像是带了一丝吕西安[1]色彩的拉斯蒂涅[2];也就是说,一个堂堂大丈夫,却迫于他人的不良行为而人设崩塌。我们能肯定的是,卡米洛对圣地亚哥将军怀有一种青春少年的敬佩之情,将军擅长游击战斗和沙龙社交这些技能,结果赢得了一位非凡女子的爱,她是唐·米格尔国王的情妇。他们结了婚,过得非常幸福。就这样,故事以一种在道德层面上很有趣的方式结束了,从一开始便注定会成为一部倍受欢迎的小说。

1 巴尔扎克长篇小说《幻灭》中的主人公,妄想凭借聪明和才华跨入巴黎上流社会,结果弄得身败名裂,狼狈不堪地回到故乡。
2 巴尔扎克的小说《高老头》以及整个《人间喜剧》中的人物,出身没落贵族,为了改变自己的贫困境地,早日实现飞黄腾达的梦想,他抛弃道德、良知,利用各种手段,不顾一切向上爬,最终实现了自己的梦想,成为一个被旧封建社会腐蚀的贵族青年典型。

曼努埃尔·内格朗在帕尔梅拉宫待了两天,跟他一起的还有他的仆人和那匹颜色像牛奶汤一样的小母马,它长得酷似在埃尔梅洛战场救了他性命的那匹马。伊莎贝尔嬷嬷因朋友的离别而焦急不安,出人意料地出现了。她在教会中享有极大的自由,这对于她的名誉并不太有利。卡米洛说:

"金钱在我们这个时代是奇迹,就像更美好的年代里摩西的手杖一样。"他很愉快地接待了她。令人惊讶的是,看到感情把那三个伙伴团结到一起,道德败坏这一补充物为感情赋予了更充沛的活力,却没有让他们陷入不安,失去平静。那些日子过得极其平和,既没有激情也没有其幻影的介入。善良的伊莎贝尔·坎迪达在厨房里发号施令,还大声朗读奥利维拉骑士的格言警句。她干瘪的身形和参议员似的鼻子在大宅的走廊里投下了令人印象深刻的阴影。曼努埃尔·内格朗亲吻她的手,纽芬兰犬以顺从的姿态不知疲倦地紧随她的身后。若是按常规,伊莎贝尔嬷嬷不会在陌生的房子里住上超过一个晚上。而那次她待了五天后才坐上轿子,带着两个仆人、一块鸡肉馅饼和一些布拉加煎饼动身离开,卡米洛答应她会好好吃饭,并用她给他带来的药水滴眼睛。

"照顾好自己,别受小说的影响。"她对他说。

"小说既不能给我安宁,也无法将它带走。"他把手臂靠在门上,看着她沿着松林间的大道离去。内格朗也被打动了。一种无法形容的忧郁笼罩着他的心灵;他感到一种深深的惆怅,一种哭泣的愿望,某种类似于预感的东西。小说里可没有混夹着这样的五味杂陈。

*

回到波尔图的第一天晚上,卡米洛去了剧院。他半陶醉在希望之中,就像一个从寄宿学校逃出来、自认为应投身于冒险事业的男孩。他看见一个身着黑衣的女人来到了一个包厢里;她任由镶白鼬皮边的披肩垂下来,显现出裸露的双肩。那是拉克尔,跟她在一起的是若泽·奥古斯托。有人窃窃私语,部分是因为赞赏,也有部分是出于谴责;卡米洛感到一股莫名的满足感,但没有去和他的朋友搭话。

他继续看着他,始终保持着距离,看着拉克尔陪着罗德伊洛的长子继承人骑马散步。她看上去兴高采烈、充满活力,策马奔腾时高贵优雅。她的纱巾飞扬,仿佛在身后留下了一缕青烟;她还露出充满自信的笑容,仿佛年轻了许多,正体验着初恋的喜悦。有一次,若泽·奥古斯托看见了卡米洛,向他点头打招呼。卡米洛装作没看见,没理他。

"你为什么不跟他打招呼呢?"马尔塞利诺·德·马托斯问,他是律师,与两人关系都很好。

"我不要助长那个乡下人的自负气焰。你觉得他爱拉克尔吗?如果别人嫉妒,他才会爱她。如果她对他不忠,一听到大家说:'多美的女人啊!'他才会爱她。"

"可我们都是这样的。爱情只不过是欲望的结晶。需要付出巨大的牺牲才能创出新意。那个奇葩反复无常,但他不是变态。二十三岁时,没有人成得了萨德侯爵[1]。你醒一醒、想一想吧。我觉得你是在自己连载小说的阴影下睡着了。"

"除了作者之外,小说对许多人都有害。有人在普通生活中找不到自己的位置,于是便想用蛮力来获得它。他们认为自己与众不同,还指责别人不理解他们。若泽·奥古斯托就是其中之一。他把自己想

---

[1] 指多拿尚·阿勒冯瑟·冯索瓦·德·萨德,1740 年出生于法国,是法国文学史上伟大的作家之一。

象成唐璜,或是哈姆雷特。在懂得将死亡视为自然法则之前,他的母亲就去世了;而他认为这是一种不可原谅的凌辱。他热衷于小说。他可以读到凌晨四点,对于一项才能来说,这还远远不够,但对一个长子继承人来说,这又有些过头。"

"你嫉妒他吗?"马尔塞利诺问。他一副高高在上、挑弄是非的样子;他正开始在法庭上为人所熟知,喜欢为那些能将丑闻与精神境界融为一体的案件辩护。

"我不嫉妒一个在观念和经验上都无法自我定义的男人。当他看起来很理智的时候,他其实很愚蠢;当大家觉得他很忧郁时,他只不过是个骗子。即使他以富人的姿态出现,据我所知他在这唯一的身份方面也会编织谎言。我已经建议他娶个女继承人,要会写诗,还能送他雪茄盒,上面镶有带蝴蝶翅膀的普赛克女神图案。"

"你就说教吧,这个国家也值得让你这么做,因为比起想象力来,它更注重买卖生意。每一位重生的诗人中,都有一个神父埃乌里克,在社会科学院注册当院士的同时,还在贩卖着橄榄油。"

"是有的,"卡米洛说,"我们努力变得高雅还是有点价值的。"

"如果你不了解美德是什么,那为它付出的代价可就大了。无论麻雀飞得多高,天空都不是为它们而造就的。在我看来,你就是在嫉妒若泽·奥古斯托。他配不配得上这种美德,那是另一回事。"

两人道别时都有些生气,往前走了一会儿,卡米洛停下来整理思绪,一边还在调整眼镜片。他认为自己过于在意与若泽·奥古斯托的关系,他毕竟只是在严肃的事情上举重若轻,但也没有权力在社会上造成重大灾难。"这么担心对我没有好处。我在这件傻事上花的时间也太长了。"他从那些困扰着自己的残酷幻想中稍稍得以解脱,觉得任何职业只有在不丑化我们的时候才是可行的。做个连载小说作者挺好,但这却成不了他自己争论的基础。因此,最好还是去卡雷罗斯大道或塞多菲塔男爵们的客厅里找一找论据。

*

卡米洛不断地回忆起他与若泽·奥古斯托之间的对话,以及若泽·奥古斯托去他位于烟草厂路的房间看他的那一刻,那个房间里摆满了鲜花,好似清明之日的地下墓穴。卡米洛像苦行僧那样盘着双腿,坐在床上接待了他,楼下传来《国民报》办公室里的动静;科尔沃男爵正骑着阿尔特尔马[1]经过,马蹄在碎石路上擦出了火花,他要去新广场转上两圈,让马在圣安东尼奥教堂的人行道前展示腾跃直立。

"大秘密都不浪漫。只有对大秘密一无所知才叫作浪漫。"卡米洛说。而若泽·奥古斯托则用那种颓唐而阴沉的眼光望着他,或者投入地阅读随手能拿到的第一本书。在罗德伊洛庄园,当他们徒步穿过葡萄园的时候,他似乎不好意思被人看见两人并肩而行。"这个男人,没有马,就什么都不是。"卡米洛想。

"我们从另一边走吧。我不喜欢让别人瞧见我们。"若泽·奥古斯托在经过平房门口的时候说道。有一部分摘葡萄的工人还留在那儿,其中一个男孩用口琴吹着快节奏的歌谣,他脸带微笑,闭着双眼,以便更好地捕捉记忆中的旋律。葡萄已经采摘完了,老墙中渗透着一股烟土的气息。它从地板的缝隙里钻了进来,衣服上散发着如油般透亮的金色葡萄酒的味道。"这可不是我该来的地方,这是管家待的地方。你会看到,他们马上就会问我讨香烟和烧酒了。"

"他们讨的就是那些东西。我们也不知道那是不是他们想要的。

---

[1] 葡萄牙的一种马。

话是那么说的。但话究竟是什么？它们是一种律法，但事实上并不知道这一律法适用于什么。"

"他们都是酒鬼，别的什么也不是。"

"对于可见的事物，不应该说'别的什么也不是'。"

"我需要独处，也需要你。而你则需要我帮你创造另一颗心。"当若泽·奥古斯托对他说这番话的时候，卡米洛对答应来到乡下感到了后悔，他不该答应的。他感到了寒冷，一股溪流的冷意绕住了他的双肾，好似潜入了流水之中。要阻止灵魂的蜕变已经太迟了，因为它已经了解了一个比死亡更加强大的敌人的帝国。

"从现在起，你将受我统治。"

这是若泽·奥古斯托离开位于烟草厂路的房间时说的最后一些话。小说是怎么写成的？在卡米洛的人生中，应该会被多次问到这个问题：表面的单纯、粗暴、漫不经心，出于纯粹的俗套，以及愚蠢。小说是用一剂又一剂的掩饰隐瞒，加上使道德腐败的美德而写成的，因为它们会出于人类的恐惧溃烂化脓，而不是勇气、爱情或憎恨的结果。什么是恶习？是一种想象之门的吱吱作响，是一种人为了生存而达到力量极限的痛苦成就。而他，谎话连篇，用他那些高贵至极的女主人公、那些监督罪恶之人，把自吹自擂的世界当作自然来消化、来爱。是愤怒成就了连载小说，而成就人的则是恐惧和他的反抗。他确信，若泽·奥古斯托应该娶一个有钱的女人。他没有独立的条件，或者他所谓的独立耗资巨大。他以食欲为生，却无视欲望；食欲可以和期票一样延后改期，而欲望却无法抑制。若有一架两轮马车，他就想要一辆四轮大驾；若买上一件燕尾服，就觉得毛皮大衣必不可少；吃着鳗鱼，然后还要再点些牡蛎。但是欲望——谁能为之作保，给其命名，侃侃而谈呢？欲望会被恐惧摧毁，通过上千种不合时宜的才干得以表达，注定要使灵魂麻痹，却不将其腐蚀。腐蚀的是食欲的满足；

一 长子继承人

欲望永远不会感到满足,它是体侧的伤口,是手腕的热度,是肺部的病斑。欲望如同最甜美的鸦片,能说服死亡。若泽·奥古斯托不是一个有欲望的人。应该尽快弄到一份嫁妆,并把抵押赎回来。如果不这么做,那个前途无量的青年和铺张挥霍的长子继承人身份就将成为一个纯粹的笑柄,而且很快便会在波尔图议会圈的传说中成为过时的东西。

*

若泽·奥古斯托曾经承认过,自己喜欢小麦色皮肤的苗条女人。喜欢,这是一种受制于常识的消极方式。一种特殊的常识,充斥着巴黎的风月之地,葡萄牙青年,或者更确切地说,来自杜罗高地的葡萄牙青年,都会去那儿寻觅情色、手套和知识模型。

在那个炎热的早晨,卡米洛感到大队的蟑螂都缩回了它们安在房间缝隙的巢穴里,他特别仔细地穿戴整齐,出门去拜访若泽·奥古斯托。那种冲动是如此强烈,他甚至都没想到会看出那种冲动里有什么荒谬的迹象。他戴上自己最好的礼帽,出了门。他的心情很好,生活看上去似乎也不再那么阴暗;只要能出版一本正经的小说,他就有希望被推荐进入社会科学院。所谓的正经,就是给绅士们看的粗俗鄙陋的东西。

当他敲响贝洛蒙特街上那房子的大门时,踌躇了一下,心想,如果没人立刻来开门就离开;事实上,门没有马上打开,卡米洛又敲了一下。一个姑娘出来了,她戴着绿松石金耳环和英式三角围巾。那是房东的侄女,一个女裁缝,在乡下长大。她脸色苍白,乌黑的眼睛湿漉漉的,仿佛蒙着一层泪雾。她沉默了一会儿,然后说:

"若泽·奥古斯托先生已经不住在这里了。"

"他就这么突然去庄园了吗?"

"我也说不好。一辆马车载走了他的所有东西。书、家具和墙上的画。就连一枚钉子都没有留下。"

卡米洛并未表现出特别的惊讶,一种恶意的满足感涌上了他的心头。若泽·奥古斯托消失了;就仿佛是在一次防波堤上的小小散步中被海浪吞噬——一桩无人目睹的事故,一刹那的工夫,除了他哥哥外套上示哀的孝布之外,没有任何其他结果。若泽芬夫人的黑手套、带有油布的花圈,手上拿着帽子的管家马尔克斯,威胁着假装用扫帚和水桶赐福周遭一切的托尼科。还有朱迪特,带着被石头砸过的弥涅耳瓦女神的神情,用手帕捂着嘴,遮住那些掉了的牙。有谁是爱若泽·奥古斯托的呢?看到他到了院子里,让马把前蹄抬起来做人立状,狗就跑了过来;他既没有冲着它们喊叫,也没有吓唬它们,它们就心惊胆战地逃走了。尽管从来没被他打过,可是只要看到他经过,狗就会夹起尾巴呜咽。如果被关在有若泽·奥古斯托气味的房间里,它们就好像病了一样,在门上抓挠。

"已经不住这里了……"卡米洛说。姑娘显得很有兴致,要给他解释。有几个男孩,带着小街小巷那种苍白的气色,跑过来靠在大门上偷听。姑娘挥起围裙边把他们赶开,好像赶猪圈里的猪似的。

"去……"她说,"到别处去玩……还有,"她对卡米洛说,"我觉得奥古斯托先生是租了一处宅子,上那儿呼吸新鲜空气去了。"

"在哪儿?"

"不知道。"

"帕莱索小镇。"卡米洛冷冷地说,看他说得这么肯定,她也附和地点了点头。他转过身去,把姑娘丢在门口,她望着他离去,一副饶有耐心抑或是懒洋洋的样子,仿佛是被街上的小贩、马车、绳索铺,还有卖柿子和白色雏菊的女人吸引住了,却又心不在焉。卡米洛回头看了看,发现她仍然懒散地站在门槛那儿,于是又走回到能让她听见的地方,问道:"他没留下什么口信吗?"

"我这里,没有。他说要寄份礼物给我。"房子里有人叫她,一个低沉的声音在问是谁。

"若泽·奥古斯托先生的一个朋友。想知道他有没有留什么口信。"

"没留口信,没让问候谁,也不会有人想念他。你进来,奥古斯塔。"

"姑娘,你叫奥古斯塔啊?"卡米洛心不在焉地问着。他注意到,她是多么的胖乎乎、圆滚滚,与若泽·奥古斯托习惯看到的、维亚纳侯爵在里斯本举办的沙龙里的那种类型截然不同。"里斯本女人的骨相绝佳。"卡米洛继续说道。他感到一种刺痛,一种被夺去生命中所有批判观点的绝望。一切依然照旧:太阳、雨水、死亡或是预算。"奥古斯塔!我会记得的……"他说。突然看到他踏入了自己熟悉的那块小小虚荣心的领地里,姑娘笑了。

"他是个好房客,那位若泽·奥古斯托先生,但他可没让大家清净。他会骑马踏进里屋的地板,还用日本汤盅给马喂水。"

"奥古斯塔,你进来。"里面又叫了一声。她用肩轻轻一顶,把门关上,就像整日淘气的小孩子那样。"他们应该给大门上一下漆。"卡米洛心想。有关房子与它所在位置的所有细节,在他的脑海里都清晰了起来。窗户边上有铁制的支架;它是用来放花盆还是放火把的呢?那是一座18世纪建造的宅子,有石雕的外框,天窗能把内庭照亮。他朝着维尔杜德斯花园的方向,沿着石子路慢慢向上来到雷拉桑监狱,在通往卡罗斯之门的狭窄小径上信步漫行。可突然间,他想到那些朋友、纸上谈兵的交流,还有盖查德咖啡馆里的激烈讨论,感到一阵厌恶。他倒退回来,沿着托雷·达·马尔卡高原向前走,从那里可以看到绿灰色的河流,河里浪花卷卷,已展开怀抱,拥抱大海。他看见一位骑马的女士,金色的头发盘成了宫廷式样,帽子下面系着一根蓝丝带。那是一个英国女人,她带着忧郁的微笑,一个病怏怏的女人。"她年纪比范妮要大。"他想。范妮怎么样了?他已无法回忆起范妮的长相。只记得她的两只眼睛分得很开,砂褐色的头发分为两侧,颜色很淡。但卡米洛确信,如果在一群同样年轻的姑娘中看到她,肯定认不出她来。若泽·奥古斯托在那里,拜访欧文一家,去花园里喝茶,转而接受那些曾经憎恶的习俗。如果卡米洛要跟他搭话,就会问:

"你想做回认识她之前的自己吗?"他需要一个坦率的回答,然后便永远对此三缄其口。而且,或许再也不会去想那一切。可是首先,还有另外一个问题:"当她要你娶她的时候,你会怎么做?当你们的笑容开始走样的时候呢?是的,你回答我……"

他发现自己在大声地自言自语,一些路人朝他看了过来。他意识到,自己正独自一人,皱巴巴的领带尖在微风中飘扬,拍打着他的脸。他几乎清楚地听到了若泽·奥古斯托的回答:

"事情才刚开始的时候,你就要走到极端。"

但事情并不是刚开始。如此激情的时刻,没有开始也没有终结。他知道这和玛丽娅无关,尽管她的完美会让他有这样的感觉。她全身皮肤雪白,仿佛由玻璃凝结而成,带着淡淡的蓝色;她绵柔的声音,说某些词时带着兴奋的口音,特别是那略带放肆的笑声,会挑起男人恼怒的思绪,但听上去却很甜蜜。不是玛丽娅唤起他们那种执迷不误的幻觉;是范妮,那最最孤独的女子,却也因此最最令人无法抗拒。她可以对他们为所欲为——杀死他们应该是她做起来最为自然的事情。范妮!他无法想象,也无力将一个男人的幸福理想化。她超越了任何可见或不可见的现实而继续存在;也因此是危险的。范妮才会最终使若泽·奥古斯托着迷,无需施展手段,却戴着某种面具,一种无意识的虚伪。多么神秘啊,一切都展现在那份冷漠之中:崇高的向往、最为高贵和谐的情感!

"她对我没有足够的诱惑力。我不爱她。"若泽·奥古斯托会说。当一个女人觉得对他的欲望索求可以达到无限的程度,而他便认为自己已不能漠然处之,那就大错特错了!纯洁,会伤害他,直至让他陷入如死亡般的沉睡中。清醒,会把毒药注入其心脏,使他比疯子更冒失。如果男人把女人的软弱当作自己大权在握的证明,那他们就是单纯大意的人了。如果他能在那一刻看到范妮,会无视她或者否认她的存在。"我的妹妹,我的妻子,我的朋友,你是多余的;化成风,化成水,回到你的王国去,那里的一切都无法分开,尚未被创造出来。"

"我不爱她,"他说道,"这难道不才是最大的魔力吗?"

他迅速做出了一个斩钉截铁的决定,要去当神父。他注册了圣公会神学院的课程,但却没有好好去上过课;由于缺课,这一年付诸东流。因为微不足道的理由,经受了数次粗暴可怖的愤怒之苦。他因在报纸上讽刺过度而被刑事法庭传唤,而事实上,他是被人收买,针对把他的金主、有钱的男爵当作靶子的批评,进行回击。他过着悲惨的生活,生活里充满了艰难险阻,还有各种肮脏勾当,他忧伤地思念着那些最不够资格的朋友。于是,有一天,他勤劳起来,去布拉加见了五年前在狱中认识的卡内塔将军。但对他来说,却像是过了三十年之久。他看到将军的高帽子下面还是塞着同一条方巾,流浪汉和强盗都这么戴。他穿的还是监狱里那件教士长外套,就是那个时候,卡米洛赢走了他十枚金币,拿去支付了科英布拉大学的注册费。

"我快要不行了,我已经准备好了。在这身体里边五脏六腑都散开了。连赌博我都不感兴趣了。"

将军哭着,就像是关在监狱里,没法打扑克牌和三十一点时那样。他非常非常瘦,比以往任何时候都更加瘦骨嶙峋。

"你来这里干什么?"他问,露出了他那种迷茫的傻笑。他已经不记得卡米洛了。

"你把我的全部家当都赢走以后,又借给我十枚金币,我来还给你,那都是五年之前的事情了。"

"好的。我以为我把它弄丢了,不过好的,"他叹了口气,"我以前有很多钱,还有将军的权杖。但从几级楼梯上摔下来之后,我就和以前不一样了。"

他不顾一切,背叛了唐·米格尔国王、临时政府、步兵队、骑兵队和矛兵队。但卡米洛心软,想起了卡内塔借给他十枚金币那么慷慨的举动,带着赌徒大摆排场的阔绰。他回到波尔图,将闪耀着尖刻离奇精神的骚动抛诸脑后,开始了另一种生活。他看起来很幸福,宗教虔诚危机波澜不惊地过去了,他一直写作,甚至还保持着理性与信仰之间的笔战。若泽·奥古斯托也从城里消失了。卡米洛知道他在帕莱索小镇有一处宅子,做了欧文一家的邻居,还要娶玛丽娅为妻。"这是好消息。"他漠不关心地说。

他申请了神学院的考试。那是 1852 年的 3 月。他患了贫血,胸口剧痛;医生建议他去维亚纳散散心,他在那儿待的日子不长,还不到十五天。出乎意料的是,他放弃了献身神职、成为神父的想法;但是,他却继续受着形而上学的启发,人们看到他穿着一件黑色的神父长袍。

一天下午,玛丽娅·欧文抖着粘在骑马服纱巾上的细沙,正要走进花园时,发现了坐在教堂大台阶上看书的卡米洛。玛丽娅没有马上认出他来。他站起身,牵着马的缰绳,陪她走到了大门口。

"遇到你真巧啊!不想进来吗?"

"明天我再来拜访玛丽娅·丽塔太太。"

"明天?"

"我就住在这附近。我租了房子,成你的邻居了。"

她露出了她那种性感却略带紧张的笑容,慢慢地关上大门。卡米洛听见她的鞣制皮靴在花园潮湿的地面上吱吱作响。时值六月。范妮正在给花浇水。她就在那儿,无声无息,一动不动,这让他突然感到了恐惧,仿佛是她看透了他的心,而这却是绝对的枉然,毫无意义。

二　帕莱索小镇

夏季的一个周日，圣拉扎罗花园看起来不像往常那么拥挤。下午三点钟，正是人潮涌动的时刻，骑马的花花公子、穿绣花薄纱连衣裙的姑娘、两轮马车、轿子，还有马塞多法官的驴，它主人身上穿的马甲很好认，透过马甲还能隐约看见里面衬衫的一道褶子。这算不上时髦——但波尔图人的那场聚会中，谁又算得上时髦呢？聚会上未见里卡多·布朗的踪影，不知他身在何方，也许是在多维尔，用有趣的单筒望远镜穿透那些保护着温特哈尔特模特的遮阳伞。能看到的，是一家家人坐在圣母容孤堂的椅子上。那个著名的紫衣男子，闪耀着厚颜无耻的光芒，卡米洛带着不懈的热忱为他洗脱。两位青年碰上了，他们是马尔塞利诺·德·马托斯和费尔南多·贾科姆。

"有什么事情不对头了。"贾科姆说。他许久之前就把律师的营生抛诸脑后，为的是投身文学创作，却偏偏并未得到与其奉献精神相匹配的回报。"看看所有这些女人，温顺、慵懒，连表达最为神圣的愤慨时，鼻孔都不会抽动一下。看起来，她们称之为花花公子或懒汉的人并未让她们费神。"

"就是，就是。"她们应该是梦想着把女儿、小姑子和女仆们嫁出去。正如卡米洛所说，婚姻是一种正派而又经济的消遣。

"卡米洛！"贾科姆惊呼道，整张脸都亮了起来。"这里就少了他。哪儿都没看见他的人影。"

二　帕莱索小镇

"若泽·德·梅洛在那边。我们去问问他。"

若泽·科雷亚·德·梅洛住在苏埃马,在那里有一个庄园,他是卡米洛和若泽·奥古斯托的朋友。他没怎么详细地解释,因为正陪着两位帽子上装饰着含羞草的女士,不想停下脚步。

"卡米洛在帕莱索小镇呢。"他没好气地说。

"他那边怎么样?不再担任教职了吧?"马尔塞利诺·德·马托斯问道,一副惹人厌的样子。

"不幸的是,一切都很顺利。至于教职,他还是接受着,而且一丝不苟地执行着,但这教职不是主教大人封的。"

所以,贾科姆和马尔塞利诺几乎没打探到什么消息,也就是说:他们能添油加醋造谣生事了,而他们编造出的东西自然不会是对那位连载小说家的迎合奉承了。两人都对卡米洛积攒了一定程度的怨气,因为当卡米洛对友情的思考无法约束其心灵,厌倦取代了精神的位置时,就会与全世界对抗。特别是贾科姆,他郑重其事地抱怨起来;卡米洛毫不掩饰地认为他才华平庸,还批评他缺少风格和灵感。失望的费尔南多·贾科姆计划去巴西,并在那儿创办一份文学报刊。"在那里,需要比天气更热的想象,"卡米洛说,"他的价值连个老黑人都比不上。"贾科姆知道了这番讽刺,无法原谅他。

"你们是很好的朋友吗?"他问马尔塞利诺。马尔塞利诺评估了一下自己对那个文学天才、男人、还有死对头的理解,那人已经在市里、巴尔塔尔镇上和周边地区树敌众多。卡米洛以敌人的品质来衡量自己的重要性,"值得同情的人才会有平庸的敌人。"他说。马尔塞利诺·德·马托斯可不想成为这些人中的一员,他知道没有什么比得理不饶人的抱怨更能让一个男人显得可笑了。这些抱怨应该是显而易见且无需讨论的。在关于正当原由的辩论中,总有些东西会使其真实性受到怀疑。作为一名天生的律师,马尔塞利诺并未忽视这一点;也许有一天他

会利用这种认知为卡米洛和安娜·普拉西多辩护。所以,他只会说:

"我们非常类似。两个人都出过麻疹。至于很亲密的朋友么,我们倒也算不上。他最近一直和杜罗河谷那个长子继承人若泽·奥古斯托走在一起,就是那个奇葩。"

"他是内格朗的表弟,就是那个理智的米格尔派人士内格朗,他的耳朵聋得跟门板似的。那个奇葩可是个了不起的情人。他对女人紧追不舍,直到把她们征服为止。当她们像唐璜的朱丽亚那样说,'我永远都不会同意……',但实际上准备同意的时候,长子继承人就消失了。他唯一的缺点就是太早离场。"

"骄傲带来的快乐有时比爱情的愉悦更能受到赞赏。"马尔塞利诺说。他认为世俗传闻不会因为真理而折桂。"我们走吧!这一切压抑得能让石头流下眼泪来。就缺了卡米洛。我以前害怕他会成为一名神父:这就没劲了。而现在,我担心他会变成个隐士:我们所有人都将失去青春。"

圣拉扎罗花园里的榆树投下令人窒息的阴影。贾科姆和马尔塞利诺,还有小报和政界的其他同志,他们都知道自己在强烈地模仿着卡米洛,模仿他使用格言,模仿他散播丑闻,模仿他遣词造句。

这也许就是为什么,他们让人以为自己既不是他的皈依者,也不是他的朋友。某种英雄式的空想刺激着他们变得既残忍又虚伪。他们夸张地高谈阔论自认为没有恶意的东西,这涉及到几乎所有的东西;可脑海中却有一块严谨的区域,不敢进入。那里长眠着最初战斗和最初体验的古老遗骸———一种人类的形态,一种表达愉悦或激起恐慌的声音,一种因活着而散发出来的安逸或嫌厌的印象,这一因素从被动的物质中凸显出来,不分性别和人群。他们一边分析,一边感知,富有情感,因失败而痛苦,世界是一个没有太多理性或重要性的地方。可是,那份激情的计算,就是一片在肉身和坚不可摧的沉默之中具有

二　帕莱索小镇

卓见的沙漠，它却是无法探讨的。而现在，他们知道，那个让每个人都有些依赖的青年，无论是写诗还是选择情人，都是在走向虚无缥缈和可怕毁灭的中心，在那里，拒绝爱情已经不再可能。是的，爱情，正如他们所认为的那样，只不过是一种监护的抄袭，一种奢望。它的面孔让人无法承受，没有人性。有些民族了解那种突然的疯狂爆发，将人吞噬其中，直至将其变成一种与其他元素融为一体的能量。一个人反抗的时候，痛苦是无法忍受的，他会盲目地奔跑，犯罪对他来说也成了必要，仿佛是爱在向他解释人类欲望的能力。但是，西欧人敏感而脆弱，却被这种认知摒弃在外。也许他们会在安静无声的堕落、层层叠加的仇恨、愈发典型的罪行的圈套中被摧毁；这是因为，他们既无法直面对于自身活力的欣赏，也无法直面自己能将世界交还给其源起天堂的天赋的崇拜。

自从卡米洛表示自己患上了一种恶性贫血，出城去呼吸新鲜空气之后，便鲜少有人见过他。但是那些见过他的人都说他变了；还有一些人则把他的变化和二月的那场舞会联系起来，他极有可能在那里坠入了爱河。那他爱上谁了呢？是商人普拉西多的女儿吗？不说别的，卡米洛还把他列入了受到艾利斯·德·古维亚侮辱的波尔图"可敬绅士"名单。如果我们相信被纪年左右而忽视了逻辑的编年史家，那么作家是在 1850 年 2 月遇见了安娜·普拉西多，她于同年九月结婚，而卡米洛则在 1851 年 9 月向那些"可敬绅士"开战。因此，他不太会为俱乐部舞会上密谋筹划的婚姻安排而烦神，安娜·普拉西多也并非其钟情的对象，那个给他留下深刻印象的女人，让他整晚都在研读《少年维特的烦恼》；不仅是读，而且是理解。也许，那个身着白衣、发上系着红色丝带的女人，另有其人。也许她就像绿蒂[1]，穿着白色的

---

[1] 《少年维特的烦恼》中的女主人公。

连衣裙,一边把面包片分给小弟弟们,一边说:"我最喜欢的作家,能让我身临其境,能描绘我周遭的人事,他的叙述能激发起我心中的兴趣,能吸引我,如同我的居家生活一般,虽不是天堂,但对我来说却是无法形容的幸福的组成部分。"无法想象安娜"在更年轻的时候"会去读《威克菲尔德的牧师》,她也不会因太过忙于家庭琐事而鲜有时间拿起书本。不过,范妮,却是如此;在十五岁时,她一定会被珍妮小姐的不幸所感动,她还拥有美丽的绿蒂那样理智的纯洁。卡米洛以前一定读过《少年维特的烦恼》,然后便把范妮和书中典型人物给他留下的印象联系了起来,那就是绿蒂,一位谨小慎微的姑娘,她对待爱情是如此纯真,如此迟疑不决,皆因可怜的责任所在,爱着自己在他人眼中的形象。他将自己完全交给了那种不祥的希冀。不,没有希冀是不祥的,他是陷入了对自身难解之谜的坚信之中。

*

若泽·奥古斯托每天都到欧文家看望玛丽娅,他到的时候,跟坐在花园里的卡米洛打了个照面。范妮正在认真地听他说话;她用黑靴子的鞋尖在地上小心谨慎地划来划去,划出了一把扇子的形状。若泽·奥古斯托没有表现出惊讶的样子,但在一开始的问候过后,他开始轻轻地用鞭子抽打一株攀缘植物上的花朵。那粉色的攀缘花,马上就碎了,范妮过去制止,不快地说:

"看看你都对它们做了什么!"她说道。她的嘴巴也因为惊讶和气忿而颤抖。

玛丽娅从屋子里出来,她穿了件绿粉色条纹的田园式连衣裙,责怪范妮道:

"别这么神经质,范妮。若泽·奥古斯托甚至都没注意……"

二 帕莱索小镇

"亦或是你春日的枯涸已不再向你展示花朵?"卡米洛平静地说。那是《失乐园》作者的诗句,范妮略带紧张地笑了,她用英语重复道:

"我的逝水年华匆匆过去。/ 但我的暮春却不曾开花或结蕾。"[1]

这个带有诗意的小小阴谋让他们之间的亲密关系昭然若揭,它比交换默契的眼神更为显而易见,这使若泽·奥古斯托突然平和了下来。对于他的虚荣心来说,当局面看起来无法掌控的时候,他便退缩了。他开始把兴趣转向波尔图和那里文学聚会的新闻,一定要卡米洛慢慢讲给他听;接着,要卡米洛挽着他的胳膊,领他沿着花园的小径走去,一边谈论那些枯燥乏味却让他兴趣盎然的话题,这正是他要逃离困境的体现。玛丽娅喊他,他心不在焉地回应了一声。之后,当他们回来,大家一起喝茶时,她优雅地碰了碰他的手,流露出更甚于往常的温柔。若泽·奥古斯托挡回了她,这让玛丽娅吃惊地看了看他。她的眼睛是如此美丽,周围有一圈精致的蓝色阴影,里面充满了泪水。她玩弄着连衣裙上的条纹,用指甲在中间穿来穿去,范妮为她感到难过。

"我们玩不玩槌球?"她兴高采烈地问。

"天这么热……"她的母亲叫她别闹,示意她走近一些。接着,把她松了的三角围巾尖扎好。母亲把她当作孩子对待;虽然她已出落得高挑端正,但还保持着会从椅子上跳下来跑掉的秉性,就像那些还不太习惯社交礼仪的小姑娘。卡米洛像着了魔一般地望着她,看起来仿佛是一种绝望。"我的责任是爱这个女孩,"他想,"我有什么好抱怨的?唯一能抱怨的也只有认识她之前所经历的相思了。"

---

[1] 此处原文为英语:"*My hasting days fly on with full career. / But my late spring no bud or blossom shew'th.*"。

"你住在哪里？"若泽·奥古斯托把他从沉思中拉了出来。卡米洛不得不加入到谈话之中，甚至于在没那么热的时候，出门给范妮和丽塔夫人作陪，她们俩撑着一把细绳编的遮阳伞散步，树枝的绿色光芒透过遮阳伞洒在了她的头发上。长凳的靠背上镶有瓷砖，他们坐到了其中一张长凳上面。丽塔夫人会做诗，她的声音清晰，朗诵长句时会喘不过气来，这给人一种深受感动的凝重印象。其实，这位好太太只不过是呼吸短促，容易气喘吁吁而已。她记得住《恰尔德·哈罗尔德游记》的大部分内容，有时大家会请她背诵。她的记忆里总有这么一段，正如此时此刻，她用一种模仿来的庄重姿态念道："哦！这样你便可以永远保持本来的面目／不辜负你春日的承诺；／愿你能保持，正如此等美丽的形态，／一颗如此充满爱意、如此纯洁的心……"她想要继续下去，试了两次，然后放弃了，因为已经记不起更多的内容。是范妮羞涩地继续下去，仿佛要为弥补母亲的失忆而致歉，带着优雅的自信念道：

"爱之世俗影像，那被剥去翅膀的爱，／纯真，超出任何希望所能想象。"

若泽·奥古斯托听到后，为她鼓起掌来。她脸红了，松开母亲的胳膊，一路跑进花园里，把脸探进香草树篱里；近距离看到她的人会注意到，她正在颤抖。

卡米洛听着丽塔夫人的故事，唯一感兴趣的只有跟范妮有关的内容。她很少提及自己的丈夫，但是还记得波尔图围攻的那段日子，那时，他们喝着年份最佳的葡萄酒，吃着病死的马肉。丽塔夫人家房子的窗户是用生牛皮糊的，散发着令人恶心的臭味。她和孩子们躲在温室里，温室的铁窗框上连一块玻璃都架不住。可与此同时，城里却歌舞升平，办起了赌局和欢庆晚宴。由于刺绣和制帽女工都失了业，丽塔夫人便收留了其中一个名叫罗莎丽娅的姑娘，后来这姑娘跟米格尔

二　帕莱索小镇

派的间谍牵扯不清,给丽塔夫人惹了麻烦。一天晚上,有人发现罗莎丽娅在搜阅欧文上校的文件,里面只有他后来出版的关于波尔图围攻一书的笔记;可那其中还有一位英国女士的来信,他们俩生了个儿子,于是,丑闻就在家中爆发了。罗莎丽娅被赶了出去,但夫妻两人之间的隔阂却挥之不去,自那时起,他们便开始分居,没走正式的法律程序是因为上校在唐·佩德罗国王政府里担任的职位。他是贝雷斯福德和萨尔丹尼亚的心腹,威望相当高。萨尔丹尼亚在帕斯特雷拉严防死守;可以看到妇女们身披黑色围巾,手提篮子,去给丈夫送晚餐;仿佛他们不是在打仗,而是在建筑工地忙于什么工程。

"柴火已经没了,后院的树被砍倒了。那个时候,最美丽的山茶树也被牺牲掉了,再也种不出那样的树来了。"丽塔夫人说。她有几个朋友在街上惨遭流弹击中而殒命。可是,众人却没有悲痛欲绝,大家还是随遇而安,过一天算一天。他们照常陷入爱河,总会有那么一个恋人望向三楼,仿佛天文学家期待发现一颗新的星辰。那一带所有养猫的老太太都悄悄地盯着他,生怕他会抓捕猫咪这种即使在资产阶级的餐桌上都能算作美味的动物。

卡米洛耐心地听着丽塔夫人的叙述,除了隐去些许私密外,内容就是这些。他问自己,范妮那时是什么样子。她还不到六岁,跟其他孩子一样吃着甜米饭而不是面包,在米格尔派控制的盖亚城的战火声中念着她的祷词;而特雷罗达塞镇的大炮正在向他们回击。春天,港口处变得畅通,物资开始抵达,但价格高到得签署抵押合同或把黄金当掉才能购买。丽塔夫人的储藏室总是供给充足,而她宁愿把保险箱里的私藏拿出来,也不会交出这个储藏室的钥匙。大家都猜测,她定期收到的补给是从英国驻波尔图领事索雷尔上校的军用物资那里挪用而来的。家中知道这些秘密的,只有一个从巴西带来的黑人贴身女仆。丽塔夫人热爱唐·佩德罗国王,仿佛他就是圣父一般。范妮和弟弟妹妹的饮食一直都被定量，以免泄露隐藏在家门之内的富足。范妮在花园的小径上采摘大朵大朵的旱金莲，它们都长到了花坛的外面。她担心若泽·奥古斯托会从上面踩过，还有玛丽娅的维多利亚薄纱裙撑边会带到花儿。玛丽娅最近的着装特别讲究，还出门去咨询裁缝的意见。她的连衣裙全都带有花边，法式印花棉布的料子，还有金色的头巾和丝绸围裙，就像是明信片里的村妇，在小特里亚农宫¹里占了一席之地。卡米洛没法证明她和若泽·奥古斯托订了婚，她的母亲也只是用"慈祥却谨慎的目光"追随着他们。"他们相爱吗？"卡米洛心想，"这个男人是个谜。他能够无休无止地快乐上八天，然后继续独自一人梦想，不会担心那些让他声名在外的女人，也不会踩上道德的老茧。就像人们订阅的连载小说上写的：'接下来会发生什么呢？'"

*

卡米洛租了一间小房子，比卖鱼小贩用来挡风遮雨的屋子好不了多少，离若泽·奥古斯托的家很近。有那么一些时候，他确信自己对这位杜罗河谷的长子继承人十分了解，还能以惊人的准确度将他描述出来。他是一个智商平庸的男人，却无法忍受默默无闻。他会毫不犹豫地迎娶一个能给他带来荣耀的女人，或是去招惹另一个女人，只要自己不会遭到社交圈的报复，也就是说，不被社交圈遗忘就行。波尔图可以容忍自己的子女没有头脑，却无法放过外乡人的优秀判断力。若泽·奥古斯托在冬日里名声大噪，他死气沉沉的眼睛扫视各个沙龙，仔细寻找后发现众人都很怠惰，所以对此感到厌烦。他在女人

1　位于法国凡尔赛宫的庭院，由昂热-雅克·加布里埃尔设计，18世纪洛可可风格、新古典主义风格，系路易十五下令于1762年到1768年为他的长期情妇蓬帕杜夫人而修建。

二　帕莱索小镇

中很受欢迎,女人们都知道哪些男人应该敬而远之,而哪些男人根本不会越雷池一步——既不滥用信任,也不糟蹋运气,甚至不耗费她们拥有的精神力量。若泽·奥古斯托知道欢愉唾手可得。但这种来之太易却又使之变得索然无味。他有过的那些冒险,恰恰就在即将变成欢愉体验,又转而变成必需时,戛然而止。据说他曾勾引过一个穷人家的女孩,向她灌输了所有对金钱和爱情的幻想之后,却将她送入了嫉妒他的那些人的血盆大口之中。她自然是嫁给了那些冷酷无情、神经衰弱的男人中的一个,他们会在人生倾覆的最危险时刻,发誓把一个沦落风尘的姑娘从烟花柳巷中拯救出来,还能履行诺言。如同承诺要和看到的第一个手拿白玫瑰的女孩结婚的人一样,这个故事注定是如出一辙的,只是更具象征意义。当看到自己从前的情人富有、受人尊敬、生活幸福,若泽·奥古斯托又回去招惹她,还得逞了。

"那个女人的阴魂会一直追随着我……"他对卡米洛说。卡米洛回答:

"阴魂是不存在的。这份恐惧,我觉得是崇高的,我为你高兴。你得分散一下注意力。明天有一场舞会,我可不能错过,你和我一起去吧。"

"我不去。我杀了她,她也杀了我。舞会是谁举办的?"

这是他和若泽·奥古斯托刚认识的时候,也不能肯定他吐露的都是实话。卡米洛觉得他太年轻,不应该有这样的过往,而且他过于自信,所以也不至于会撒谎。若泽·奥古斯托把精心打扮当作头等大事,还有饱读诗书的名声,都引起了他强烈的反感。实际上,他是一个自命不凡的人,在里斯本曾经被人嘲笑过。但是在波尔图,只有身无分文的人才是可笑的,他可以一直是那副高高在上烦不胜烦的状态,没人会注意而取笑他。他是被称为社交圈七大"阔太太之哥伦布"的青年之一,其部分成功得益于他拥有一匹高头大马。也许亚历山大大帝的成功来自他的布塞法罗；关于骑士的神话，在不习惯于直立姿势的社会中是极其重要的。对于人类来说，挺直腰板生活和直立行走，从最原始的时代起，就意味着脆弱。结果就是：卡米洛不喜欢若泽·奥古斯托。他甚至还想过要散布他资不抵债的谣言，以此来破坏他的名声。可他没有这么做。为什么呢？因为对他来说，若泽·奥古斯托是不可或缺的。有一天，卡米洛会说："我从这丰富的倾慕宝藏中拯救了什么？……是你的名声，朋友……"他还加了其他一些令人痛苦无比的诗句，若心脏不暂停跳动，便根本读不下去，害怕会用情感去干扰那些针对情感必须做出的舍弃。"极端联盟"，这是卡米洛用来称呼他与若泽·奥古斯托之间奇特关系的词。有一段时间，也就是住在帕莱索小镇的时候，卡米洛曾一心一意想要仔细分析这位朋友的性格。每天，他都观察并记录下那个既无恶习亦无美德的青年的特点。他总是得出同一个结论：他的精神世界并不有趣，也不太能察觉得到他人的品德。他用自己冷漠的态度，要求周遭为其保持一定的热度，如果不是快乐，那么至少是对生活的好奇。以他的性格而言，是不可能有沉稳态度的。他和玛丽娅谈着恋爱，却不在那些渴望与心上人亲密的特有的爱情小细节上花功夫。她把他带到花园最僻静的小路上，希望若泽·奥古斯托能对她倾诉更强烈的情感，吊儿郎当却又心花怒放地将她拥入怀中。可是，他却对她有所保留，而这份保留有时几近胆怯，仿佛那是场不愿被人撞见的偷情私会；只有当他们回到客厅，看到来宾的热闹场面时，他才能恢复亲切而迷人的精神状态，立刻融入到他们中间。丽塔夫人会招待许多客人，其中包括若泽·科雷亚·德·梅洛和他的家人，还有一些未满十五岁的女孩。她们中有一些还穿着很短的连衣裙，当她们聚到范妮身边时，她看起来就和维特的绿蒂一模一样。也许只是更忧心忡忡一些，带着一丝无力的微笑，卡米洛认为这与她的秘密有关。回到自己可怜的像卖鱼小贩家的房子里,他就坐在桌边写诗。"女孩,如此年轻,如此稚嫩,她的秘密,若真有,再聪明都无法猜到……"但是,他猜到了——范妮爱着若泽·奥古斯托。那个男人是谁?一支能照明,但更能把地方弄脏的廉价蜡烛吗?一个以鼓励犯罪为乐的人吗?但他不是。他就是一个纯粹的乡下人,被病态的阅读搞得有些晕乎乎,二十岁时就被一个太过冲动的女人所爱。对于个性腼腆的男孩来说,这些神经质的爱是致命的。他在十八岁时失去了母亲,还未准备好在他的怀抱里接受一位热情似火的情人,还要求他给出爱的证明,如果心里没有腾出足够的位置或没有做好必要的准备的话,这样的证明就无法给予。若泽·奥古斯托刚刚服好丧,服丧使他寸大乱,无法处理如此正面、如此沉重的东西,比如肉欲激情。他躲入冰冷的傲慢之中;大家都认为他无动于衷,其实他只是受到了伤害。可事实是,若泽·奥古斯托开始怀疑起自己的动机;一个男人所制造的与欲望相吻合的幻觉被搅乱,这让他显得愤世嫉俗。一位隐退的教士叔叔把自己的 18 世纪私人藏书传给了他,其中他查阅的那些满纸伟大精神的书作帮他填补了头脑中杂乱无章的部分。文化上的早熟导致了情感的枯竭。本应用本能的活力去发现的东西,是无法通过文艺的消遣来理解的。若泽·奥古斯托从卡萨诺瓦[1]身上学到的东西与自身感受到的有所不同。放荡不羁的人永远都无法成为大师。卡萨诺瓦在他记忆中的停留过于仓促,那是一种没有成效的听之任之的形式,为的是避免让一切都沾染上复仇与蔑视的滋味。这就是他灌输给读者的东西——极端的卑鄙无耻,并在之中探讨对其堕落的肯定。事实上,那是一种强烈的欲望,能使小心谨慎的道德祷词作废,传递出对生活如此鲜活的执着,这会在无力与耻

---

[1] 指贾科莫·卡萨诺瓦,极富传奇色彩的意大利冒险家、作家,18 世纪享誉欧洲的大情圣。

辱所带来的悲伤中被抹去。像若泽·奥古斯托这样的青年，从某种程度上来说，因为母亲的过世而被爱放逐，他读洛芙莱斯[1]，并相信此人的确令人厌恶；但又能施展出一种合理的诱惑力，因为堕落，包括死亡——堕落的极限，都是上天强加的一种终结。所以呢？上天所决定的，腐朽与毁灭，是欢愉的末日，也是它的宿命。

卡米洛预感到了这种宿命，正是它让他说出了"极端联盟"，来定义他和若泽·奥古斯托之间所存在的关联。

*

随着若泽·奥古斯托和帕莱索小镇建立起越来越亲密的关系，他才意识到玛丽娅的那些信是范妮写的。她不仅写得异常正确，还给用词烙上了吞噬一切的烈火，不是因为它们的本意，而是因为她做了特殊的选择和组合。这是一个盲目天使的文笔，就像一个完美的游戏，铿锵有力，毫无理智，无懈可击，其价值无法与人类的等同。此外，范妮身上还有些让人看不透、令人憎恨的地方，因为她脱离了任何现实的边缘。比如说，她的美貌并不像玛丽娅那样能引发欲望，而是一种对美貌这个概念本身所包含的特权的惊讶与畏惧。若泽·奥古斯托曾经想到过，作为一个女人，她并没有让他感兴趣；可是，如果卡米洛跟她搭讪，摆出一副跟她很熟的样子，他就会感到一种无法控制的嫉妒。当他和玛丽娅待在客厅里，单独在一起的时候，过不了多久，他们之间脆弱的关系就会变得很明显，他们会发现自己正处于某种绝望的空虚之中，孤立无援。于是，范妮就会被他们叫过来；虽然这种对于她在场的需求并非情感驱使，但却符合一种如此迫切地要她出现

---

[1] 英国诗人。

二　帕莱索小镇

的期待，如果她拒绝的话，后果会很严重。

"如果你不从房间里出来，那我就再也不来了。"有一天，若泽·奥古斯托这么对她说。尽管玛丽娅心怀嫉妒，却还是默许了他俩串通起来的做法，因为如果不同意，她就无法与若泽·奥古斯托在身体上有所接触。他们的相爱已拥有极大的自由度，某种被病态和毫无根据的刺激略微影响到的厚颜无耻。这一切让范妮深受折磨。她的纯洁，并非缺乏欲望，而是可以非常自由地支配欲望，对这个故事中的虚假与低俗产生了抗拒。什么是比妥协更能引发混乱的美呢？难道蝴蝶不展开鲜艳的翅膀来吓唬它们的掠食者吗？在女性身上，这种对美的看法，不在于相貌上的端正或者形体上的夺目，而是起着某种威胁的作用，与此同时，也是任何一种古怪苦行生活的始作俑者。男人是需要验证最深刻现实的掠食者，他们的反应便是突然逃跑、放荡不羁、纵情声色。因为，就男人行为的总体而言，他们会不断陷入到抽离具有真正活力事物的过程之中，比如爱情、美的孤立和真实的存在，及其跨越死亡的大步流星。除了对那些埋首于现实情况之下的人做出表面承诺之外，他们不想与那些拿得出明确的伟大人生规划之人有任何关系：这是一种对于情感和行为欺骗的公然揭发，尤其是在面对唯一真实的情况时仓促而就的有关男女平等的即兴之作。

然而，有些时候，这些光芒四射的楷模之辈中的某一位，会进入掠食者的领地，并向其发起挑战。在范妮和若泽·奥古斯托身上所发生的，正是如此；它不仅发生在了若泽·奥古斯托身上，还发生在了所有那些亲身经历此事的人身上，他们努力想要将之保留在可计算状态之内，可并没有成功，因为它的运作如同游戏，完全脱离了应有的常理。所以，与范妮的相遇必定是危险的。在若泽·奥古斯托临终前的时日里，那时范妮已经去世，他试图通过日记这种类似于祈祷的方式，捕捉从她那里获得的能量。他知道，没有了这种交流他是活不下去的,而他仍旧绝望地挣扎了两个月之久。这就是为什么他会命人解剖范妮,让她保留了活着的样子。他试图将自己的数学语言应用到一具原始躯体的形象之上,仿佛这一躯体仍保留了其模拟波上的一段可供使用。若泽·奥古斯托固执地称范妮为天使,这表明了她使他恐惧,这恐惧仿佛是参与到了一股力量的漩涡里,任何事物都无法比拟。他面对着,与之相关的种种,就如同闪电,让他为之着魔,紧接着又使他极度绝望,因为他与自己那可以想象的有限世界相连,放弃那世界就等于进入一种令人无法忍受的守夜状态。

*

对于若泽·奥古斯托来说,卡米洛出现在欧文家中,无法让他安之若泰。等过了两天,他来到了卡米洛漆成绿色的小屋,屋里泛着一股鱼贩的气味,周围是一个菜园,晒着鳐鱼干。房东是一个汗毛很重的健壮女人,住在屋子后面。她得了一种因海水中的硝石而引发的疾病,至少她是这么解释为何她的双腿肿胀、上面还有一层白鳞的。若泽·奥古斯托认为那是麻风病,厌恶地移开了目光。

"你这是住进了什么鬼地方?"他带着责备的语气对卡米洛说,"你连书都没带来……这是阴谋分子的避难所。"

"当我离开科英布拉的时候,你知道我说了什么吗?"

"知道,我当时也在场。你是这样说的:'我要走是因为这里的男人臭气熏天。'"

"就是这样。现在我觉得,正是他们身上这股撒旦的恶臭,才把我引到他们身边去的。"

"要知道,文学对魔鬼的依赖更甚于对圣徒的依赖。如果我们从好的方面去看,魔鬼是极好的。"若泽·奥古斯托闷声笑着说,"可魔

二　帕莱索小镇

鬼并不存在。"

"当魔鬼让人相信它不存在的时候,是因为它正策划着某些非常特别的东西。"

若泽·奥古斯托不再说什么,继续打量房间,靠墙摆着一张木板搭的双层床。椅子是用实木板做的,房里还有一个圣像龛,里面的基督身上的大伤口滴着血,令人心生怜悯。若泽·奥古斯托没有足够的精神境界,可以将贫穷和平庸区分开来。乡土之风那时尚未盛行,所以那个房子装着用来挡狗的半门,在他眼中显得既有损形象又令人反感。也许,他对欧文家女人的兴趣,很大一部分也许是来自那高端的英式住宅,来自他那广而告之的阶层野心,一直想要爬到更高的其他阶层。这些英国妇女,总是略高于她们所处的文化和社会条件,所有人似乎都被塑造成了一副比较夸张的形态,护士按照贵妇的规格,而贵妇则犹如拥有优雅的女王陛下的身份。所有的一切都无法精准地适应"小"的定义,都向往着"特大号"的尺寸。通往理想帝国的道路上有多少的欺骗啊!而郁郁不得志的风度与附庸风雅的神秘又设下了多少优雅的陷阱啊!然而,若泽·奥古斯托却无法明白这些。他也永远都无法理解,多愁善感与其虚情假意之间的区别。这便是他所错过的东西。

在那唯一的一次上门拜访之后,若泽·奥古斯托和卡米洛没有再单独见面。他们只在丽塔夫人的家里相遇,丽塔夫人对两人同样关心。从来不会在邀请其中一位来用晚餐的时候,而不热情地邀请另一位一起来。她凭着无法比拟的机智,不惜牺牲他们两人的友谊,以促成玛丽娅的婚姻契约。她了解自己的女儿是多么的空洞无用,虽然美丽诱人,却无法擒住那个不太聪明、却有足够品位去选择有价之物的青年。有个性的男人会爱上微不足道,一个被培养得出类拔萃的绅士会在面对容不下传奇的一切时感觉受到了欺骗。不管是好是坏,传奇对于小小的声誉来说，都是必不可少和令人兴奋的。

但有一点那位好太太却弄错了：某个人背有最重的情感负担，在面对需要表现这些情感的场合时，他的不懈最终总会导致某种狂热。因为人们不适应自己欺骗自己，他们希望别人也能共同参与到这种幻想之中。卡米洛不仅对若泽·奥古斯托的选择毫无兴趣，甚至还觉得有些可笑。有时，他故意把话题引到一些事情上，他知道玛丽娅要么一无所知，要么会表现得铁石心肠。因为卡米洛非常清楚地了解，她年轻得令人目眩，所以可能会非常粗暴残忍。一天晚上，附近发生了一起抢劫案，人们谈起了之前围城的困难时期和肆虐全城的犯罪问题。一块无烟煤的价格高得惊人，面粉几乎要被藏到保险柜里。当布尔蒙特元帅将要和其他法国军官一样，前来予以唐·米格尔国王支援的消息传开时，城内一片恐慌。大家都劝英国人家留下来，因为金融商业圈的稳定取决于这种表面上的安全感。他们还提出，要一块可以让他们集中在一起的地方，但领事拒绝了这一要求。丽塔夫人对保卫这座城市有极大的信心，甚至还命人在窗上升起了一面葡萄牙国旗。此外，她在米格尔派军队里也有朋友，这样，不管哪一方胜利，她都不会表现得过于激动。欧文上校叫人降下国旗，下令把墙壁漆成浅色，因为英国的房子通常被漆成黑色，万一米格尔派攻陷城池，英国房子就会被认出来。他们尤其害怕的是，跟随部队的那些百姓中的乌合之众想要洗劫掠夺。那些人都一贫如洗，只能靠抢劫来弥补悲惨的生活。然而，他们在觊觎他人财物的气势上还算表现出了一丝傲气，因为有些人，还要靠展示伤口乞讨为生，这些伤口被归咎于战争，用了毒草而感染。有一次，其中一个穷人到欧文家偷东西，偷走了一条挂在院子里的鳕鱼，那鱼之前被藏在煤窖的金雀花酱中，受潮后发红了。大家去追那个人，但他翻过墙壁和鸡笼，逃走了，不过没能把赃物带走。

二 帕莱索小镇

"如果那时我已经长大了,"玛丽娅说,"我就会追到抓住他为止,我会用鳕鱼敲他的脸,直到把他的脸敲得粉碎。"

一个纯洁无瑕的人,穿着罗缎拖鞋转来转去,仿佛是八音盒里转圈跳舞的小人,那些话从她口中说出,让人不寒而栗。她披了一条镶有粉色丝带的夏洛特科黛式披肩,明显是在早晨的晕头转向中做过一番特别的研究。那时是十一点,若泽·奥古斯托过来接她,和往常一样去骑马散步。范妮脸红了,从卡米洛身上移开目光。卡米洛说道:"为什么?但这是为什么呢?"他知道,如此简单的话会引起混乱的反应,因为人们无法抵抗自己的错误不合乎逻辑的暗示。玛丽娅起劲地说了一些令人惊讶的话,因为她想证明自己。若泽·奥古斯托为她感到害臊,不是因为发现了一个卑劣的灵魂,而是因为她的残忍没有足够的风度。在辱骂监管人员的卖鱼妇和把犯罪营造成一场意外的比安卡·卡佩罗之间,存在着一个想象的深渊。卡米洛轻易就证明了玛丽娅的精神境界不高,因为她把小事弄成了社会新闻,而本来应该能为之赢得名声。在这种事情上,她继承了母亲的秉性,却没有足够的能力来使自己免遭他人及最基本社交准则的评判。

事实上,这一插曲过后,若泽·奥古斯托变得更加有所保留,至少在卡米洛面前,不敢表现出对未婚妻的欣赏、甚至是爱慕之情。渐渐地,她也感觉到了这一点。这非但没能激励她提升原本的品行,反而使她疑神疑鬼,还发展成了苛刻,对她在家中的举止也产生了影响。她经常感到紧张,还抱怨说头晕。有一次竟然还失去了知觉,如果路走得多了,这种情况就更为频繁。可因为性格活跃,无人能让她听从医嘱,医生建议她换个环境,认为长期待在海边不利于她的健康。后来她离开帕莱索小镇一段时间,部分原因是认为这是对她的爱情有利的一种战术。她去了里斯本,事实上,在弗龙特伊拉侯爵们的晚会或是里斯本俱乐部的舞会上,她玩得不亦乐乎。欧文上校和年轻的休格不遗余力地把她带到沙龙上介绍给大家，在那些场合，玛丽娅一般都会给人留下深刻的印象。贵妇们用一种羞辱的亲近态度对待她，她也得忍受。不过，玛丽娅却将此当作了尊重，并不做他想。

她在首都没待多长时间，可当她回到家，却发现了一些改变。她觉得，范妮多了一份严肃持重，不再是她本来那种样子，童年过分受宠、并对这种宠爱有所顾忌。

"范妮怎么了？"玛丽娅这个不太在乎别人情绪状态的人问道。

"她能怎么了？不过是过于敏感罢了。无缘无故地哭，无缘无故地生气。可她向来都是这样的。你难道不记得，如果有人踩到了花，或把花坛弄坏了，她都要躲起来泪流满面吗？"丽塔夫人用牙咬断了一根线，"她是像我。我也一直都很情绪化的。"

"这和情绪没关系，妈妈。这个姑娘已经不是小孩子了。范妮恋爱了。"

"卡米洛才是在恋爱。"

"你是在说笑吧。"

"是在说笑，而且还很好笑吧。你妹妹是个天使。有时候我觉得她不谙世事。但在诗的世界里，她却很懂卡米洛。我找到了一些诗句，是他写的。放在范妮的小包里。诗是这么写的，听着：'如此悲伤有何意义？我的痛楚何人聆听？谁会为撒在花上的隐藏的泪水而痛心？'"

"哎哟，多么难听的诗句啊！"

"幸福激发不出什么好的东西来。可卡米洛很幸福。"

这场可怕的说笑之后，丽塔夫人开始相信，是到了该让两个女儿成家的时候了。她的原则是，婚姻并不能阻止女人做出疯狂的事情，但却能阻止人们认为女人的疯狂是荒谬的。如果有了丈夫和孩子，范妮就可以安安心心地哭，没有人会觉得奇怪。"她想要怎么样呢？"母

二　帕莱索小镇

亲心想，有时她会对女儿那本身就好像长了根刺的天真个性感到绝望，"她要吃很多苦头的。"可她也从其他的母亲那里听到过同样的话，在她们口中，女儿们身体虚弱，行事乖张古怪，还会搬弄是非。她自己不也是在被警诫的时候哭得多，而在丢脸的时候哭得少么？她用一颗坚毅的心忍受了丈夫的背叛，可之后，却会突然哭出来，或是毫无缘由，或是因为回忆起年幼时的孩子们，亦或是由于一只狗儿的耐心眼神。

"你怎么了，范妮？"她一边慢慢地敲着她卧室的门，一边问道。范妮不说话，假装嗓子哑了，被凉风吹着了。

"我吗？妈妈，我要睡觉了……我晒了太阳，头疼，不下楼吃晚饭了。"

女性总会经历与受罪恶感支配的单一感情不可分割的时期。她们热爱罪恶感。她们喜欢被人羞辱的感觉，喜欢生个私生子，喜欢一直处于最糟糕的时刻。牺牲使她们成熟，让她们适应更加早熟的母性。这就是为什么她们会因为爱情、正义和真理这些人性的证明而哭泣的原因。当事情进展顺利时，她们会表示怀疑；被男人追求时，她们会认为他是在蒙骗自己；当生意上取得成功时，她们觉得情场上会失意，或者朋友们都唯利是图，或者是不被家人所理解。她们被烙上了绝望得最为愤世嫉俗的印迹，因为这种绝望不需要经验与理性。她们身上的一切，都是与自然天性作战的敏锐洞察力：摇曳在孕育生命的子宫与痛苦之间，其他的一切都是让她们分心的东西。丽塔夫人本人，便是一个头脑清醒的范例，她坐拥可观的收入和相当多的珠宝，她的人生已经进入了那样一个阶段，即对陷入不幸产生一种不可言状的迫切需求的阶段。她从来没有遭遇过值得一提的困难，上校抛弃了她，但并没有在精神和物质上对她造成太大的伤害。范妮自己反而比她更能感受到这对夫妇感情上的痛苦，因为她年幼时就很爱父亲。在某种程度上,她那种被卡米洛称之为"温柔怀念"的情感,是对于欧文上校的朦胧记忆,他英俊聪明,总是因为危险的事业而远离家庭。在与若泽·奥古斯托不经意的对话中,卡米洛曾说:

"她的身上有一种童年之爱,预言了感情充沛的灵魂会带来厄运。"

"你必须用诗句把这个写下来。用散文来写的话,不太能让人相信。"

而卡米洛确实把它写成了诗。这样的讨论并不多见,但讨论结束后,他们总会因一点不大好的冲动而有些受伤和躁动。丽塔夫人抱怨着象征性的病症,玛丽娅开始表现出臆想出来的嫉妒,在她们之间的范妮,被卡米洛和若泽·奥古斯托这两位朋友视为将他俩彼此联系起来的一种审美上的支持。事实上,卡米洛的高智商与若泽·奥古斯托智力和道德上的不足之间存在着一种和谐的关系:两人都对事物的外表不甚敏感,都要寻求其中的真相。但是,若泽·奥古斯托的无动于衷只有通过感官体验才能被震动,而卡米洛则除了凭借经验整理自己的理念之外,也无法构思其他的进程。如此一来,平庸总是比事实内在的确凿性要低一等,而天赋则势必要被置于真相之上。范妮代表了外在的艺术。对于一个局限于现实的男人来说,她的意义不大。但对于心灵自由、意志独立并具有抽象品质、使之渴望统治外表下的内容的另一个人来说,范妮则是必不可少的。冲突正来源于此。若泽·奥古斯托下意识地不去付诸实际,但却应邀揭示自我,猜中了事物的虚假表象,这使他无法在可以说是不真诚或是不清楚的幻觉层面与人共处。卡米洛控制住了这个下意识所涉的范围,也正是因此,他对别人的影响是致命的。若泽·奥古斯托竭尽所能,努力使范妮成为一个象征。也就是说,通过象征自觉的功能来远离下意识的干扰。所以,对他而言,范妮是一种拯救的方式。而卡米洛则将自己的权利强加于真理之上,并入侵了若泽·奥古斯托在其间痛苦挣扎的下意识的阵地。

二　帕莱索小镇

*

　　玛丽娅不在的时候，若泽·奥古斯托更乐于接受转变，把自己从一个敏感的生物变为一个理智的男人。这里面并不是没有斗争，也不是没有恐惧。悲伤的理念之内，他接受的教育是，自然中丑陋的角色是为人而保留下来的。欲望是一种使高贵与雅致概念掉价的东西。他的道德生活非常贫乏，因为他的冲动让它有别于物质生活，而不同性格取得和谐又让它和共轭理性的自由有所不同。道德对应的是美的牺牲，或是一种与放弃欢愉没有区别的审美状态。但欢愉，那种直接的感觉，对他来说是非常重要的。这为他带来一种创造性力量的复苏，而童年就充斥着这种力量。愉悦给予他感官上的信心，这使他易于拥有某种与生命尊严相符的才赋。另一方面，尽管他与生俱来的敏感度逐渐减弱，逐渐衰退，但在他的精神世界里，反抗和自我控制产生了一种令人讶异的自主和完美理解的效果。这种愉悦与道德、被动接受与专心致志之间的冲突，在过去和将来都会成为文明的大型交叉路口。

　　若泽·奥古斯托选择了一种物质和精神同时并存的命运：这两种相反的人类行为本质被一个象征物联系在了一起，而这个象征物就是范妮。玛丽娅归来时，命运已被注定，她再也无法让若泽·奥古斯托回到她身边了。

　　在这起戏剧化的事件中，若要把责任归咎于卡米洛，也不是毫无道理的。如果不是他一直在身边掺和，若泽·奥古斯托这个被自己的审美选择所限制却又不坚定的人，永远都不会面对物质生活和道德生活的对抗。而范妮也不会承担起象征物的本质——极其刺激的心理现实，能将物质现实的要求抹杀。在这两个男人之间，不得不开展一场争斗，好处就在于借此所获得的关系具有效力。范妮非凡地将两个男人生命中所发生的真实与不真实的对立关系联系在了一起。除了她的生理条件之外，这位女性因为她所产生的象征性，被提升到了调解对立关系的这一使命之中。这种象征性的产生无法形容，它不依赖个人的技能，而有赖于某种特定社会病理的干预，这和莫名其妙地释放潜意识相关。

*

对于范妮与卡米洛之间兄妹般的亲密，若泽·奥古斯托感到惊讶，于是，再次单独前去拜访卡米洛。他看到卡米洛正在写东西，便从他肩膀上看过去：

"'将逝者影子呼唤而来的生者之间，存在着秘密。'你这是写给谁的？"

"写给让我成为奴隶的人，她必须用眼泪来偿还对我的奴役。"

"是谁？"若泽·奥古斯托不假思索地说，"是范妮吗？如果有人爱范妮……我就杀了他……"

卡米洛放下羽毛笔，在椅子上转过身来。积满灰尘的暗色十字架前有一盏灯，油快燃尽了，因此边烧边发出轻微的噼啪声。那个悲天悯人的卖鱼女房东，把有一张蓝色双层床的房间腾出来的时候，那种与海难悲剧相关、带了点丧葬意味的仪式感仍挥之不去。有时，她会想起以前那些海难，还要组织一场纪念它们的殡葬仪式，在海滩上演绎与罹难者会面的跌宕起伏。远处都能听见她的叫声，尖叫声里带着巨大的惩处和谴责的气势。卡米洛用手指捻了捻灯芯，把灯熄了。他慢条斯理地说：

"听听你说的！友谊通常可不会这么血腥。"

二 帕莱索小镇

"你没明白。我想说,范妮不是无聊男人的玩物。"

"我也这么认为。"

"她就在那座房子里,介于庸俗和幽怨之间……就如同达芙妮一般,化作月桂树来躲避太阳神阿波罗。你不爱她吗?"

"不,"卡米洛说,"但我知道自己拒绝的是什么。你却无法知道。"

若泽·奥古斯托大吃一惊,开始在房间里来回踱步,身体颤动,撞到了家具上。他的嘴角上出现了一丝白沫,这情形卡米洛已经多次看到过。

"我难道是个残废吗?你觉得我不能爱范妮吗?我就是要在她身上唤醒一种无边的爱;一种被我拒绝、却又被我的严肃激发出来的爱。承诺,服从,给予希望……滋养欲望,来研究贪得无厌的后果。用一个吻蹭过她的额头,然后经过时却不去碰她,用一种深邃却禁欲的眼神凝视着她。播下幻想,收获羞愧、耻辱和罪恶感。在殉道的终极过程中创造出一个天使。"

"你真能做到吗?"卡米洛变了神色,问道。

"这不比繁衍生息更美吗?这难道不才是真正的与上帝之作相符的繁衍能力吗?"

"别在这里谈论上帝!"

"为什么不?他就是我血统中的一部分。"

"等等,若泽·奥古斯托……我们曾发过誓,要互相信任……"

卡米洛感到被困在了那种既不真实又不慎重的状况里。那个男人疯了,他为自己的荒唐生涯而着迷,毫无疑问,这是一段不祥的生涯,但令人兴奋。

"我冒着牺牲名誉的危险信任你。而你对美德的兴趣,就是把它作为一种容易取胜的手段。对我来说,只有完美才会意味着一些什么。即使是在恶习中,完美也不会被与他人的任何协议所牵制。"

"你有灵魂吗,若泽·奥古斯托?我问你是否有灵魂。"

"灵魂!如果我能为自己可笑且受人蔑视的青葱岁月而哭泣,那我就有灵魂!我的勇猛将我和生命维系在一起。这难道不也是一种灵魂吗?"

"你是个孩子,若泽·奥古斯托,是一个被不幸造就成了男人的孩子。现在我看到了,没有男人只存在于表面。我嘲笑你们,我的才华能胜过你们懒惰的愚蠢十倍。然后,突然间,一个长子继承人为你们所有人都复了仇,因为你让我知道,最平庸的资产阶级的想象力没有底线!你是个奇才,但我像熄灭那盏油灯一样把你抹除岂不是更好?"

"灰烬而非欲望,感知而非激情。这就是灵魂吗?"

他打开门,冲了出去。风有点大,外套两边向后飘去,仿佛两只断了的翅膀。卡米洛来到路口,但没再看到若泽·奥古斯托。他受到了震撼,但又隐约感到有些得意。在他眼中,若泽·奥古斯托的感觉总是很迟钝,而这种不常有的见面能够给他的感觉施以非凡强烈的冲击。那段日子里没什么新鲜事发生,卡米洛最终发现在那里逗留并非明智之举。他的才赋被那份平庸的爱情腐蚀殆尽,和范妮在教堂的台阶上聊天,和她一起散步到海边,手里拿着绸缎遮阳伞,好让她把鞋子脱下来。在一个总是悲秋伤春、慵懒困顿的女孩身边耍那些手段真是可笑,况且,她肯定对他没兴趣。但是,在和若泽·奥古斯托用焦虑和近乎疯狂的语气交流了几句之后,一切都变了。他觉得范妮令人神魂颠倒,想用最坚固的纽带把她拴住,当然,不能是情人的纽带。该如何对待她,从而享受她的顺从呢?也许得像个兄弟。她是极易受家庭环境影响的,尤其是能让她联想起童年时光的事物。她的另一个兄弟已经去世,提起他时,范妮总是带着一种病态的情绪。她多次提到若泽·奥古斯托,几乎祈愿似地称之为"我的兄长"。卡米洛想把

二　帕莱索小镇

她拥入怀中，仿佛地球即将灭亡，世界的历史也将在这一拥抱之中定格在巅峰。

卡米洛用手指拨弄了一下头发，低着头，为不知道如何定性的自身变化感到绝望。那个男人对他造成了灾难性的影响。而且他的情绪是如此激动，可能会做出什么暴力举动。他从未见过若泽·奥古斯托暴怒，但没有什么能保证他不会突然表现得像个疯子，这就是他的本性。

那天，他再也没有出过门，也没去帕莱索小镇拜访几位女士。范妮在黄昏时送来个口信，但卡米洛早有预料，让人说他不在。第二天，仿佛是天意注定，曼努埃尔·内格朗在去里斯本的途中经过他家，他要去看望祖母马杰伯爵夫人，并计划在潘普利亚的表兄弟家停留。

"我和你一起去，然后我留在科英布拉。"卡米洛几乎是粗暴地突然说道。他整理了两套换洗衣服，给马套上鞍子，两人便出发上路去里斯本了。他们起先都沉默不语，后来越走越远，也就越来越自然地聊起天来。可是，谁也没有提到若泽·奥古斯托。内格朗也没有要卡米洛解释。正如他自己所说的，他不喜欢成为众人瞩目的焦点，最好的办法就是不去插手别人的问题。

*

让卡米洛提起兴致的方法之一是将话题引到争夺王位的历史事件上。1846年10月，内格朗在布拉加，在麦克唐纳将军的总参谋部里，将军当时正为城里人对他的议论而感到有点下不来台。大家认为老将军能力不足，有欠机警，无法胜任那个指挥的位置，此外，还是个叛徒。他没有下达有利于防守的命令，让民众陷入了消极抵抗之中。没有弹药，城市毫不设防，连战壕也没有。将军有可能比众人所说的更加年老力衰，可从此再也没能摆脱那个恶名。此时，唐·圣地亚哥·门多萨出现了，这位加利西亚人衣着光鲜，如战神般神采奕奕；他自称是卡洛斯派的将军，指挥和冒险时都极其勇敢果决，让麦克唐纳看了极不顺眼。事实证明，圣地亚哥将军不是什么军事战略家，可也并非一无是处。麦克唐纳甚至下令要将他逮捕，但那个西班牙人逃到了吉马良斯。在那里，他把战士的勇气抛诸脑后，用爱神厄洛斯的箭袋把自己装备了起来，厄洛斯和驻扎在布拉加的希尔兹诺人可不一样，没能对他造成多大的困扰。他当时住在阿泽尼亚贵族的家里，爱上了房主子爵的妹妹：那是一个热情似火的女人，陪伴他度过了由秘密组织领导的反对党的一路沉浮。

"那是圣米格尔翼组织。"卡米洛边说着，边从马上滑落到地上。他们来到了一家小酒馆，那种能吃到辣椒粉炖羊肉和粗麦小面包的酒馆。卡米洛喝了一杯起泡酒，遥祝圣地亚哥将军身体健康。

"噢，内格朗，他现在人在哪里？"

"他被抓了起来，送进了福兹堡，你知道这事的。后来他逃了出去，当时你正在罗德伊洛庄园，若泽·奥古斯托的家里。那个女人一直都陪在他身边。"

"国王的那些情妇们总是会坠入冒险家的情网。阴谋家们总让她们着迷，我不知道为什么。"

"这是定理吧？"

"不，这是历史性的真相。看看莱奥诺尔·特莱斯，还有其他的女人。"

对于那些在心理学替代概念方面为他打开新视野的女人们，内格朗不置可否，但给了卡米洛一个客气的眼神。只有少数几个人能够忍受卡米洛，内格朗是其中之一，他们无需背负太多想象上的压力，即能以比较形象的方式或紧或慢地跟上他的节奏。这位莫斯特伊洛的长子继承人是个好人，性格无私，爱好艺术欣赏。然而，在他的身上，当涉及社会阶层问题时，有一块领域是相当阴暗、坚定和任性的。他能够在马驹的买卖中欺骗一个农民，但绝不会对阿泽尼亚的子爵们那样做，即使这些人的性格也相当扭曲，喜欢捉弄别人。这些阿泽尼亚人古怪离奇，趾高气扬。女人尖刻，男人虚荣、就爱惹是生非，这些都是关乎体面的缺点，因为除了拿来欺骗自己之外，毫无用处。内格朗没有提到若泽·奥古斯托将迎娶一个有一半外国血统的姑娘，而且还是可恶的欧文上校的女儿，这符合他对家族传奇及其衍生事件所持有的极端保留态度。卡米洛可以把塔梅加高地领主所有阴郁或闪耀的情节写进小说里，它们只会因其所具有的超凡权威而表现出近乎有趣的仁慈。"他可能对我们一无所知，只能依靠想象。"他们说道。知道自己无法跨越真实现实和虚构杜撰之间的鸿沟，卡米洛非常愤怒，这还刺激着他去完善讥笑怒骂的过程，有时言行粗俗，将他的愤恨暴露在外。如果说不是愤恨，那也至少是一种对创作热情的打击。

在莫斯特伊洛庄园自家的圈子里，内格朗私底下把范妮的父亲叫做可恶的欧文上校。这位上校把米格尔派人士称为流浪汉，而且这种说法还见于报刊。他将阿马兰特伯爵称作狂热分子、半个疯子，以及其他同一特点的外号。作为国王曾经的心腹和参谋，他甚至没有放过唐·佩德罗国王的名声；在完全没有必要的情况下，他声称大家都怀疑国王私生活混乱，"要么是他不知道，要么就是被他掩盖过去了。"可恶的欧文上校！他应该被人嘲笑上几次才对，而且的确有人会这么做的，不是首都那些大献殷勤的人，而是某个里贝拉利玛的领主，他身强体壮、挥舞着汗毛浓密的拳头，就像现在的圣地亚哥将军。只希望，婚姻的幸福感不会损害到他掌控做主的体面。

然而，曼努埃尔·内格朗并没有把对欧文一家的这种狂躁状态表现出来。其中有个人原因,这是可以肯定的——比方说,他和上校的儿子一起参与的那次马驹交易,还搞砸了。可现在,若泽·奥古斯托这份执拗的情有独钟让整个家族都暗自生畏。有人就此事与若泽·奥古斯托同母异父的哥哥莱伊蒙多交换了几封书信。莱伊蒙多·博尔杰斯·德·梅代罗斯是若泽·奥古斯托的母亲第一段婚姻所生的儿子,财富资产较其兄弟更为有限。在女人身上接二连三的失败,坎坷的恋爱,一个几乎被他抛在圣坛边上的未婚妻,还有一个在有些莫名其妙的情况下死去的女性朋友,这种种都让莱伊蒙多坚信弟弟命中注定就会独身不婚。他认为若泽·奥古斯托跟他的父亲一样,为人古怪,固执己见,精神错乱,还带有阶段性焦虑,若泽·奥古斯托的父亲去世时还很年轻,他对父亲保留了一种近乎受虐妄想的记忆。"我的未来随他而逝了。"他在日记中这样写道。

莱伊蒙多·梅代罗斯和他的妻子若泽芬夫人向内格朗透露了对那段已众所周知的新感情的担忧之意。大家都认为玛丽娅·欧文很有能耐,可以吸引住一个受过教育的乡下人,同时也很有可能在她那英国殖民地的圈子里一边自我吹嘘,一边喝茶,谈论着狗和花。这种肤浅却有涵养的社交方式毫无坦诚可言,却会给若泽·奥古斯托一种安全感,一种内心的麻木感。也许他会决定结婚,他们会生几个孩子,这是伴随某种持续性忧郁症的间歇性催眠的结果。罗德伊洛庄园的长子继承人们也就因此而有了保证,闷闷不乐的父亲会外出远游,母亲则变得冷漠抑郁。

曼努埃尔·内格朗把卡米洛留在了科英布拉,自己继续赶路,前往首都。他可能无法想象,在帕莱索小镇上演的这出戏中,这位作家所扮演的奇怪角色。在两人分别之前,内格朗讲述了一段记忆中麦克唐纳将军从坡乌卡镇高地上撤退的故事,以此作为道别祝词。他很少讲述自己的经历,但知道如何用一种塞万提斯式的、不失高贵的方式

二　帕莱索小镇

来说。卡米洛惊讶地听完了他的叙述。

他看见军队头顶着细密的小雪到达了坡乌卡镇。将士们饥肠辘辘，穿着从萨达班德拉军备库里偷来的白色鞋子。内格朗走进一家客栈，在老枥树干柴火堆旁等着铁锅里烧的鸡和腊肠，好不容易才恢复了点体力，就在这时，麦克唐纳将军的中尉安东尼奥·兰吉尔在门口喊他。

"你要么当逃兵，要么用力踏步跟我们一起走。你要是愿意，可以把鸡带上。"

内格朗带上了鸡，不得不开始撤退。在被雪覆盖的山岭间，他和众人一起把鸡分着吃掉了。只有到达萨布罗索的时候，他们才有了一段稍长的休整时间；总参谋部退守到了彭萨尔沃斯庄园，内格朗在厨房的热气中，昏睡了过去。一个老太太坐在躺椅上纺线，亚麻芒都落到了他的脑袋上。风像人的手一样，拍打着门上的小孔。黎明时分，将军下令集合。

"剩下的我都已经知道了，"卡米洛说，"再见了，内格朗。带上鸡、麦克唐纳将军还有任何你想要的东西，让我留在这里。你只要再告诉我一件事：将军人在哪里？"

"哪个将军？"

"圣地亚哥将军。"

"他当时已经被麦克唐纳降职了，正在阿泽尼亚的家里避难。"

"这天杀的日子过的！麦克唐纳是嫉妒他，就是嫉妒了。圣地亚哥将军太知道怎么跟女人说话了！那语气，那眼神，那胡子！在他旁边，我感觉自己就像一头背负着畸形驼峰的骆驼，而不是背负着天才禀赋的卡米洛。"

"好吧。听着，你可别都说出去了。我不喜欢成为众人瞩目的焦点。"

他扯了扯奶白色母马拉比查的缰绳，快马加鞭地出发了。

*

卡米洛在科英布拉没待多长时间。不过，也长到足以归纳总结他与若泽·奥古斯托第一次见面的情景了，那时他们两人都在科英布拉法学专业学习预科课程。那个时候，若泽·奥古斯托与后来大相径庭。那时的他还是一个习惯于孤独却不严肃的青年，孤独中隐隐透着独生子的优越感。他很少微笑，但性格开朗大方。与一大群学生的接触，那种充盈着男子气质的地方所具有的侵略性，使人感受到的，是一种对童年的朦胧伤怀和第一次对远方的家的思念，这些都使他心烦意乱。他钦佩那些吵闹鲁莽的小伙子，但与此同时，也认为那种突然结下的情谊多少有些不纯。如果有人邀请他去吃夜宵或是一起闹事，他会躲开，推说必须学习，或是累了。事实上，他一直感到疲惫，这让他意志消沉。在大声嬉笑吵闹的一群人中间，他总是感到难受。他开始觉得这种行为很寻常。他一直看书，选择人少的小饭馆，妓院让他作呕。他开始表现出一种有点不合时宜的道德感，对衣着要求很高，独来独往。卡米洛是唯一一个没有被他摒弃的人，还获得了他的一些信任。但他们没有成为朋友。

离开科英布拉后，卡米洛便没有再见过若泽·奥古斯托，他投身到了一场荒唐且让人疑窦丛生的冒险之中，那场米格尔派阵营的运动给予他最多的，是文学殊荣。1849年夏末，他又遇见了若泽·奥古斯托。那一年的卡米洛可以说是倒了大霉，他得了贫血症，住在烟草厂路上的旧宫殿内，那里面有家私人旅馆，专门招待来自各省的长子继承人和自我解放的青年，他们都有着高贵和放荡的习惯。这一年的一月，卡米洛的朋友自杀身亡，他姓奥利维拉·皮门特尔，名叫若热·阿尔图尔。在那个寒冷的夜晚，他从吊桥上跳进了河里，卡米洛去看了收尸的过程，一起去的还有那个后来与他无端起了争执的艾雷斯·德·古维亚。尸体被冲到里贝拉沿河的墙边，船夫把人抬起来时，仿佛是送来了一条皮肤滑腻的白鱼。

六个月后的7月7日，爆发了为女歌手们争风吃醋的事件，而若泽·奥古斯托·平托·德·马加良斯已经以花花公子、大众情人和阴郁男子的形象出现在了波尔图的沙龙里。"我们甚至做出了相互反感的样子。"卡米洛说。科英布拉的相遇仍记忆犹新，他们不可能因为愉快的缪斯歌唱女神这一原因而成为敌人。卡米洛是一个有务实精神的人，在1849年1月9日的《民众回声》专栏中，他提到了为爱自尽的学士若热·阿尔图尔，态度相当轻率、残忍。两天后，当他肯定是以记者而非朋友的身份，在里贝拉码头上看到那个不幸的人的尸体时，他写了另一篇文章，此次用的则是一种道貌岸然和华丽浮夸的口吻，"为过往而颤抖，为未来而颤抖，屈从于当下的耻辱，不相信上帝或人类的旨意，这是微小虚弱灵魂的特征，这些灵魂之所以无法强大，皆因被怀疑论的毒瘤所侵害。"他还写道："冷漠的人被不幸惊呆，紧张的人忧虑、灼烧、愤怒并自我毁灭。"显然，若泽·奥古斯托已进入了他的关系圈子，而且，很有可能，在强调怀疑论时，卡米洛针对的就是他。

尽管曾用这种盖棺定论的批判来鞭挞杜罗河里那可怜的死人，同一年，也就是1849年8月，卡米洛也导演了一出自杀。当然，他无意结束自己的生命，更多的是为了引起人们对他的关注。这个贫穷丑陋的青年，他刚刚因为情人做了母亲而变得忠贞或只是简单地变得现实，就恢复了自由身。若泽·奥古斯托走进那间摆满鲜花、仿佛是苦难耶稣九日敬礼祭坛的房间，发现卡米洛有点半死不活的样子，就当着曼努埃尔·内格朗的面答应照顾他，内格朗似乎很感动，虽然他并不喜欢把他也给卷进去。若泽·奥古斯托，这个毫无戒心、女人缘极好的青年，完全忘记了在科英布拉的那段岁月。有一次在孔德宫的晚宴上，他听新生们有气无力地开着庸俗的玩笑，就绝望地病倒了——他身上的某些东西现在让卡米洛感到一种近乎愤怒的羞辱。是他的呢背心、弗拉兴大衣，还是产自伦敦的布料？是在他歌剧之夜跺脚、摆出来的那副在抒情艺术领域略带权威的神情？事实是，若泽·奥古斯托给他留下了深刻的印象。他用高雅的冷漠嘲笑卡米洛。借给他钱，而且从不要他归还。甚至，最为出格的是，他不相信卡米洛在情场上的胜利，尤其是在俘获社交圈内某位女士芳心这一点上。他认为卡米洛只有权利去拜访坎达尔的一个姑娘，每周两天，那是一个做吊带的女裁缝，手指上的肉都被线割破了。卡米洛记得他那循循善诱的沉默，促使人倾吐内心世界。

"她漂亮吗？"

他是如此突然地感到一种清晰的愿望，想要贬低她的美貌，让自己的爱变得毫无意义。为什么呢？也许是若泽·奥古斯托给那个问题蒙上了一层阴影，一种思念的痛苦，仿佛女人是从他的领地上消失了的荒谬的鸟类。这就好像是，卡米洛只是在跟他提到一只粉红色的火烈鸟或是天后朱诺的孔雀一样。

"漂亮，谈不上。有点丰满，肌肤就像是胭脂红上罩了一层薄纱。"

接着，若泽·奥古斯托突然说道：

"我知道了：她长了张修女的脸。"他的与众不同里透露着一种如此尖刻的轻蔑，让卡米洛忽然觉得自己受到了羞辱，成了这位杜罗河谷贵族的跟班，他系着夏多布里昂[1]式领带，性格浮躁又执拗，也跟夏多布里昂一样。当时，卡米洛因和修女们的关系而在修道院的晚间聚会以及异教徒座谈上名声大噪。她们之中包括了来自圣本笃圣母修

---

[1] 法国18至19世纪的作家，政治家，外交家。

道院的伊莎贝尔·坎迪达·德·瓦兹·莫朗嬷嬷,她面目丑陋、姿色平平,为人公道,是一位非常富有的女士,主动提出替他教育1848年出生的女儿,当年她只有一岁。卡米洛手里保有这座修道院的钥匙和一些秘密,还为院长安娜·戴尔芬娜·德安德拉德做诗。圣克拉拉修道院的修女们也知道他,但这种认知更多来自于女仆们的诉说,她们会把点心偷出来,拿到黑暗的小广场上献给民主派的诗人,那里,月光划出了道道牢房似的栏杆。比起年长的贵族太太,卡米洛更喜欢厨房里青春焕发的姑娘,她们的胳膊就像藕段,而贵族太太接待诗人就仿佛是在接受主的赦罪,更多的是出于服从规定,而不是因为信念。所以,若泽·奥古斯托要嘲笑他。他笑得如此专横,不可救药,甚至被卡米洛叫做傻瓜。但为了让他闭嘴,卡米洛捏造了一段与玛丽娅·达·费里希达德·布朗太太的感情,那位高傲的贵妇年过半百,体弱多病,两个儿子完全沉迷于地道的贵族宅邸生活,那样的生活有自己的道德风尚和富贵作风,自然粗俗,还带了无知的忠厚气息。里卡多和曼努埃尔·布朗正是这类司汤达式的人物,乡村制造,却让首都为给了他们灵感而后悔不迭。在舞会上,他们既骄横又诙谐。他们旅行的方式引人注目,一如夸张卖弄而非真情实感的朝圣者般;他们去了耶路撒冷圣地,在当时看来,仿佛是怀疑论者欠下了基督教信仰的债,要去把圣主的遗物寻回来送给七大姑八大姨。如果一切不只是谣言和欺骗的话,那么里卡多·布朗曾屈尊和卡米洛进行过一场决斗。可以肯定的是,卡米洛无法登上这些坐蒂尔伯里双轮马车、戴丝绒手套的实实在在的高雅巅峰。所以他才会混迹于修道院圈子里,跟罗素和诺瓦伊斯·维埃拉这帮诗人就五音节诗而争得面红耳赤。那些鼻子里呼着粗气的修女和商人,还有戴着夸张披巾、梳着如同猪肝丝一般的中分头发的女士们在一起,应该让他感觉到了自己微不足道的重要性以及惨不可言的名气。只要看看卡米洛如何运用葡萄牙语,就能让我们了解他对权力,还有对赢得众人关注、名声和灵魂的渴望。这种现象发生在贪婪的灵魂身上,因为天赋远远超过了负荷。例如,莎士比亚就是这样。他遣词造句的方式,都极富战斗性。他把字母表当作子弹,把诗句用作战壕。朱丽叶说话的语气超越了她女性的身份。哈姆雷特说话的对象是子孙后代,而非他那个阴谋算计的小小宫廷。当卡米洛调动起布洛克斯家族的激情时,他知道那不是真实的,而只是一种对平庸和满足于折中的攻击。在波尔图,当若泽·奥古斯托出现在他面前时,他已经走投无路,为自己一贫如洗和犯下并不严重的过错而感到忿忿不平。那个长子继承人,如果只是做个有遗传基因风险但尚讲逻辑之人,便是无害的,可在卡米洛的笔下,他成了一个入不敷出的可怜虫、一个书中的人物。

*

在范妮·欧文的事情上,不能说卡米洛是有预谋的。然而,他的表现却好像是在依照一份周详的计划而行事。离开科英布拉后,他没回帕莱索,而是回到了波尔图,不管是家里,还是盖查德咖啡馆或金鹰剧院等等他常去的地方,若泽·奥古斯托每次都找不到他。直到有一次,他敲了卡米洛家的门,时间应该是晚上八点,他没等人应门,就骑马闯进了卡米洛的房间,卡米洛当时正执笔一篇批判文章,把吸墨水的干沙撒在纸上。虽然不情不愿,但他还是给了个好脸色,请若泽·奥古斯托坐在那张旧的绿色伏尔泰椅上。

"我被他们从帕莱索[1]赶出来了。"若泽·奥古斯托开门见山地说。

---

1 葡语原文有"天堂"的意思,只是作为地名使用了其音译"帕莱索",所以后文才会有"夏娃"一说。

二　帕莱索小镇

"那夏娃留在那儿了？"

"就是夏娃把我赶走的。我们好好地谈了一次。"

"说来听听。我只有十分钟的时间来好好地谈话。然后，我要写一篇戏剧专栏评论或什么更糟的东西。说吧！"

若泽·奥古斯托把欧文家里发生的所有不可理喻的是是非非全盘托出。玛丽娅责备他冷淡，欧文上校从里斯本写信要求他解释清楚，弥漫着一种紧张猜忌的气氛。那个家里温柔和谐的迷人之处已被一种恼怒所取代，就连热情的待客之道都无法成为将这份恼怒掩饰起来的理由。

"你们谈到过结婚吗？"卡米洛想知道这一点。

"没有，而且我也不会同意。你知道如果把条件强加给我，我会怎样。就连玛丽娅自己，也从来没跟我提到过这个话题。"

"那范妮呢？"

"范妮，怎么了？"若泽·奥古斯托激动地说。

"这一切她是怎么看的？她在这一片混乱之中又做了些什么？"

"范妮是个天使。"

"是的。但你一直去他们家，难道不是某种方式的承诺吗？"

"我可不这么认为。再说，我也从来没有向玛丽娅求过婚。如果求过婚，即使在结婚当天不得不往自己的脑袋上开上一枪，我也会信守诺言。误会一旦出现，我就会真诚地退出。"

"我觉得这样很好。"

卡米洛只想让若泽·奥古斯托骑上他那匹塞维利亚马，带着他那荒唐的故事赶紧离开。范妮会定期给卡米洛写信吐露心声，可简单的言辞里并无法让人揣测出任何更夸张的情节。她抱怨说自己不为人所理解，对自己的情感也未多说什么。如果卡米洛不是那么野心勃勃，便会多花上些时间来好好看看她这些信内流露出的心理状态。可他更急于让众人相信自己是个文学大家。当他察觉激情掌控了他大部分的创作力量时，就会用一种几近可怕的决心投身于写作之中。他没有空闲留给爱情，甚至也没有空闲留给友谊。他的欲望可以总结为对新知识永久浓厚的兴趣和满足虚荣心要求他所达到的欲望：一位王子，身边没有对手，只有已被大致说服和堵住嘴的臣民。但他对美丽的范妮并非漠不关心，尤其是因为她代表了与那神秘的男性竞争领域之间的深层联系，那一领域总是与一种受制于社交利益的过激情绪息息相关。他知道，要谈论爱情，必须坠入爱河，或要对自己感到满意，或要感到不幸。他在罗德伊洛庄园时就曾读过这些东西，还重新去翻阅了若泽·奥古斯托那个不再当教士的叔叔的藏书。那是一篇关于激情的论著，有一句话被陈旧得泛黄的墨水划了出来，让他印象深刻："记忆是我们所有激情的源泉，尤其是爱情。"那个在1755年写下这句话的无名氏肯定是个特别的人。1755年也是特别的一年。随着里斯本18世纪宫殿的古老城墙在地震中倒塌，某个强大精练的葡萄牙人阶层也自此一蹶不振了，对他们来说，情感是其事业赖以立足的支撑。后来，蓬巴尔侯爵把他的资产阶级铁腕印记强加到了王国之上。甜蜜的灵魂跌宕被一个民族的灵感利用之后，道德规范接踵而来，正确的判断力也取代了良好的鉴赏力。通过遵循细致严格的生活规则，精神的平和得以确保。诚实之人，中庸之道的拥护者，在繁衍生息，他们的生意做得很好，精打细算保护之下的平淡乏味使得雄心壮志也被忽略不计。雾气蒙蒙的下午，卡米洛出门走在葡萄园里，若泽·奥古斯托告诉他哪些优质的葡萄已经绝种：唐泽利尼奥、特朗特斯、萨马利尼奥、楼雷拉、阿贝丽亚尔，都是灭绝了的品种。那各个品种的人呢？有哪几种人，从国王的布库管理官鲁伊·费尔南德斯在1531那年写下《土地志》起，就灭绝了呢？卡米洛揣着赤裸裸的好奇心，看着那个来跟他转述一段认真谈话的青年。唐泽利尼奥、福果桑、巴

二　帕莱索小镇

士塔尔多、特琳卡邓特、布拉尔、牟丽斯克——他属于哪一个品种？一想到范妮的来信，他的眼神便透出一丝自负和狂野的感觉。

*

第二天，若泽·奥古斯托又来了。他毫不理睬在走廊尽头对他怒目而视、绝望异常的房东太太，骑马进了卧室。他常说，要知道房子是否坚固的最好方法，就是让马踩踩地板。

"马儿在震动很大或声音太响的地板上会紧张，"他又说了一次，"你可以安心睡觉了，这里很安全。"

书架上放着一排神学书，紧紧地挨在一起，仿佛是站着睡觉的哨兵，他把缰绳夹在书之间，说道：

"这就是我人生中深藏的被压抑的秘密：我爱范妮。"

"我一点也不惊讶。这就是你一年前想要杀死我的原因。那她爱你吗？"

"那是必须的。没有人会在不知道自己被爱的情况下就这样坠入爱河。"

"听听你这话！如果我们真要讨论这个问题，我知道一百二十个例外的情况。"

"但我怎么才能再次进入帕莱索呢？"

"通过尊严之门，如果你是从那里出来的话。"

"内心的尊严可不能用普通的标准来衡量。你要看清现状：玛丽娅觉得自己被抛弃，她会认为自己遭到了背叛。"

"由感情而生的规划能扩大我们的思维范围。我记得你给我读过，就在北部的罗德伊洛庄园里。你要思考，并找出解决办法。我不知道该怎么给你建议。"

"我要给范妮写信。"若泽·奥古斯托说。

他写了信,还给卡米洛看。卡米洛不紧不慢地读着,还特意留心了那些拉布吕耶尔[1]信口胡言的部分,拉布吕耶尔教导说,细水长流逐渐表现出来的爱情,跟真正的激情相比,更似友谊。他没想过,那个从极年轻时就注定会用情至深的孤独男孩,不知道如何去辨别,也不懂如何去超越,此刻的举动正源自控诉过去多次遭受打击的压力。现在,面对这个他想将纯洁与最无伤害力的禀赋融为一体的对象,疑虑与恐惧被驱散了:它们是同一首诗歌。对他来说,在范妮坠入爱河的那一刻,她便不是一个被虚构出美德的女人,她只是一个形象,能够在他的想象中产生所有必要的质变,以抵达激情那沟壑纵横的固有阵营。若泽·奥古斯托是一个充满激情的男人,而卡米洛则是一个充满感性的男人。他们之间是范妮,她两者兼顾——既满足了永远无法实现的欲望,也满足了由感觉背叛而产生的怯弱。卡米洛应该竭力遵守众所周知的规则:当肉欲被征服时,野心便会永远觉醒,与之相伴的是声名狼藉、辉煌、虚荣、自爱、嫉妒、憎恶和复仇。卡米洛的风格完全处于这个使感觉消亡的艰难阶段。伟大的作品就是这样诞生的:出自污秽的分娩,粪便和尿液混杂其中。

范妮回复了若泽·奥古斯托,称他为兄长并禁止他提及爱情。若泽·奥古斯托哭了,陷入了深深的绝望之中。卡米洛离开波尔图,去维亚纳·多·卡斯特罗待了十五天。他愤怒不已,但仍保持着一些冷静,他觉得这是一种自己置身事外的证明;他不知道冷静正是激情的陷阱之一。若泽·奥古斯托的着魔已经让他明白,这种感觉更多是来自于对爱自身存在的某种最高程度的不满,而不是源于爱情。

回来的时候,卡米洛面对的已是一个全然不同的局面。若泽·奥

---

[1] 法国作家、哲学家和道德家,代表作为《品格论》。

二 帕莱索小镇

古斯托正被爱着,在每天都写给他的信中,范妮对此毫不掩饰。她的语气夸张、坚定。对女子灵魂最为了解的一个男人会从这种语气中看出某种先兆,一种想要伤害某人、还要将全世界都卷入其中的方式。卡米洛不为所动,他觉得受了这个女人的蒙蔽,也被朋友冒犯了。但如此少量的欺骗与凌辱,连金匠的秤盘都称不出来。他不能叫喊:"你别爱她,你只是想从我这里把她夺走,仿佛她是我内心的一部分。你想撕咬的是我的心,你,这个会带来灾难的男人!"他仅仅只是问了若泽·奥古斯托几句话:

"你要向她求婚吗?"

"我要带她私奔。"

"那会是桩毫无结果的丑闻。"

"不管有没有结果,我就是要这么做。我叫人在一艘船上布置了两个小卧室、一个梳妆台,还有热那亚的天鹅绒窗帘。我要带她从水路去罗德伊洛庄园,然后在我的小教堂里结婚。"

"那我无话可说了。"

卡米洛的漠然让若泽·奥古斯托深受折磨。他对自己是如此自信,如此善于用他的大胆以及无畏冰冷的目光来羞辱别人,此刻,却受控于能给卡米洛带来的哪怕是最最微小的反应。但要他动摇已经是不可能的了。曾有那么一刻,卡米洛打破了两人之间的坚冰,劝他重新考虑。他去盖亚的拉撒那儿探望友人全家时,遇见了若泽·奥古斯托。当时是晚上十点,若泽·奥古斯托正在去帕莱索的路上。

"就是今天。"他手拿一根金柄鞭子,穿着高筒靴,说道。

"今天什么?"

"私奔。"

卡米洛猛地站起身来,动静大到连狗都吠了起来,女房东的缝衣篮子连同里面装着的所有东西,顶针、针和各种线都掉了下来。卡米洛拥抱了若泽·奥古斯托,他是如此伤感,几乎被若泽·奥古斯托推开。

"你考虑考虑,再等几天……"

"不可能。"他望着卡米洛,仿佛是想仔细研究一下,与他迄今为止所表现出来的冷漠如此迥异的那份激动,究竟有什么含义。"她正在等我。"

"我来写信给她,她会理解的。"

女房东也接着说:"她会理解的……"

"别写了,已经太晚了。"若泽·奥古斯托拍了拍他的肩膀,变了色的脸上露出了微笑。

"那你就去吧。你的青春就此结束了。一小时之后,你将会变成最不幸的男人。"卡米洛打开窗户,仿佛是敞开了心扉那般,从窗口又对着他扔出一句话:"救救你自己吧,趁现在还来得及。"

若泽·奥古斯托一路往外疾驰,缰绳上还拴着另一匹自顾自玩耍的马儿,两匹马并肩往前跑着。波尔图的一座座大钟敲响了十一点,各座大钟的报时略有偏差。在寂静的夜晚,或庄严或清脆的钟声引起了一阵极为平和的振动。两个男人之间的友好岁月就这样结束了,他俩都品性高傲,又在其中错误百出。因为人所能预见到的自身的一切便是犯错,并为自己的幻想所困。卡米洛把若泽·奥古斯托当作平庸之辈时,他错了。可以肯定的是,他觉得无力完成由激情而生的诸多规划,而这正是精神平庸的特征。但还可以肯定的是,卡米洛更能对爱情的想象做出回应,鲜有男人对他人的这种优越感无动于衷。这让他们感到尊严扫地,甚至会忽略其激情的对象,而只想着如何击败对手。

卡米洛觉得失去了自己的青春王国,那漫不经心却又神圣的友谊纽带。为什么会发生那一切呢?没有友谊,人便会生活在为自己创造的意念沙漠之中，有时赞美自己的内心，却不承认它的存在。心的敏感被夸大，但它的能力却无法让人理解。可突然之间，那种从未遭受过任何质疑、如此纯洁的友谊，绕着它看似稳固和安全的轴心动摇了。是自恋让他表现出那些因嫉妒而生的特征吗？是变化无常本身的光芒吗？还是粗暴的厌恶感？

卡米洛无法继续这个话题，众人也都被同样热烈澎湃和热泪盈眶的感觉所笼罩。

"别担心，"女房东说，"男人们从来不会幸福。"

"男人是什么，我的上帝啊？男人是什么？"

如此撕心裂肺的叹息让大家都低下了头，一言不发。卡米洛看到可能需要使用毫无根据的逻辑手段来为自己这种虚弱无力做出解释，便告辞了。突然间，他又打起了精神，看上去很兴奋，几乎有些心满意足。些微的不光彩行径，能让人免于发狂。

*

那十五个月里，卡米洛只从远处望见过若泽·奥古斯托，帕莱索发生了令人不安的事情。因为若泽·奥古斯托无法假装出以前对于玛丽娅的那种关注，玛丽娅也放弃了对自己的克制，而克制正是她的魅力之一，所以，她变得比以前残忍得多。众所周知，女人的傲气一旦受伤，永远都不会痊愈。玛丽娅所受的教育让她相信，在所有道德和物质责任之外，美貌是自己在这个世上立足的首要优势。她那活泼的天性，没在闲散的小事上找到用武之地，现在要在自寻其辱这一至高无上的事业上迸发而出了。她很快就发现，范妮是若泽·奥古斯疏远自己的原因。那个把自己关在房间里写日记的文人妹妹总是让她有点恼火。如今，在她眼里，范妮装模作样准备从她这儿偷走的，确切地来说,并非一个男人的爱情,而是这份爱情为她带来的快乐。事实上,因为没有机会在社交圈里提升地位,也没有机会在生活中胜出,玛丽娅在这种感官的无耻伎俩中找到了一份着魔似的替代方式。她向丽塔夫人抱怨,丽塔夫人也觉得玛丽娅在理。连她也对若泽·奥古斯托心怀芥蒂。一个男人,在娶一个女人之前就背叛了她,不是出于野心,便是出于幻想过度。野心勃勃的男人容易辨识,正是因为他缺乏具体目标,这使得他不断改变自己局限于小事的行动。女人一般都讨厌这种男人,总是把她们置于不可靠的境地。若泽·奥古斯托可能是一个野心勃勃的人,因此,为爱付出的努力理应较少;在爱情上,他既不谨慎,又无天赋。然而,到了某个时刻,丽塔夫人和玛丽娅这两个女人的态度趋向一致,都认为自己是若泽·奥古斯托始乱终弃的受害者,这使他离开了帕莱索。他去了杜罗河谷,并在那里度过了大半年的时间,满足于书籍阅读和土地管理。管家马尔克斯从梯田上摔了下来,好几个月都无法动弹。维森特在复活节的时候回了家,因为父亲似乎已被疾病驯服,他便多待了一段时间,最后拒绝再回到神学院去。他的母亲痛哭流涕,因为她已与儿子的前途合为一体,以此作为傲慢的慰藉,但维森特是她的最爱,所以她总是能找出方法来为其开脱。当时罗德伊洛庄园里有一个叫布兰卡的姑娘,她漂亮、温顺,在男女之事上非常随便。维森特爱上了她,还让她怀了孕;她去打胎,非常不幸的是,还为此送了命。若泽·奥古斯托不知道那场悲剧的原委,人家告诉他,布兰卡死于斑疹伤寒。若泽·奥古斯托命人把房子从里到外好好打扫了一遍,还把床褥烧掉。姑娘穿着寿衣,尸体停放在小教堂里,后来他想叫人来给她做尸检。医生没有隐瞒所发生的事,若泽·奥古斯托把维森特叫了过来。

"你就是这场不幸的始作俑者吧?"

那男孩哭了,与其说是后悔,不如说是觉得受到了羞辱。浓密的

二　帕莱索小镇

卷发顶在他的头上，仿佛闪耀着金红色的光芒一般。

"是她自己要这么做的。"他说，已无气力为自己开脱。若泽·奥古斯托向他投去的是同情的目光。

"来吧，小伙子。你去把她的肚子缝起来，把她的心放回原位。一切都要跟原来一样，整整齐齐。"

"我？我干不了，我干不了。"

"那就是冷掉的肉罢了。肉热的时候你不是更有勇气么？去吧，照我说的做。"

若泽·奥古斯托的主意根本不可能动摇，于是维森特参与了尸检的最后过程。大量的血顺着院子里的石头流了出去。他们从厨房里拿来一张桌子，布兰卡的尸体被置于桌上，脸色发青，肋弓上是蓝色的斑点。春日里的微风拂过她耳际最短的碎发。突然，若泽·奥古斯托转过身去，消失不见了。人们看见他骑马出门，气冲冲的，驰向河那边去了。

那条河是他的避风港，带给他安全感的轻声抚慰。他对河的历史细节了如指掌，让人不可置信，它的走向、它里面的鱼、它的桥墩、浅滩、桥、船只，还有摆渡。他曾多次从佛斯港口前往圣若昂达佩斯奎拉，两地之间的航道相隔二十五里格。五月，他坐在岩石上钓鲱鱼，身上绑根绳子在河里潜水，冰凉的流水冲击使他感到精力充沛、热情高涨。乌尔比诺和他一起去。那是一个精瘦的男孩，手臂上长着雀斑，肌肉发达；他力量非凡，身手敏捷，能逆流用网捕鱼。接着，他们擦干身子，把鱼籽放在火上烤，在亮光下，火像没在燃烧似的。

"你知道这条河在雷格的摆渡段有多宽吗？二百三十巴拉[1]，是 1532 年 5 月 28 日测量的。"

---

[1] 古长度单位，1 巴拉合 1.10 米。

"现在,只要上帝愿意,还会有更宽的!"

"河流又不会生长,只有从天而降,我父亲是这么说的。"

若泽·奥古斯托躺在石头上,一声不吭,感受着年轻的乌尔比诺沉重的呼吸,他正大力甩着手臂把绳子绕起来。那可真是条好河,过去还要更好,那时有大鳗鱼,被躲在芦苇丛中的村里人捕杀。秋天,刺猬从栗树上滑下来时会刺到动物们,它们就四处逃窜。河里有真正的鱼,四十公斤重,养了两天之后才被鲜活地送上领主的餐桌。现在,河水里混着烂泥,一片污浊残败。就算是阿雷戈斯附近的透罗悬崖,也不再像以前那样会致人于死地,那时候的杜罗河才是一条令人晕头转向的河流,河道里的鱼仿佛是围栏里的牲口。

若泽·奥古斯托在家中打瞌睡,孤零零一人在那座大宅子里,庄园破败的痕迹已是有目共睹。空中洋溢着自由的呼声[1],需要追随传统才能将其抑制。一个全新的富人阶层正从这种无政府主义的兴起中脱颖而出,这一兴起是葡萄牙思想活力和感性思维的集中体现。国家似乎正通过开展公民和知识分子运动来摆脱以往错误的束缚,可这些运动只不过是对悲惨潦倒的恐惧。光复运动得以宣告,浪漫主义便走到了终点。到达这般混乱的地步,不是因为思维和方式的局限,而是因为整个工业化社会的介入和科学发现毋庸置疑的能量。若泽·奥古斯托认为自己是埃尔库拉诺[2]的支持者,和他一样古怪,反对民主,即便这样,天生的真福还是让他成了社会主义分子。但他也是个怀疑论者。这是因为他以贵族的派头,蔑视之前所经历过的蛊惑人心的危机,也蔑视其对光复运动的深恶痛绝。光复是一部关于富裕贵族的简短史诗,不分种族,没有道德,尤其是缺乏让人团结起来的标准,让

---

1 时值葡萄牙1820年资产阶级革命爆发初期,由立宪主义者发动的这场革命产生了葡萄牙第一部自由宪法,为废除封建专制开辟了道路。
2 指亚历山德列·埃尔库拉诺,葡萄牙作家、历史学家。

二　帕莱索小镇

凭借关系的习惯无法转变成利益上的卑鄙庇护。

国家正经受着失败的后果,政治影响着最卑微的公民,因为既然已无法在他们和他们的政府之间拉开距离,大家便都在各自的阴谋中推来搡去。议事的行为与生产的功能擦肩而过。这不利于变得乐观的人们的信仰,其代价是自认为游离于仇恨、指责或取代之外。衡量所恨与所爱,都需要空间。缺乏空间,一切皆为喧嚣与杂乱。

罗德伊洛的大宅岌岌可危,四面墙壁都裂开了缝隙,葡萄树日渐枯朽,也没人去重新种植。在关系最近的亲戚当中,有人建议若泽·奥古斯托缔结一桩利益婚姻。接着,他们给他介绍了一位寡妇,玛丽娅·多明格斯夫人,她是内格朗家族的远亲,相当美丽。若泽·奥古斯托见了她,对她还算满意。

"一个寡妇!"他说道,"那是一个等腰三角形,在三个角的其中一个角上倾斜,而这个角几乎总是第一任丈夫。"

"别管那么多,反正她爱你。她应该是觉得,欲望不合乎情理,才是不可战胜的。"雷纳尔多兄弟对他说。若泽·奥古斯托微笑着,邀请了许多人来参加专为这位寡妇举办的聚会。她到场了,并让若泽·奥古斯托印象深刻。她身着一条朴素的黑缎连衣裙,上身披了一件带有蕾丝和饰带的天鹅绒小披肩,也是黑色的。帽子是白色锦缎的。她的双手修长,戴着白色手套。她知道何时该不动声色地闭上嘴巴,这种优雅在女性中很罕见。雷纳尔多说:

"你要是不拜倒在她的石榴裙下,就是个野蛮人。"

"有钱的女人会让我变得粗野。有一次,我抛弃了一个女人,因为在我向她表白了爱意之后,她向我坦白了她有多少收入。"

"对爱和财富的坦白是同等重要的。但只有你自己知道!你看看她有多美。"雷纳尔多指着寡妇给他看,她的身材笔直,如纺锤一般,腰部很高,比例绝佳。若泽·奥古斯托走过去,坐到她身旁,跟她说了些突发奇想的东西，为的是表现出特别的关注。玛丽娅·多明格斯心想："这个男人让我害怕。"诚然，她已经遗忘了爱情之事；失去爱情使她对与爱不可分割的那种体验也失去了感受的能力。她知道这一点，并认为再婚也不会让自己有所长进，但她觉得对爱的渴望是高尚的，也许还跟对智慧的渴望相关。"朋友能帮助我们克服自身的弱点。"雷纳尔多这么对她说。她也愿意相信。

但第二天，若泽·奥古斯托收到了范妮的信。那是第一封写得既亲密又炽热的来信。那个甜美安静的女孩显得很专制，没想过是否会被他轻视，是否他会不愿服从。"来吧，别把我留在这两个恨我的女人身边。"他突然被一个甚至都无法让自己高兴起来的真相压垮了。他爱范妮。他回想起帕莱索甜蜜的晚间沙龙，她斜倚在沙发上，浅色的头发拂过他的脸庞；那只很久以前在化装舞会上碰过他肩膀的小手；那句用顽皮的童声说出的"多悲伤啊"，有些断断续续，仿佛是呼吸不太顺畅。于是，他叫来了克洛蒂尔德。

"叫乌尔比诺给马备鞍。维森特跟我一起去波尔图，让他做好准备。"克洛蒂尔德正要出去，若泽·奥古斯托又叫住她说："我要带上那匹安达卢西亚马。"

"那马刚下了崽，不太听话。"

"快去，快去……"

他们天黑时开始赶路，若泽·奥古斯托身披西班牙斗篷，凝神的双眼里燃烧着绝望的火焰。维森特什么都没问；他在密不透风的松林里念了几遍圣母颂，身后牵着母马，那马偶尔会颤抖地嘶叫几声。它配了副金银镶嵌装饰的马鞍，在如同牛乳般从天上一泻而下的月光下，银色的马蹄钉闪闪发亮。

"您看，主人，这里有几个灵魂呢。我可以下马为他们祝祷吗？"维森特问道，此时他们正经过峡谷里的一个十字架旁，那十字架如同

二　帕莱索小镇

一个纹丝不动、一言不发的人，像是预示着灾难。

"快走吧，臭小子……你就像是西尔维拉将军，每打一次仗，老要从驴子上跳下来，摘下帽子，在十字路口祈祷。去波尔图祷告吧，如果你能到得了那儿的话。"

"我的心告诉我，他是疯了，"维森特想，"这就是长子继承人的命。他们被施了妖术，然后就变成了这样。"可怜的布兰卡，肠子都流出来了，眼睛就像条喝醉了的康吉鳗！总有一天，有人会杀了那个男人，又或者那个男人会了结一个人的性命。"可千万不要是我。"维森特自言自语道。地上很潮湿，没有灰尘，世界被包裹在云朵之中，好似刚刚诞生。其中一朵从路上飘过，若泽·奥古斯托从中间穿过，仿佛是一个奇异混沌的神话场景。

*

范妮的生活并不令人艳羡。欧文上校被叫去重新建立帕莱索的宁静，但他却不断推迟波尔图之行。就在波尔图，他曾遭遇过倒霉透顶的麻烦，并在《格拉米多协议》签署之后度过了一段满怀仇恨的日子。散兵游勇们残暴地殴打有卡布拉派党嫌疑的所有人，辱骂英国人是伪护国者。早在1846年1月，欧文上校和儿子就受到苛待，还被拘禁了；看守一部分囚犯的骑兵巡逻队指控上校的仆人协助犯人逃跑。欧文连穿的睡袍都没换，立刻就去要求给他一个解释。结果，他却遭到了殴打和辱骂，他去向当局提出抗议，但他提出的对肇事者追究责任的要求，却从来没得到过令人彻底满意的答复。波尔图是一个特殊情况，一直以来，都是一个无法管制的特殊情况。英国大使烦透了那些富有冒险精神的天才以及政治上胡编乱造中突如其来的虚荣，他把萨尔丹尼亚将军拉到大厅一角，并对他说，"要谨慎，要谨慎。"

所以欧文上校不在塞多菲塔路上的家中招待客人，理由数不胜数；但最终，他还是在 1852 年的 9 月底，和儿子休格·欧文一起到了那里。他看到的是，自己的妻子坐在一张还盖着白色斜纹布的长沙发上。窗帘被拉了起来，丽塔夫人的钻石在黑暗中闪闪发光。她的身后是范妮，脸色非常苍白，一双绿色的大眼睛里空洞无物。她那美利奴羊毛披风的大翻领和细麻布料袖口，仿佛硬从她披风的悲伤里绽出了一丝微笑。父亲做了一个令人震颤、同时也让人疑惑的动作。他甜美的范妮居然是被指控的对象！他吻了吻她的双颊，往后退了两步。他仍是个英俊的男人，前额连着过早谢顶的脑袋；胡髭黄黄的，嘴角上的颜色更深一些，应该是抽烟的缘故。

"我该听谁先说？"他直接问道。

"我让你听她说。她自己来说。"丽塔夫人突然站起身来，她的丈夫并没有阻止。他尚未与夫人彻底疏离，所以他还无法做到完全不在乎她是否在场。丽塔夫人离开后，欧文上校转向范妮，说：

"所以，这是怎么了？我感觉这是一场灾难的开始。"

若泽·奥古斯托也对她说过同样的话，范妮一下子坐下去，哭了起来。

"你不同情你姐姐吗？"上校问。

"我同情的，我同情的。但没有人同情我。"

"在我看来，你既不算是无辜，也不能算是有错。我们为什么要同情你？"

"我爱他，但就像爱一位兄长。可是她们居心叵测，无法理解我。我甚至从他身边逃离，无礼地对待他，请他把玛丽娅带走，再也不要回来。"

"那你自己呢，我的女儿？"上校的声音哽咽，但脸上却没有一丝表情。

二　帕莱索小镇

"我想离开那个家，但她们不让我走。她们需要我在那里。"

"她们需要你吗？"

"她们通过我才能同样获得爱情。听听这一切，我的父亲：世界上有贫者和富者。不是金钱的贫富，也不是名声的贫富。爱情贫乏之人，犹如昙花一现。他们需要的是懂爱之人。他们的行为就像吸血鬼一样，汲取别人的爱情。他们从我的心里贪婪地摄取爱，哪怕是不得不把它撕成碎片。"

"这太疯狂了，范妮……"父亲心力交瘁，生出一丝反感。那过于深刻的剖析触动了欧文上校难以想象、也无意了解的心弦。出人意料地，他站到了丽塔夫人和玛丽娅那边，就好像是，在他无权擅入的另一个世界的门槛上，范妮被变为了一个无用的战利品。"来来来，你要理智一些。理智能让人避免许多麻烦。在一个女人身上，几乎所有的一切都是弱点，甚至美德也是。你感受到的不是爱情。是由习惯生发的友谊。转瞬即逝的激情更多是因为习惯，而非真正的吸引力。当你不再见到那个小伙子的时候，你就会忘记他。玛丽娅也不爱他。在她身上，是一得两便的观念占了上风。过几天你就会发现，一切都会有所不同。现在我要把你们带回镇上，而且我希望，一切都能好起来。"

那日，欧文上校与家人共进晚餐，一边饮着他的茶色波特酒，一边跟丽塔夫人说话，教她应该怎么让范妮心平气和，一切都波澜不惊地过去了。范妮很早就回了房间，一举一动都表现出了尊重与和解的意愿。她身上唯一能引人注意的，是她对家中的一只猫过度温柔，猫的名字是尼尔森勋爵，喜欢睡在火堆旁，毛甚至都被火烤到，散发出焦味。所以，它成了一只土黄色的猫，尽管它天生的毛色是浅黄的。可最近，每次范妮想要抚摸尼尔森时，它都会逃开。它还发出嘶哑的低叫声，就像受伤了似的；它的尾巴竖起来，好一会儿都一动不动，似乎被一股神秘的力量控制着。这并不是帕莱索所发生的唯一一种奇怪现象。负责屋外部分的女仆露易莎，反应相当迟钝，长长的头发就像车轮那般卷曲，现在，她的行为非常奇怪。她把所有能找得到的喝剩的苏格兰烧酒都偷偷喝光，还抱怨说晚上有人刮划她的窗户。没人相信她，不过邻居们提醒说，有个叫若泽·多梅、绰号特罗特的男人，他爬上过花园的墙头，后来在李树的枝桠间隐匿不见了。这件事情听上去似乎不可思议，尤其是因为特罗特已经结了婚，是一位模范父亲和无犯罪记录的公务员。丽塔夫人把他叫过来，让他解释清楚。特罗特是个大恶魔，戴着黑色单片眼镜，不知道该怎么挪动才不被自己的大脚绊倒。他带着一副无名小卒的神情，里面还包含着某种痴呆的厚颜无耻的样子，能被误认为是职业才干。

"对于所发生的事，我既不否认也不承认，"他说道，声音有气无力、矫揉造作，"露易莎小姐对我的吸引，我无法抗拒。我已经吃了樟脑丸、敷了芥子泥。但还是没用。"

"您知道自己在说些什么吗？"丽塔夫人目瞪口呆。在这种既非目无宗教也不是狂躁疯癫之流面前，她的高傲支离破碎，"难道您看不出来，您正在亲手制造一个人的不幸吗？"

"是两个人的不幸，我的夫人。但这不是道德问题，我对自己也是这么说的。这与堕落也无关。"

"那么，这究竟算什么？"

"不能排除犯罪的可能，因为此事中，轻浮这一动机也并不是不存在的。"

露易莎被解雇了，一切似乎都恢复了正常。但特罗特也离家出走了，尽管没有追随那个姑娘而去，但事实是，他的生活发生了翻天覆地的变化。他辞去工作，投身于放高利贷的投机倒把营生之中，没多久就发了财。他从未再关心过妻儿，似乎已完全将他们抛诸脑后。不过，欧文上校来帕莱索吃晚饭时，这一切还没有发生。上校不想在城

二 帕莱索小镇

里被人看见,也不想让报纸报道他回来了,所以并没有睡在塞多菲塔路,黄昏时分便离开了。他在莱萨镇朋友家的别墅中过了夜,第二天乘船去了里斯本。和姐妹们没说过几句话的休格·欧文问他,一切是否都已解决。上校把雪茄烟灰弹进水里,说道:

"范妮超越了天性对情感的限制。所以,她不配拥有幸福。"

就好像,他是把范妮的尸体跟雪茄烟灰一同扔进了海里,就此埋葬。

*

几个月过去了,丽塔夫人截下了范妮写给若泽·奥古斯托的一封信。她把信藏了起来,但后来还是叫来了苏艾玛庄园的邻居若泽·科雷亚·德·梅洛,跟他坦白了自己的忧虑。若泽·德·梅洛答应和若泽·奥古斯托谈一谈,让他知道上校的最终禁令。可是,出于一种病态的谵妄——这会波及所有那些接近爱情、却因无法成为原动力而只能与之为敌的人——科雷亚·德·梅洛想见一见范妮。范妮出现在客厅里,他下意识地打量了一下那纤细的身体,静脉在喉咙处跳动,孩子般的脸庞上因受到了庄严、却又几乎是被诅咒的诱惑而散发着神采。她把手递给他。他觉得她的手很冷,对所有要说的话提前感到了后悔。

"范妮……你难道看不见这个家正在经受的痛苦吗?看不见你对玛丽娅的伤害吗?"

"啊,玛丽娅!我嫉妒她。你知道为什么吗?除了男人对她大献殷勤的效力,她什么都感受不到,可我,却感受到了爱情的效力。我天生就是一个单纯的人,还自以为能逃脱爱情的陷阱!对我来说,他只是我易于掌控的一份快乐。可是,这种对他轻易下定论的方式让他迅速地征服了我。我已经看清，冷漠其实是最容易让人轻信的希望，它的后果会有多么悲惨。"

丽塔夫人大吃一惊，用沉闷的声音说道："她怎么这么说话！"若泽·德·梅洛觉得胆怯了。

"这是你想像的一种谵妄，范妮。我必须承认，若泽·奥古斯托是个放荡的男人。"

"激情与放荡有时看起来相似，但其实不然。我们彼此相爱。"她微微行了个礼，因为没人阻拦，她离开了房间。房里一阵不自然的寂静，丽塔夫人说：

"这就是那些在布料上用小珠子绣爱心的姑娘们！啊，卡米洛先生说得对！"

"他说得对？"

"他有一次对我说，必须等着接受来自美德的一切，即便是平庸的美德也要接受，因为那是它变成了过错。"

此时，露易莎端来了茶，大家开始泛泛而谈起来，把饼干分给小狗们，夸赞苦橙果酱的美味。在那个宅子里，痛苦甚至都已被封存在案，完美地融入了它自己的时光里。当天晚上，丽塔夫人就给欧文上校写了信。"我的朋友，"她对他说，"范妮将会失去我们所有人。至于我，没人能够拿走这五十年来散乱的幸福，我是它的奴隶，而你就是它的帮凶。但我可怜的女儿还太年轻了，她们不能在还未享有声誉之前就失去体面。因为二十岁时不会留下痕迹或是记忆，一个男青年和另一个男青年是没有区别的。"上校收到这封信，认为丽塔夫人是在夸大其词。他不愿意承认那些恐惧是合理的，他自己有新的薄弱环节需要处理，所以很容易就摒弃了旧患。他让休格去看望母亲和姐妹们，但休格·欧文雄心勃勃，却性情平和，这种人可以抵御耻辱，但不能忍受反对意见。他用宫廷之事做借口，父亲最后也便不再提起此事了。

二　帕莱索小镇

在那段日子里，人们注意到玛丽娅会骑着马，一直下到海滩边上，在那里驻足停留，这让青年渔夫或度假的人都大饱眼福。她那绿色布料的骑马装一到松林尽头就能让人认出。有时那些小伙子们会把她遗失的一只手套还到家里，露易莎很尴尬，因为他们不想离开，甚至还会把一只脚伸进大门里面，粗鲁地坏笑着。

"你们想干什么？"露易莎用半扇门把他们往外推，自己不想碰到他们。

"没什么，小鸽子，没什么……"

他们很不堪地大笑起来，还准备互相干上一架。他们紧挨着围墙，心怀鬼胎，激烈的行为未付诸实践，因为他们知道那是非法的。他们是新的那一代，不相信社会美德，属于进步主义[1]封建势力的信徒，说到底，这是在所有希望幻灭的年代中都会反复出现的一代人，那些时候，灵感是所有人的问题，但却不是任何人的责任。在与雄心壮志相左的普通贪婪之火中，速度、愉悦与利益的神话开始烧得金黄。丽塔夫人下令早些关上窗户，日落之后不准打开大门。

*

1853年的夏天来了，欧文家的情形似乎没有变得更为糟糕。突然，为了一件无关紧要的小事，姐妹俩开始了一场激烈的争执。玛丽娅正要出门，一只脚已经踩到门前的台阶上，露出了花边袜子，她正打开变色遮阳伞，那只叫尼尔森的猫跳出来，应该是被一只狗追着，结果，玛丽娅整个人都摔倒在了地上。倘若范妮没有笑出来，问题就

---

[1] 一种在19世纪末至今从北美开始的政治运动和意识形态，进步主义者支持劳动人权和社会正义的持续进步，他们也是福利国家和反托拉斯法最早的拥护者之一。

不会那么严重了。她梳了英式盘发,穿着件有些低胸的衣服,站在卧室的窗前,宽大的袖子像水壶瓶颈一样搭落在窗台上。玛丽娅上楼整装,经过时看见范妮的床上有一本打开的书,便冲进了房间。

"能不能请你别笑了,你个疯子?!"她抄起那本书,打算扔出窗外;但范妮眼中的恐惧让她住了手。"这是什么?"她问道。同时,她把目光投向书页,看到妹妹的笔迹,觉得那应该是她吐露了所有心声的日记。

"别碰它,"范妮说,"否则我现在就自杀。"

接下来发生的一幕场景惊天动地,甚至是有些乏味。两人在彼此的怀抱中哭泣,和解并不能使她们的心平静下来。与其说是被说服,还不如说是敌对的方式让她们都觉得疲倦。就是在那个时候,范妮写信给若泽·奥古斯托,请他来把自己接走。让本性正直的范妮怒不可遏的事情是这样的:

她注意到自己有几件内衣不见了,一定要让露易莎去找。露易莎害怕被安上偷窃的罪名,就坦白了丽塔夫人的诡计,她把命运托付给了巫婆和算命的,在那样的年代里,此类人士数不胜数,穷人的悲观诉诸骗子的想象;而富人的悲观则仰赖祖国的同盟会。在葡萄牙,秘密团体的财力和势力已经存在。秘密团体的产生主要是源于承载了人类社会中一种幻觉的反弹力,虽然人类社会因理性而更为讲究,但支撑这种幻觉的仍然是根深蒂固的未开化状态。头脑简单的人喜爱神秘,它可以用来安慰他们靠教育和冒险都无法获得的一切。

*

玛丽娅·丽塔·达·罗查·平托是一个波尔图葡萄酒商人的女儿,兄长若昂·达·罗查·平托是唐·佩德罗国王的内侍。她在卡尔

二　帕莱索小镇

洛塔·若娅奇娜女王的宫廷内接受教育，但这并不能为教育提供任何保证。这一点可想而知，在科鲁兹宫内受到王后接见的大使们亲眼所见，王后坐在地上，侍女们把她围在中间。那些侍女都是混血奴隶，过的是会耍手腕的贵妇的生活。玛丽娅·丽塔夫人非常富有，她的兄长也坐拥丰厚的财富。他倾其所有，当上了皇后与其女儿、也就是后来的玛丽娅二世的护卫。有些人认为给予信任便足以报恩，他们的忘恩负义肯定让若昂·达·罗查·平托大失所望，所以他自杀了。玛丽娅·丽塔夫人是维里奥·达·席尔瓦的遗孀，她的前夫是里约热内卢的一位大农场主，欧文上校是在陪同贝雷斯福德将军前往巴西时遇见她的。回到葡萄牙之后，贝雷斯福德将军退休，1820年革命宣告开始，欧文便把缔结婚姻看作了一种集算计与享乐为一体的竞技方式。1820年12月20日，他与玛丽娅·丽塔夫人成婚，带着他的过去、十次战绩、两枚族徽、阿维斯军团高级荣誉勋章、铁塔利剑勋章、半岛战役金奖章，还有英国政府颁发的纪念塔拉维拉、阿尔布埃拉、维托利亚和比利牛斯战役的银奖章，激流勇退。对于这样的战士来说，他与丽塔夫人的婚姻似乎就是一出平庸无奇的谢幕。丽塔夫人爱闹别扭、迷信，花钱大手大脚，这些都是葡萄牙女人的恶习，年轻时尚可称之为魅力，或者至少是心血来潮。在杜罗河谷的一个庄园里，可以寻到欧文上校和丽塔夫人的足迹，接着是波尔图的托丽尼亚路附近、索维拉路和帕莱索，欧文在帕莱索还写了一本关于波尔图围攻的书。住在塞多菲塔路家中的那段日子里，夫妻间的和睦已经鲜见。拉乌尔·布兰登通过更为直接的亲眼所见，揭示出了一位资产阶级富裕女士的小幻想与威尔士贵族的自然朴实无法共存。欧文上校的印章上刻有一只银色的公鸡和箴言"谨慎与忠诚"。为了遵守这句箴言，牺牲是必须的；而其中之一，当然是与妻儿分离。

玛丽娅·丽塔夫人只能和两个还未成年的幼女一起，屈尊潜心过起了半乡村的生活,还要接待为唐·米格尔国王摇旗呐喊的修道院长的拜访。当然,她本人一直对卡洛塔·若娅奇娜王后忠心耿耿。王后性格冲动,像个男人,而且那么迷恋着自己的儿子,与玛丽娅·丽塔夫人的性情更为相似。丽塔夫人坐在地毯上,就像是以前坐在王后的寝宫里那样,摇着扇子,喝着碗里的汤,然后开始清点让宫里所有女人都艳羡的珠宝:冠状发箍,还有用来突出胸口领子线条的大金属箍扣。箍扣是巨大无比的蝴蝶形状,用钻石和新宝石制作而成。她还拥有一对很像葡萄串的长耳坠和镶着锡兰绿宝石的大戒指。若泽·奥古斯托看见过这些珠宝,估计它们能值二十万个雷亚尔,这还是非常保守的估价。

我们不要假定若泽·奥古斯托是个利欲熏心之人。卡米洛曾对他说:"有一匹纯种马的人,就还会想要一辆蒂尔伯里双轮马车。"这是肯定的。未经万般艰辛波折来掩盖龌龊野心而获得的财富似乎包含着一种邪恶的命运,那就是渴望用新的经历,将其神化为一种权利。对于欧文姑娘们家中的低调奢华,还有她们拥有丰厚嫁妆那不可否认的事实,若泽·奥古斯托并非无动于衷。可事实是,那些财富将会被年轻休格的封爵之路挥霍殆尽。多年之后,那些珠宝在伦敦被估价,但可能已不再是欧文家族的财产。我们先不论若泽·奥古斯托是否受了维吉尔笔下"该诅咒的黄金欲"的侵袭,但他确实了解那份欲望的症状。

不管怎么样,玛丽娅·丽塔夫人都是个富婆,所以根本不用像阿奇利诺·里贝罗所建议的那样要去招租。与人相处对她来说一定易如反掌,这是巴西人的特点,能给轻佻之徒提供接近的机会,也会激起野心家的好奇。"对爱的回应、对耕耘的回报以及带给我们恩惠的优待是最高雅、最愉悦、最美丽的,无能出其右者"。不幸的是,《论友谊》不是在《波尔图与宪章》上发表的。而西塞罗也不如若

二 帕莱索小镇

泽·德·帕索斯那般出名。

范妮的激情被玛丽娅·丽塔夫人归为"倒霉的固执",最终引发了她的一个念头,那就是可以通过祈祷和熏香来让它胎死腹中。有一次,范妮觉得房间里有迷迭香的味道,还在她的枕头里发现了一些干叶子。后来,她在茶里尝出了芸香的味道,还捕捉到了玛丽娅和她母亲交换的会意眼神。这种种使她上升到了蔑视两人的程度,与其不顾一切的决心不谋而合。若泽·奥古斯托亲手给她寄了一封信,并做好了私奔的所有准备。他租了一艘那种在杜罗河上航行的船,船上配有一个宽敞的船舱供乘客使用,类似双桅船,装有桅帆桁。他命人在船上准备了两个装饰略显奢华的小卧室,里面还有一张放着香水的小梳妆台和三套散步穿的裙装,一套是苏格兰毛呢,一套是府绸,还有一套是南京棉布做的。所有裙装都有帽子和手套与之相搭配。船应该在奥利维拉德杜罗的一个停泊处等候,由两个人为他打理。在帕莱索第一片松林的出口,维森特和他的奥泰罗小马会在那边接应。虽然一切都安排得很仓促,但并没有忙中出错。自从若泽·奥古斯托收到范妮的来信之后来到波尔图,已经过去了五天。1853年7月17日晚上十一点,他靠在了帕莱索庄园后院的墙上,感觉到手套里面的双手冷冰冰的。

范妮准时来了。她用花园里的一把梯子爬上了墙,因为塔夫绸裙子上宽大的褶皱让她行动不便,她就把大裙摆抓在手上,手里同时还攥着一个小包。那里面是若泽·奥古斯托写给她的信。他伸出双臂把她接住,让她坐到女士马鞍上,把缰绳递给她,可她没能抓牢。母马受到了绸缎声音的惊吓,向前一蹦,跑了起来。范妮在前面不远处一声不响地摔了下去;松林的阴影盖住了地上的人形,若泽·奥古斯托没能立刻找着她。当他看到范妮时,她没有露出被吓坏的样子,已经站起来等在那边了,连衣裙有些凌乱,缝有黑色花边的披肩勾勒出她上半身的轮廓，月光仿佛在上面投下了树枝的剪影。

"你没受伤吧？"他大声地问她，没有注意到夏日停滞的空气中，声音会被放大，传到远处。而她只是回答：

"没有……没有……我没事。"

母马逃走了，四周一片漆黑，只有沙子和水晶岩在漆黑的松针间微微发光。他们开始往前行进，若泽·奥古斯托步行，范妮骑在他的马上，当新枝阻住了去路时，马就会大声喘气。他们迷路了，却没有停下来。两人往松林深处走了一个小时，试图确定方位。但是周围没有声响，没有光，没有风。而且，也听不见海的声音。

"我们是在哪儿？"她问道。

"我不知道，我不知道……"

范妮从马鞍上滑了下来。她的头发松了，他心里想着帮她整理一下发梢，却没有去碰她。"让我在这里休息一下……"若泽·奥古斯托在地上铺了一条毯子，可她挺直了身子，靠在树上，就这样，几乎是屏住了呼吸，手中紧紧地攥着那一沓信，没有悲伤，没有不耐，也没有冒险的兴致。"我们最好还是继续走吧。"过了一会儿，她说。

"继续走！我根本找不到方向，不知道河在哪边，路在哪边，什么都不知道。"因为她一言不发，若泽·奥古斯托问她："你是不是后悔了，范妮？"

"没有，我没有后悔。那我们等天亮再走吧。天很快就要亮了。"

他们听到钟敲了两下，钟声是从不太远的地方传来的。它来自四散在周围的许许多多小教堂中的一间，如果若泽·奥古斯托熟悉那些地方的话，就会知道哪些钟楼里有钟。因为这样的钟楼极少，一些被子弹打穿过，被火烧过，白石灰墙上留有一道道的烟痕。平坦的野地上看不出高低起伏，无法识别出任何一个地点。他们只能等着，因为时间过得很慢，接着，他们穿过新枝松香弥漫的小径，又走了一会儿。冬青扎破了范妮的连衣裙,羊皮底的鞋子也坏了。她一言不发,被一种固执掌控着,在其中,爱似乎并未介入,这对于那个走在她身边、有点恶狠狠地——这也说得过去——折断低矮枝叉的青年而言,几乎是陌生的。突然,她同情起他来,停了下来。

"等等,若泽·奥古斯托。"

他没有马上听见,于是她继续走,不再重复说过的话。最后,两人都疲惫不堪,倒在地上,满地都是裹着粘稠树脂、依旧翠绿的松针。范妮想到,那个季节里,裹着花粉的毛毛虫会从松树上掉下来,就像一片片有毒的雪花。她感到虫子就在自己的头发中扭动,于是抖了抖披肩和连衣裙,发出了树叶般簌簌的声响。

"看看这匹马是不是也会被吓到。"若泽·奥古斯托说。她感受到了一丝责难的意味,在所处的荒凉环境中说出的这句话,让她忽然认清了这个男人的脆弱程度,除了他与世界的表面争斗之外,他还是很怯懦的。她觉得,现在才发现这样一个沉重的现实已经太晚了;而女性在那些能影响到自己做出的选择是否可靠的事情上所付出的荒谬代价,不管是爱情、信仰或政治,都是以一种道德冷漠的形式表现出来的。她什么也没有回答。黎明的寒冷让她发抖;她的牙齿打颤,她意识到自己在哭。田野上,一片雾气清晰可见。他们正在松林的边缘,在那一大片白灰色的雾色之中,水车的铁架子依稀可见。能听到从奥瓦尔走来的路上,贩鱼妇们说话的声音。

"是卖鱼的女人,"若泽·奥古斯托说,"我去问问我们在哪儿。"他往她们那边走了过去,范妮看到他做着手势,无拘无束,几乎有些兴高采烈。"他担心别人会注意到自己被卷入了更严重的事情。"她心想。若泽·奥古斯托回来的时候,激动地说:"这里是安多里尼奥镇。苏艾玛庄园就在这附近,那是若泽·科雷亚的庄园。我去那儿找人来帮忙。"

"别把我丢在这里。"

"我不会丢下你的。可是,你没法再走多少路了。"

"别丢下我一个人。"范妮又说了一遍。现在,可以清楚地看到她那张白皙疲惫的脸,那双眼睛之间的距离大得奇怪,如同母鹿一般。若泽·奥古斯托吻了吻她冰冷的双手,她的手掌有些黏。也许,她有点发烧。若泽·科雷亚·德·梅洛来到了大宅的院子里,肩上披着印花布外套,嘴里嘟囔着几句让人迷惑的问候。他看见远处的范妮靠在一口石井上,手里拿着装信的小包;她那条海绿的连衣裙撕破了,褶边悲惨地拖在地上。他命人牵了一匹马来,一个青年把他们领到停船的地方。他紧紧地拥抱了若泽·奥古斯托。若泽·奥古斯托没有接受那马,指望着在附近看到维森特,他应该会怯生生地紧牵着奥泰罗,向他的圣人们祈祷,那许许多多的圣人中有他特别敬佩的马加比兄弟。朱迪特断言他们是基督徒,把他们列入了敬拜的名单之中。

*

早晨,之前受惊跑走的母马出现在了帕莱索宅子的门口,开始刨地。那一切有些神奇,因为它既不熟悉那座房子,也不认识到那里去的路。玛丽娅·丽塔夫人从中看到了一股无比混乱的力量与她抗衡,那是心生不满的游魂在作祟。她看见范妮的房间空荡荡的,不顾自己头上还戴着丝带缠绕的睡帽,脚上穿着拖鞋,就这样冲到了花园里。她没有看见女儿,于是走进了温室,铁线蕨的波浪型叶片就像一道湿润的绿光一样,映入她的眼中。康乃馨开花了,每根茎上都有一朵大大的黄花,接近花蕊处的色晕更浅。

"范妮!"她喊道。园丁听到了她的叫声,站在原地望着她,不敢靠近。大门口有人。可以听到哒哒慢跑的马蹄声逐渐远去。马被人

二　帕莱索小镇

领去了苏艾玛庄园,若泽·德·梅洛来找玛丽娅·丽塔夫人。她平复了一下情绪,穿了件深色的衣服,在小客厅里接待了他。客厅里有一幅欧文上校穿着轻骑兵制服的肖像,皮外套的饰带系在胸前。他的嘴跟范妮的很像,曲线优美,还带点孩子气。丽塔夫人把脸埋进了手绢里。

"别哭了。"若泽·德·梅洛说,嗓音浑浊,带着小心。

"我该怎么办?我该怎么办?"

"写信给上校吧。在关键时刻,丈夫是不可或缺的。"

"你说的关键时刻是什么意思?"玛丽娅·丽塔夫人伤心欲绝,但又觉得那句话听起来让她难受。

"没什么,没什么意思。所谓的关键时刻,不应该有什么意思……你可别哭了……"他看见玛丽娅在花园里快步走过,就叫她:"玛丽娅,过来!过来陪陪你的母亲。"

玛丽娅进来了,很莽撞,但很漂亮,就像若泽·德·梅洛说的那样,一身蓬巴尔时代的装束,全身上下都是粉红色,戴了一条薄纱披巾,因为靠在石榴树上,披巾上面落了石榴花。若泽·德·梅洛用那种男人因不幸而不得不熟悉的女性面前所特有的鉴定师本能,打量了她一番。

"最让我难以接受的是这一切多么可笑,"玛丽娅说,"她像修女逃离修道院那样出走。然后,还在没有两巴拉宽的松林里迷了路!就因为这样,我们这辈子都会被人指指点点!"

"过不了几天,就没人会记得这件事了。范妮会结婚,一切都会被忘记。"

"只要我在这里,她就别想进来。"

"我不知道你的报复心竟然那么重。"

"不是报复,是惩罚。惩罚会给她力量。太多的宽恕会唤醒她心中那头悲伤的野兽。"

若泽·德·梅洛心想:"这太不寻常了!我对这件事的关心,就像是在乎尼罗河的源头那样。"玛丽娅·丽塔夫人缓缓地说道:

"你说得太严重了,玛丽娅。我认为老年人承受不了严重的事情。"当女儿傲慢不悦地走出去时,她又补充道:"我们得闭门不出一段日子了……我们也不能让任何人上门来做客……"

"所有这些可能会影响到你平日里的小乐趣,但不会破坏对美好的鉴赏。你身边总是会有朋友的,玛丽娅·丽塔夫人。相信我。"

"我相信,"她把双手放在膝盖上,开始用沉思关注的目光审视它们。据说双手能暴露出人们确切的年龄,"不管怎样,我都会找人来给这座宅子驱驱邪。很久以来,我都觉得它有点儿不对劲。没人碰门,可门会自己关上……而且,晚上会听到有人翻抽屉、翻纸张的声音。相信我。"接着,她又如是说道:

"希望子女们能知道,我们是有多依靠那些让他们觉得没劲的琐事啊……!"

她的舞会,她的珠宝,还有她刻意想要吸引的那些阿谀奉承的朋友,好认为自己在他们的生活中扮演了角色!自负是玛丽娅·丽塔夫人的毛病,哪怕是社交圈内对应学校惩罚的小小羞辱,也难以让她改正过来。连她的敏感,甚至也是一种劝说的技巧和品味的证明,当然,这是否是为了激起回报的欲望也令人怀疑。性情平庸使其无法真正痛苦,也不能让她的心站到范妮那一边,因为那种不仅仅代表激情的态度引起了她的警觉;它尤其代表了眼下生活的空虚以及对未来的无力渴望。所以可以确定的是,年轻人越是在没有希望的事业中投入,越会在自身真实价值观的正常发展中感到麻木。

玛丽娅·丽塔夫人送若泽·德·梅洛出门。天气很热,可当大门无声地缓缓打开时,若泽·德·梅洛突然感到一阵凉意,于是便四下

二　　帕莱索小镇

张望。

"我不知道这是怎么回事……这么好的太阳……"

"是栗树的树阴。栗树的树阴是所有树阴中最凉快的。"玛丽娅·丽塔夫人说。若泽·德·梅洛到了街上,马夫跟马在前面等候着他。马厩的味道阻断了带着海水咸味的空气;藤蔓上的葡萄串开始变色成熟。他觉得帕莱索的大门已经永远关闭,即便那对他没有太大的影响,也起码让他有点死心了。

*

终于上了船,若泽·奥古斯托和范妮得以泛舟而上。船夫没有迟到,整个上午都雾蒙蒙的。若泽·奥古斯托给了他们两百个雷亚尔,把范妮交给了前来服侍的马尔克斯的老婆。她站在那里,高高的个子,微微带着永远都无法完全抹去的一丝嘲弄的微笑。她用谄媚的态度问候了范妮,向她投去了一瞥犀利的眼光。如果她已失贞,朱迪特是知道的;不是处女的女人脖颈周围会失去弹性。她断定范妮还是一个姑娘,感到了一种凄凉的惆怅之情,从很远,它就能触及到所有女人的宿命。她假装没注意到范妮被扯破的衣裙和乱糟糟的样子。托尼科也来了,他可没那么小心翼翼。维森特把若泽·奥古斯托的行李放在船头底舱内,托尼科看到落在那里的磨破了的鞋子,就要捡起来查看。若泽·奥古斯托手划了个圈,就像是在瞄准鲻鱼吐出来的泡泡那样,把鞋子扔进了水里。男孩们笑了,带着不假思索的心血来潮那种强烈的喜悦。突然间,若泽·奥古斯托也笑了起来,忘记了范妮,忘记了他的冒险,忘记了自己刚刚经历的那些不太光彩的波折。船已经航行在水面上,向坎巴尼亚河口开去。

范妮靠在枕头上打瞌睡。朱迪特脱下她从若泽·德·梅洛家里借来的粗布短靴,给她梳了个华沙式发型,这是朱迪特唯一会梳的式样。她坐在那儿,不时透过窗帘瞄一眼岸上,那里的磨坊一间挨着一间。能听得见船夫胸有成竹的说话声,因为这条河里既没有激流也没有暗礁。他一边站着掌舵,一边嗅着黑鼻烟,粗暴地下达命令。范妮动了动,说:

"什么才是诚实的人?"她睁开眼睛问道:"我睡着了?"

"只睡了一会儿。"

她想起了卡米洛。他有一次去看她,那时他和若泽·奥古斯托之间的关系已经岌岌可危,范妮不再给他写信。一天下午,他来了,非常沮丧,发黄的脸上坑坑洼洼,泛着一层粘腻的汗光。范妮不知道,他是怎么在温室玻璃反射出的那片绿色光亮之中找到自己的。一个小水池里,游着两条红色的鱼。卡米洛站在门口。里面只够站范妮一个人,便再没有多余的空间了,她穿着一件非常宽大的塔勒坦布长袍,一叶兰都勾在了上面。卡米洛没有拐弯抹角,对她说道:

"他会害死你的,范妮。你们的爱情是由不属于你们的东西组成的。它出自我的愿望,我的快乐,我的痛苦。我把一个灵魂给了你们,和它一起的,还有一个灵魂所能给予的一切。我可以把这个灵魂包裹在自己的阴影里,把它带走。那你们,以后怎么办?"

"你觉得自己是上帝吗?"范妮生硬地说。她缓缓地系着腰带,一边用流苏拂了拂裙子上粘着的些许泥土。

"不,我什么神灵也不是。我长相丑陋,身材矮小,患有眼病,我也不需要你们的任何东西。我是自然存在的。生活不会让我茫然,不会让我受骗,也不会让我害怕。可若泽·奥古斯托呢?若泽·奥古斯托不过是个卑躬屈膝的小人。"她并没有感到愤怒,反而感到一种强烈的嫉妒。她做了个手势,表示要离开。"别走……别走……等一下……他只是个仆从,其他什么都不是。在任何具备威望之物面前,

二　　帕莱索小镇

都会弯下脊梁的仆从。他是一个花言巧语、装腔作势、金玉其外的仆从。你们的爱就是金玉，而且只有我和你们在一起的时候才能这么说。我若是不在，那就只剩败絮了。"

"给我走开，你这嫉妒邪恶的男人。现在我知道，为什么诚实的人都憎恨你了。"

"说到底，什么才是诚实之人？一个必然。那么，再见吧，我的必然，帕莱索的美女。"

他快步离开了，范妮也没有因此而获得任何满足。那股强烈的嫉妒并未放过她，甚至超过了她亲身经历的痛苦爱情。因这份嫉妒而生的最冷酷的忘恩负义，让她做出了一种类似放荡的自由反应。男孩子们的笑声，若泽·奥古斯托那近乎温柔的声音，使她卸下了戒备，她凝视着他，眼神中所彰示的是对权力的陶醉。朱迪特急忙把一条白色的羊绒大围巾披到她的肩上。

三　罗德伊洛

欧文上校被妻子含糊其辞的信召唤了回来，没多久便出现在帕莱索的家中。他知道那是玛丽娅·丽塔夫人用密码表达不幸的方式。这次，他没能做到微服出行，波尔图的报纸刊登了上校归来处理家庭事务的消息。而他只和妻子的亲戚们闭门不出了两天，便把婚事定了下来。他不停地用精心保养的小手抚平往外翘的白发。战争不会让人长出老茧，除非是长在心里的老茧。他甚至比平时说的话还要少。既没在英国商会露面，也没有招待邻居友人。他整夜都在冰冷的壁炉前，正对花园的窗户开着，也许是在思考威尔士的那个欧文家族，还有那位玛格丽特·埃文·琼斯，她以独生子女的母亲所特有的略显焦虑的爱将自己抚养长大。在欧文氏的祖先中，有北威尔士十五个部落的首领，族徽上是使用过的武器，红色的田野上，三条银蛇缠绕在一起。他从来就没欣赏过这个高贵的标志；更中意的是蓝色的鹿和那只银色公鸡上的"谨慎与忠诚"。有时，在杜罗河炎热的夏天，当他戴着宽边大帽子，在他自己的艾尔米达葡萄园里穿梭时，会看到高墙顶上有两条蛇在搏斗。这让他心生惧意。他，十九岁时就成了斯罗普郡志愿军队长、二十五岁时是龙骑兵队的少尉，维托利亚战役中，因为将军不在，他担任了著名的骑兵团冲锋队的指挥。二十九岁时，威灵顿公爵亲自在战场上提拔了他。退休以后，他会在晚上去唐·佩德罗国王的办公室，提建议，做部署，在国王一阵干咳把血痰吐到手绢上

三 罗德伊洛

时闭口不语。荣耀,它是什么?一种获得权利的责任感,既不背叛国土亦不背叛人民,一种反抗平凡世俗的冷酷激情。为范妮打上烙印的不是她与情人同床共枕。欧文上校曾近距离接触过卡洛塔·若娅其娜,她性欲旺盛,嘴角一直很湿,狡邪的神情特别让人厌恶,尤其让他恶心。欧文,喜欢道德沦丧的、却无法喜欢不堕落的淑女。可是,范妮出生名门望族。她欺骗了别人,愚弄了玛丽娅的信任,就好像是偷了她的植物标本册,或是小时候把她洋娃娃的头弄下来那样。坦率是不定的,是由机缘所激发的纯粹的贪婪。那是一种错误,而非一种解放的行为。她不反叛,不顾家族的传奇名声,不顾心灵所赋予她的想象,因为没有这份想像,双亲之爱本身就是一种天然的庇护,没有理智,没有条件,没有准则。上校心里很不是滋味。他没想过子女们的某种放肆行为会与物种相争关联起来。他向来秉持着一种与尊严相符的超脱,厌恶那些自信获得神的启示、预言宿命的女人,她们温柔一如大搞阴谋诡计的修女,还会对烹饪的秘方守口如瓶。甚至于她们自己写的诗歌,或是那些头发卷曲、憔悴、稚嫩的诗人献给她们的,都让欧文上校感到厌烦。就像那个在范妮生日那天前来朗诵的家伙:"在姑娘诞生之日,世界发出雀跃欢呼,美丽女神注定降临人世,仰慕之人为之俯首弯腰。"上校坐在那里,就像现在一样;那次的沙龙耗尽了他的灵魂。为了不让自己的灵魂被耗尽,他离开了家,为的是不忘记自己尊敬的,那些"英勇果敢之人"。可怜的范妮!最糟糕的是,她并不重要。当她发现这一点时,可能为时已晚。她被投入了一种需要魔法、技巧和勇气相结合的命运之中,再也无法回归到她微不足道的生存之道中。就像是石榴树——既不配长刺,亦不配开出光鲜的花朵,因为没有内涵。大家有目共睹,欧文上校是一个在战斗信仰之中教育培养起来的男人。众所周知,这种信仰里女子是没有地位的。

*

范妮的婚事是休格·欧文着手安排的，但他拒绝与若泽·奥古斯托会面。小伙子继承了父亲的蓝眼睛，却没能继承他军人的傲气。他对马情有独钟，计划建造一座种马场，在那里用利巴特茹母马的血统来改良弗里吉亚种马。一谈到亨特种马的杂交时，他就异常兴奋，女士们不得不退场。在葡萄牙，他是先驱，因为只有拿破仑·波拿巴才有推广马匹繁殖的想法。在英国，从17世纪末开始，就有了纯种马的培育，因为与勇猛的柏柏尔人结盟而得以实现，这些纯种马被用于比赛，于是赛马便成了国家的标志与狂热的运动。休格·欧文勾画了建造庞大的种马培育基地的蓝图，并决定向政府申请相关的执照，可是二十年之后，法国才颁布了以此为目的的相关法令。因此，年轻的欧文是那些安身立命于殖民意识的英国人中的一员，他们决意利用自己的创业天赋，培养自己已被祖国抹去的价值。这种根斩影响到了他们在国外大规模开展业务的技艺；在休格·欧文本人身上，便形成了一种非常明显的替代特征，执着于让种马产出新品种，而且若有可能，产出非凡的品种。可以认为，范妮的私奔给他留下的印象与上校不尽相同。他已经转向了一种有利可图的工业化现实，里面有固定的准则，不会被区区几件浪漫韵事而左右。他只是说：

"杜罗河谷是一片多山的土地。如果不是因为波托骡子那么难闻，我会推荐一头好的给范妮。不过，哈克尼骡也是不错的。"

玛丽娅·丽塔夫人看着他，有些茫然失措。她已经开始从那次打击中恢复过来，但还没准备好接受儿子无动于衷到如此洒脱的地步。

"你要说的就只有这些？"她问。

"我能说的只有这些，母亲。我可不同意派军队去把那位先生抓

三 罗德伊洛

起来。贵族是擒不来的,只会应召而来。"

玛丽娅·丽塔夫人觉得自己不认识休格了。他的执拗煞有其事,就像所有那些在伦敦纹章院登记在册的祖先,那些德梅里奥内特和登比格的欧文,那些讲着凯尔特方言、尚未完全开化的放牧之人。在范妮那带有一些天真无邪却又疯狂的眼神里,流露出的东西同过往隐居于林间过着修士生活的处女如出一辙,那眼神中也包含了她们残酷的坚毅。玛丽娅·丽塔夫人无法理解这样的子女。她觉得只有玛丽娅才是正常的,她痴迷于衣着服饰,如歌剧中的城堡女主人般过度奢华,加上最不痛不痒的讲求实际的感觉。尽管天性不安分,但她是个知道如何适应的姑娘;正如同她自己一样,她曾生活在宫廷里,置身于煽风点火和冒险的气氛之中,而现在,身处这个小小乡村里,这里的妇女仍然穿着阿伯朗特斯公爵夫人那个年代的服装,她并不认为自己是不幸福的。她忍受过那段遭到猜疑的日子,当时,波尔图的沦陷已迫在眉睫,甚至连帕尔梅拉公爵在伦敦也被当作叛徒对待。英国船只停在杜罗河上;丽塔夫人不顾上校的警告,偷偷去罗德伊洛散步时看到了那些船只,为的只是想象自己能和孩子们在船上,从那场悲惨的围城中解脱出来,所有的人都在抱怨,时刻都能听到咒骂厄运、咒骂那些英国人的声音。那场无业游民与船夫的战争,战马都要靠填充床垫的干草来喂养,还征用了一队十二岁和十五岁的送信员,能用的一切都被用上了,铁锹、船桨、刺刀、担架和水壶,那场卑鄙无耻、令人绝望的围城,其伟大之处就在于对战胜恐惧、战胜饥饿、战胜死亡的迫切渴望!而这份迫切并非源于对赢得战斗的渴望!那个1833年的1月,在没有任何安全保护和后援的情况下,一些男人驾着小艇,冒着敌人的炮火和巨浪,连夜从百艘无法靠岸的外国船只上卸下了粮草物资!每个谣言都是一种震惊,一份希望;每则消息都是一个威胁,就像公布霍乱,还有潮湿、污秽、满是动物尸体的水沟所引发的各种疾病一样。丧钟不再敲响，以免引起恐慌。但是大家都知道有这么一种病存在，他们突然看到有人在做弥撒的时候浑身发冷、呕吐；众人退避三舍，女人都用浸过醋的手帕捂住了嘴巴。人们诅咒索利尼亚克将军，是他与比利时应征入伍的新兵从奥斯坦德带来了瘟疫。有些人就像虚脱了一般，突然死去；还有一些则生命垂危，腹泻出白色的污物，连放血疗法都无法让停滞的血液流动起来。玛丽娅·丽塔夫人焚烧带有香味的草药，把衣服在火上加热后再给孩子们穿上，为他们缝好披肩式的小袋子，用的是某个能创造圣迹的著名僧侣法衣上的布料。她拥有为数不少的圣遗物、碎骨头、耶稣受刑十字架的碎片、一颗属于托莱多圣列奥卡迪娅殉道者的牙齿碎块，以及无数的配方，可以阻断空气、治疗被毒虫爬过引发的疱疹、儿童开口晚、癫痫和痛经。她从卡洛塔·若娅奇娜皇后的侍女们那里学到了圣尤拉利亚圣歌，还有可以用一只橙子或手套过滤并按比例调制灵药的秘密。欧文上校可不知道她的这些本事，就算知道，也假装视而不见。玛丽娅·丽塔夫人也许对这些恐怖的资源怀有一种忧郁的敬意。她认为，在黔驴技穷之后，瘟疫、子弹、哀痛和饥饿都可以成为运用这些奇招的正当理由。玛丽娅·丽塔夫人属于这样一类女性，在战争时期，她们拥有在危险感知中训练出来的坚强；在和平年代，她们又只不过是普通的阿姨婶婶，适应毫无奢华高调可言的生活。

当然，玛丽娅·丽塔夫人的雄心是要在年轻皇后的宫中获得显赫的地位。她的哥哥若昂最终是在巴黎随侍娅梅莉娅·奥古斯塔皇后和公主们；他熟知玛丽娅公主与内穆尔公爵失败婚姻协议的内幕；他是王室为数不多的随行人员之一，来到了温莎宫，那时的王室已经摇摇欲坠、贫困潦倒；他还参加过在圣乔治大厅举办的盛宴。因此，玛丽娅·丽塔夫人兴致勃勃地定制了一件蓝白相间的连衣裙，准备于1833年9月22日去里贝拉码头迎接王后，这也不足为奇，她自己甚

三　罗德伊洛

至还能和国王身边有头有脸的人物以及英国舰队的军官们一起登上索霍号,即便她登不上,至少上校和被他献给立宪事业的儿子也能登上。但是,欧文上校阻止了这些虚荣的想法。三天后,他低调地出现在觐见大厅内,在一群纷乱嘈杂的外国官员之中,英雄城市波尔图的议员们认出了他,对着他友好地行礼。另一方面,玛丽娅·丽塔夫人一直保持着对卡洛塔·若娅奇娜的忠诚。据说,1833年的冬天,王后就把钻石交给她保管,要切割成直角,但这一点从未得到证实,也不知道这些财宝究竟是落到了哪个神秘的英国人手里。最终,英国商会里盛传,上校若是不用他本人而是借重其夫人的回忆,会写出一本有趣得多的书。这不是事实,只有一事除外:玛丽娅·丽塔夫人是一个不甘心的人,而不甘心的人总是比别人更有话要说,或使用更多的词藻。政局停滞的年代里,大部分文学作品都是用心有不甘者的话语写成的。

*

与意料中的一样,范妮在罗德伊洛庄园的登场悄无声息、分外谨慎。除了克洛蒂尔德在正对着院子接待客人的大厅里等她之外,没人注意到她的出没。范妮马上避到若泽·奥古斯托母亲的房间里,只有走在轿子前面去接范妮的朱迪特才形容得出她的样子。朱迪特有所保留,因为她无法喜爱任何属于若泽·奥古斯托的东西。由于管家马尔克斯是他的心腹,所以朱迪特讨厌老板和他的整个家族。她隐晦地嘲笑他的堂姐妹、姑妈阿姨,还有其他那些曾经参加过在罗德伊洛庄园举办的大受欢迎的聚会的人,而若泽·奥古斯托有时也允诺会再次举办这样的聚会。那个时候,庄园里挂上了香桃木花环,点燃了所有火把架上的蜡烛。他们烘烤了杏仁和香橼饼干,还制作了紫罗兰和香柠檬饮料。端上桌的卡尔迪奥式火鸡，用碾碎的虾壳上了色，在铁架上烧烤而成，这种烹调方式只有在梅桑弗里奥的厨房才能做得到，另外还有野兔腰肉馅饼和辣酱野乳猪。这就是为什么人们说杜罗河谷的葡萄园主会像鱼类那样饱腹而卒。

但范妮到的那天晚上，只上了一些清淡的饭菜，她几乎没动，因为河面上一直有雾气，让她的粘膜发炎。克洛蒂尔德把一份糖炖萝卜送到她的床上，后来她好了一些。上午十一点的时候，她见到了若泽·奥古斯托，他正在用叉子吃早饭，一大块烟熏肉和一杯醇厚的葡萄酒。他从桌边站起身来道歉，因为他以为她要再晚些才起床。

"你不要出门，"他说，"休息一下，发号施令。这个家你说了算。"她局促不安地笑了笑，向他道谢。这是她第一次单独和一个男人共处一室，没有母亲在身旁，没有熟悉的物品可以依靠——她的家具、肖像、帕莱索花园的景色，还有那两棵叶片斑白的巨大的山茶树。正方形的厅里很暗，天花板像个托盘，漆成了浅赭色。厅里有一个带玻璃门的瓷器柜；每当人走过的脚步声让地板颤动时，钩子上挂的杯子便会摇晃。若泽·奥古斯托想给她盛早饭，她只要了一点橙花果酱，让果酱从勺子上滴下来，一副漫不经心同时却又特别幸福的样子。若泽·奥古斯托说：

"我要出门，晚上回来。我不会一直腻在你身边。还是有必要循规蹈矩的。我们很快就要结婚了。"

她脸红了，微微低下头。从他身上，她捕捉到了一种近乎轻浮的放肆，仿佛是在和一个小的时候满屋子乱逛、吃着白色的果酱片、美利奴裙上沾满了猫毛的表姐妹说话。

"我得给母亲写信，"范妮说。接着，她又轻声地补充道："还有我的父亲。"

"爱吧，随心所欲吧。"他说道，笑中带着一丝嘲弄，因为他认为

三　罗德伊洛

她不会精通圣奥古斯丁的著作，或者是真正对任何东西有所研究。他吻了吻她的手，那手如此的小，就像是嫁接到了她又高又瘦的身体上，仿佛属于某个身材更矮小的人似的。范妮注意到，他穿着丝绸斜纹背心和浅色的人字斜纹裤子。他肯定是要去拜访谁。

"你那么晚才回来吗？"嫉妒和不快的燥热又席卷了她。突然间，她对自己此次草率的冒险感到了害怕，烙于其中的谜团，比起彼此承诺幸福的交谈，更让人刺激。他们都很平静，仿佛正处于令人筋疲力尽的一场戏的中场休息，就像罗密欧和朱丽叶一样，在坟墓外喝着罂粟毒液。他站起身，慢慢地摆正椅子，把它推到桌子下面，再把胸口的一块面包屑抖下去。

"你说什么，范妮？"他心不在焉时是如此无辜，她立刻原谅了他。范妮注意到，他是一个相貌英俊的男子，一双浓黑的眼睛，下唇凸出，显得阴郁冷酷。但是，他似乎心情极好。马尔克斯拉紧马鞍的肚带，最后查看一眼马具的时候，她听到他在院子里笑。她走到门边一个黑暗的角落里，若泽·奥古斯托示意她退回去。就这样，她成了罗德伊洛坟墓里的囚犯，在她眼中，这是一个可悲可疑的地方。她回到屋里，在房子里转来转去打发时间，那是一座只有一层楼的小宅子，三个昏暗的小卧室连着客厅，除了一台看起来像是用珍稀木材制成的羽管键琴之外，毫无豪华可言。她躺下来睡了两个小时。接着，克洛蒂尔德给她送来了一杯红茶，喝上去就像肥皂水，她肯定是一丝不苟地洗了茶壶，把带有香味的茶垢都洗没了。范妮喝了两口，就放下了。透过低矮的窗户，她看到枝条上挂满了带着青涩的紫葡萄；大大的长南瓜从石板支架上垂下来，地上是新长出来的鱼翅瓜，像是一头睡着了的小野猪的背脊。她看见了朱迪特——她正用仅剩的几颗泛黄的牙齿啃着一块硬面包皮，脸上流露出一丝非同寻常的轻蔑意味。尽管十分悲天悯人，但她从来都没放弃过那种夹杂了嘲弄意味的挑剔神情。范妮有点怕她。玛丽娅·丽塔夫人说过,"有些人,如果不穷,就会向我们挑衅,从畜栏一直挑衅到坟墓里。"范妮想念家,想念那只胡子被火烧焦了的叫尼尔森的猫,想念石榴花盛开的院子,想念穿过松林的海水的气息。玛丽娅骑马散步回来,把裙边上的沙子抖落下来,如同一阵细雨撒到地毯上面。她戴着丝质帽子,抓着精贵布料裙边,她多美、多调皮啊!范妮觉得视线模糊了,她坐了下来,突然觉得意兴阑珊。她做了什么?那个男人,他是谁?在信中,他那跃然而出的激情告白,带着一种直截了当的厚颜无耻,而当两人独处、相视互望时,却只剩了流于表面的尴尬。他们似乎是不同的人:写信的那个,疯狂、不幸,渴望得到一个天降恩泽的意外安慰;而另一个,几乎坐立不安、几近虚伪,谈着琐碎的事情,有时会让人感觉到与爱人之间甜言蜜语不相吻合的一种不安、一种恐惧。范妮感到后颈掠过一阵寒意。她打开柜子,翻了翻抽屉,里面放着金色帽子和旧丝带。这一天剩下的时间里,她都在给玛丽娅·丽塔夫人写信。她告诉母亲,她的婚礼很快就要举行,并请求她原谅。克洛蒂尔德过来禀报说,若泽·奥古斯托差人送了口信来,说不回家吃晚饭了。

"我上什么菜呢?有浓浆炖鳗,但您不喜欢。"

她说"您不喜欢"的样子就好像已经确定了范妮的类别、习惯和生活条件。事实上,范妮是不喜欢。连她做的鸡肉或杏仁牛奶也都不喜欢。天气又热又闷,可以听到水道里的水在流动,还有从高处落到水池里的声音。范妮在桌边坐了下来,无法去穿那条原本准备特意为若泽·奥古斯托而穿的法式薄纱连衣裙。她让自己就维持午睡起床的那个样子,穿一件灰色的绣花丝质长袍。但是夜里太热了,她只好解开麻纱披肩,露出了胸口。一群浅色的蝴蝶在灯上扑来扑去。桌上一应俱全,却也没什么值得特别一提。银器暗淡无光,餐巾也有些不干净。她向后仰起脑袋,天真、感动地笑了笑。这是她的房子,她的

三　罗德伊洛

家。有一天，会有儿女围坐在这张桌子边上，她会给他们切盘子里的肉，教他们举止礼仪和如何祷告。若泽·奥古斯托走进屋里，有点突兀；他的声音就像打雷，响彻了整个房间，他俯下身去亲吻了她，吻中带着一种突如其来的温柔，一种感激之情，就像她有时在他眼中看到的那样。为什么是这样的一份感激，里面还夹杂着情绪与讨好？曼努埃尔·内格朗曾经说过："塔梅加高地的长子继承人只有通过不幸才能远离疯狂。"也许所有的男人都是这样。她自己的父亲，欧文上校，通过不断投身于战争才从亲友之间的灾难中全身而退。他结束了致命而残酷的职业生涯，还被任命为睿智的皇家顾问。除了全心全意地成为母亲并抚养子女这种一成不变的逻辑之外，人类之事并无太多的逻辑可言。

一大早，克洛蒂尔德就来到范妮的房间，给她送了一张若泽·奥古斯托写的字条，上面告诉她说，他要出发去波尔图。一阵酷热袭来，她从床上跳了下来，如果没抓牢床头的杆子，一定会摔得失去知觉。但克洛蒂尔德忙着开窗，什么都没注意到。

"他已经走了吗？"范妮问。

"若泽·奥古斯托先生吗？他是一小时前走的。"

"他是和谁一起去的？"

"马尔克斯，还能有谁？他既要当没有教冠的神甫，又要做没有职责的扈从。"她从挂在床脚的圣水坛里沾了一滴水，在胸前画了个十字。"有些人运气好，有些人耐心好。"她说。范妮没有听见。她正想着若泽·奥古斯托，他给她指点了在罗德伊洛的言行准则。那是命令，经一种疯狂的爱情抗议后有所缓和，她不甚了解那种爱，它被分解在他们交谈时几乎可以说是平凡的字里行间。他告诉她嫂子若泽芬夫人要来，而她真的骑着一头灰骡子来了，穿着玛丽娅斯图尔特式的束身胸衣，汗流浃背。若泽芬夫人进了门，满脸通红，要了加柠檬的冰牛奶。因为家里没有，所以她喝了点加了波尔图葡萄酒的水，也觉得很不错，那是一种殷实人家传统的解暑饮料。若泽芬对范妮很友善，还带着那种乡村女子和呱噪女人自发的奔放，正如卡米洛所说——她们中的一些人是因为自信，而另一些人是因为想要得到别人的信任。她们没有谈到婚礼，但是若泽芬夫人一直絮絮叨叨，跟范妮提到了嫁妆，还有家中缺这少那，尤其是桌布。

"我曾借给他两块桌布，但从此就没了。男人的家！那两块桌布是大马士革锦缎亚麻的，要是丢了我会很难过……"她把带蝴蝶结的手套摘下来，眼睛在厅里打量着。她身材结实，牙齿的色泽因嚼樟脑漂白块而变得暗淡。她把弄着绸缎披肩的流苏，看得出来，范妮的沉默不语让她越来越感到不安。"若泽·奥古斯托什么时候回来？"她问道。

"五六天内吧，"范妮撒谎说。然后又纠正道："我不知道。他没告诉我。"她要求自己说真话，这有时会导致她叙述一些任何人都不感兴趣的细节。若泽芬夫人叹了口气。

"如果不是因为男人和他们的德行，一切都会好得多。"

突然间，范妮觉得自己能喜欢上她，于是甜甜地笑了起来，对这个略显肥胖且多愁善感的女人产生了兴趣。一旦克服了自身内心烦恼与苦难的阻碍，她们便成了朋友。范妮拉着若泽芬夫人的手，跟她说了些自己在帕莱索的生活，她的鲜花，还有午后的散步。她坐在教堂的台阶上，勾画着田野的轮廓，田野上有一台爬满葡萄藤蔓的水车，还有一匹母马和它身旁的小马驹。当地的孩子们有时会来看她画画，他们笑着，仿佛画中有一丝魔力。海风把画纸吹走，孩子们追去捡回来，争着抢着要把纸交还给她，他们觉得这是一种荣幸。

"这里的孩子可没教养了，只会问别人要东西，"若泽芬夫人说，"都是些惹人嫌的下贱胚子。"

三　罗德伊洛

"为什么？为什么呢？"范妮似乎有些发愁。她睁大了眼睛，里面充满了令人痛心的讶异。

"是这样的，他们的父母都是醉鬼，从来不去教堂。除了脏话和从兔子窝里偷兔子之外，他们还能学到什么？他们就像野人一样长大，总有一天会杀掉个神父、朋友或自己孩子的母亲。"

"他们会杀人？"

"你想什么呢，范妮？这里可不是帕莱索，也不是培育块状秋海棠的温室。这里是乡村，人们粗鲁、善妒、悲惨。他们干活不情不愿，什么都要抱怨，不高兴的时候就把食物倒翻在地上。我甚至都不知道他们是不是在受苦。他们像牲口一样，死在畜栏里的一小堆稻草上。老太婆们一直到一百岁还在乞讨。我就认识一个，每周五都会从马尔克步行过来，讲述自己的少女时代。你知道她说什么吗，那个老太婆？她说的是，自己十二岁时开始的第一次月事。那是发生在她身上最美的事，听她说的时候，好像就是这样。"

"可怜的人。"范妮无比同情地说道。也许若泽芬夫人是想吓唬她，可她的一腔热情被已经了解和逐渐发现的一切驱散而去：痛苦、无知、平凡和绝望的事物。若泽·奥古斯托是她的朋友，她命中注定的丈夫。一滴眼泪落到了她的连衣裙上，留下了一小块印渍。若泽芬夫人心想："这个姑娘对生活一无所知。这是一桩不幸的婚姻。很晚才学到的东西不会带来经验，只能带来失望。"

"你想在这里吃饭吗？"范妮问。她发现自己失礼了，她不擅长于发出邀请，别人也不好接受。

"不。我得走了。接着，我还得……"

突然，范妮眼见着自己因为一次无用而轻率的冒险，让自己陷入了沦为一个声名狼藉的女人的局面。她摆出了一副礼数周全的态度，并未把若泽芬夫人送到门厅。"再见，我亲爱的姑娘，"若泽芬夫人简单明了、几近骄横地说,"如果不是因为男人和他们的德行,世界就不会是现在这个样子了。"

她哼哼着,一想到要面对尘土飞扬的道路和灼烧的热浪,便垂头丧气了起来。她骑上灰色的骡子,一边走,一边还摘着够得着的最高围栏上的果子来吃。

*

若泽·奥古斯托离开得有些突然,是因为他收到了消息。那匹母马没能被送进苏艾玛庄园的马厩,而是被镇上的人扣下来交给了镇长。一路上,维森特迟缓地跟在若泽·奥古斯托的后面,他很清楚要把马赎回来得找他的一个朋友帮忙。他们并不遭人待见,一队警卫和一些村里来的大汉用棍子砸他们的脑袋。他们还被抓了起来。卡米洛当时正在位于拉撒的家中,那里可是一个评估事件的战略要地,他没有采取任何措施来让事态趋缓。若泽·德·梅洛赶过来时,卡米洛在给维森特做保释,同时还悄悄地说,若泽·奥古斯托是强迫范妮跟他走的。若泽·德·梅洛不知道如何反驳。他之前看见过范妮的衣服破了,若泽·奥古斯托还不让他上前去跟范妮打招呼。他觉得混乱,也有些失望。

"我没想到他那么鲁莽。"若泽·德·梅洛有些困惑地说。

"他是个倒霉蛋,而且已经不可救药。受了许多苦后,定会沦落到受惩罚的地步。他自己会不由自主地创造痛苦,只有当他的生命终结,痛苦才会结束。"

卡米洛攥紧了双手,指节咔咔作响。他把胸口靠到窗台上眺望街上的动静时,把单片眼镜压坏了。大家说要派武装士兵去罗德伊洛把若泽·奥古斯托接过来。卡米洛建议他们事先做好准备。罗德伊洛

三 罗德伊洛

位于一个山坳之中,环境恶劣又隐蔽,易守难攻。"要带足火药,"他说,"若泽·奥古斯托有亲信,都是一枪就能打中两只鹧鸪的人民党。我亲眼见过。他命令那些人爬上山头,从那里可以望见阿马兰特,甚至更远的地方。"

"听着,卡米洛,游击战已经结束了。这是一桩家事,"若泽·德·梅洛有些厌烦地说,"难道富歇这个笔名已经融进你的血液里去了吗?"

他说"你的血液"的口吻释放出让卡米洛轻松下来的信号。他表现出更愿意和解、甚至有点不甚在意的样子。他动身去了波尔图,去修道院拜访伊莎贝尔·莫朗嬷嬷,就像往常一样,每每感到屈辱,他便需要母性的怀抱。他让嬷嬷保证,会养育帕特莉西娅·埃米莉娅的女儿,她当时在雷亚尔城。

"她三岁了,说话就像个放牛倌。请你教导她,让她嫁个有钱人,赋予她自由和得体的谈吐。让她嫁个天生就能两头兼顾的男爵,也就是说,他既要会做生意,又要有文学天赋。"

伊莎贝尔嬷嬷大笑起来,但马上就止住了,因为她知道卡米洛这种煎熬情绪的起因与幸福是多么相悖。他在生命中最痛苦的时刻来找她,总会表现出那种恶毒的讽刺,那是面对无法掌控的挫折时的一种逃避。他不是能够战胜命运的人,但也不愿停滞不前。他的想法深深地藏在下意识之中,认为咒骂可以防止糟糕的局面一再发生。可能,大家多少都会这样。

事实上,若泽·奥古斯托是想让范妮觉得,一切都还挺顺利,私奔也并没有引发波及巨大的丑闻。维森特带着马儿回来了,还带了朱迪特口中所说的"参加过战争"的展示品。维森特远远地离家待着,若泽·奥古斯托让他充当间谍,让他去村子里转转,了解新情况,并把消息送到塔梅加高地的长子继承人那里。他们已经为面对新势力和保护亲戚做好了准备。可以肯定的是，站岗放哨的人并没有看到部队扬起的尘土和刺刀发出的亮光。当若泽·奥古斯托到达波尔图时，发现自己的情绪已经平复。他没特别声张，只有拉克尔知道他的到来。若泽·奥古斯托见到她时已是晚上九点，拉克尔穿好了衣服正要出门。黑辫子用一根银线绕在颈后，她用象牙扇拍了拍他的肩膀。

"你知道，若泽·奥古斯托，做两次无赖很糟糕吗？"她边说，边把貂皮斗篷从脖子上解开。"我知道一些关于那个女人单身时的轶事。至于婚后的么，希望你会告诉我。但愿你能欢笑，能爱她。爱情中的严肃认真是一种巨大的不幸。说这话的是你的朋友卡米洛，那是一个你我都鄙视的靠卖字为生的摊贩。"

"你是个老小孩，拉克尔。而且，我爱你。你是唯一一个让我念念不忘的女人。而想念便是爱情。"

"你笑的样子真傻，你爱我。你留着菜农那样的胡子，你爱我。我以为你只有三种爱好：读拜伦的作品、靠结婚成为有钱人、在宫殿广场[1]那边生活。"

"我，当个部长？我会是个肆意挥霍的人，但不会这么落伍。"

"到处都在传，说你破产了，而且，如果那个有钱的寡妇不把厨娘、老狗和她首任丈夫的照片都装进嫁妆里的话，你就要和她结婚了。可现在，你拐走了个写诗的英国女人，而且她自身难保，这对一个有灵魂的女人来说是最糟的情况。"

"为什么？"

"你居然还问，为什么！不贫不富的中等生活是律师及其夫人们追求的宗教信仰。巴尔扎克说过：'尽管她是律师的妻子，但她有灵魂。'"

"你是在跟我开战，拉克尔。巴尔扎克没有说'律师'，他说的是

---

1 即商业广场。

三　罗德伊洛

'公证员'。更确切地说，是：'她对他很忠诚，尽管她是公证员的妻子。'"

她发出了清脆的笑声，接着吻了吻他的双颊。

"你的记性真好，若泽·奥古斯托！浪漫的人是一种被意识抛弃的记忆。我要去布朗尼家，他们一家人特立独行，却并非典型。而你，从现在开始，将成为一个典型的男人。你只有发了疯才会获救，这样才会再次被社交圈接纳，被人们仰慕。"

他有些匆忙地赶回了罗德伊洛，内心深处对自己所做的壮举感到不满。像范妮这样的女人不会与任何一种世俗的小骗局联系在一起。对于爱着的人来说，想象力是贫乏的。在那次冒险中，除了毫不示弱的真挚之外，她都揣测不出其他的东西。一颗健全之心自身所带的感情，为她所有的决定注入了生气，并向他人传达了彰显其美德的意愿。但是，若泽·奥古斯托主要想到的，是如何确保虚荣承诺赋予他的力量。他的大部分情感仅仅流于表面；他想享受更高层次的灵魂所能受到的尊重；为此，他敢于让社交圈对他们视作深沉、实则肤浅的激情产生兴趣。

*

"罗德伊洛"意为"朴树种植园"。朴树是杜罗河谷与米尼奥两地之间风光的代表；它跟桦树一样独特，都是显得神秘莫测，却不会高高在上。朴树的树皮斑驳，整体不太高大，树冠能吸收雾气却不会阻碍阳光透过，它与将其缠绕的葡萄藤融为一体，以至于无法想象它可以独立存在。葡萄藤对于朴树来说，就像是树脂对于德鲁伊人[1]的高

1　德鲁伊原意为"熟悉橡树的人"。在历史上，德鲁伊是凯尔特民族的神职人员，在森林里居住，擅长运用草药进行医疗，橡果是他们崇拜的圣物。德鲁伊教士精通占卜。

大橡树。十月，采摘葡萄的篮子挂在朴树上，如同鹳鸟的巢。葡萄串是那种葡萄牙蓝，上面覆盖着薄薄一层粉尘和红蜘蛛网，似乎是从朴树的树枝上生长出来，树枝支撑着葡萄藤超越了它的自然高度。

在罗德伊洛住了一段时间后，范妮在那儿寻到了一种让自己愉快的氛围。她喜欢那个长子继承人的洞穴，里面长着低矮的藤蔓，散步时头发会有被葡萄藤的分叉钩住的风险。那里有一条狭窄的道路，两旁是黄杨木的树墙，上面爬满了灰色的蜗牛和蛞蝓。房子很隐蔽，仿佛是为情人、而非妻子所建。对于整个庄园而言，它就像是城堡内的大屋。里面有一处有些伪装过的幽闭所，教区长在那里养了一个侄女。旧书松散地倒在书架上，毫无光泽，书脊被虫子咬过，切齐的页边被刷成了红色。那是一套百科全书式的藏书，介于神秘和非宗教之间，符合被收藏的那个世纪的传统。诗集都是若泽·奥古斯托选的。羽管键琴上放着一卷《师主篇》，若泽·奥古斯托的母亲在世时，经常能听到叮叮咚咚的琴声。范妮感觉到了那房子与英国家居的不同之处，英国人家的门朝花园开着，壁炉上装饰着防火铜网，而那个阴沉沉的宅子，餐厅的墙上挂着骇人的死海鲷和紫红色无花果图案的画。"总有一天，我要把它们取下来。"她心想。可她突然感觉到一丝轻微的无能为力，仿佛肌肤上被刀划了一下，却没有伤得太深。

众人中间，兴奋的好奇之心高涨。大家想见她，听她说话。朱迪特带着一股明查秋毫而且不趋炎附势的神情，说道：

"她是雪中的碧玉。她和我们的圣母一样美丽。"

这让若泽·奥古斯托发笑，并告诉内格朗，说自己要和"我们的圣母"成婚。

"你开这种玩笑可得小心点，表弟。"内格朗说，他毫无幽默感，在戏谑里只会看到怪诞。尽管他不失幼稚、喜新厌旧、收藏恋爱的纪

三　罗德伊洛

念物，但他只接受实际的、繁衍后代的爱，女人味更与原始的女神至上无关，她已被男性崇拜拉下了神坛，取代她的是圣母，这一无法动摇的、至高无上的古老母亲形象。他不赞成若泽·奥古斯托的壮举，也对范妮没有好感。不过，他是第一个为举行婚礼认真做好一切准备的人。他是那种好心男人中的一员，永远不会让自己的婚姻变得索然无味，因为在爱情的惊喜消散之后，总能给他们留下友谊的喜悦。他永远也无法透彻地理解范妮和若泽·奥古斯托之间乱七八糟的故事。对内格朗来说，所有的感情冲动都和体面无关，只能称之为有伤风化。他的单纯使之无法将激情判定为美德。

欧文上校在帕莱索的时候，若泽·奥古斯托想和他谈一谈。但是上校不想见他。在这种拒绝的态度上，全家人团结一致，宅子的百叶窗也关了起来，彰显出阴郁的氛围。若泽·奥古斯托被告知此事时，感到了一种总是与重要决定相伴的忧郁。他再也回不到青年时代那种漫不经心的生活中去了，也无法走近那道围墙去采摘一朵茶花，戴在西服的翻领上。他再也没有见过帕莱索花园里戴着稻草帽的漂亮姐妹俩，用爱怜的手势摆弄着攀缘的藤蔓。他是多么钟爱那一切极易损坏的和谐啊！两个年轻的女子，而不是其中的任何一个，都令人无法抗拒，因为她们就像一条大道两旁高贵优雅的柏树，不可分离的神奇哨兵！可如今，这份关于万物秩序崇高理解的一切已然虚无缥缈——地点、时间，还有事物的灵魂、那令人着迷的名望。他并不急于回到罗德伊洛。他给范妮写了一封信，在信中把她称作"我的天使"。"献给你，云霄中的天使，在我的内心之中，升起了一座被泪水封存的纪念碑。"由于仆人没给他准备好出门的衣服，他发了脾气，还向旅店的管理层进行了投诉。凌晨回来时，若泽·奥古斯托发现仆人在走廊里，就给了他一大笔小费。他有点醉了，因为脱不掉背心，还把上面的纽扣扯了下来。

*

在波尔图，若泽·奥古斯托着手安排办理委托结婚的手续。有人看到他和若泽·梅洛一起，他请若泽·梅洛作为自己的代表，而若泽·梅洛也向他转达了欧文上校的意愿。

"他把女儿给你，但什么嫁妆也没有，玛丽娅·丽塔夫人会给范妮一些钻石，纯粹留作纪念。"

"纪念什么？如果有的话，也只能是纪念巴西的宫廷生活。他们这些人是怎么想的？我要他们的女儿是为了族徽还是为了钱？我，会想从这些阴谋家那里得到些什么吗？"若泽·奥古斯托非常激动地说。

"哪些阴谋家？你是疯了。"

"我总是看到欧文节衣缩食。他吃的总是煮鱼。他总是和老婆分居。不吃、不喝、不爱的人，除了制造阴谋，还能做些什么？"

"那是丹东[1]的辩护词，是'极端派'的一种论据。这和你的情况不一样。"

"这就是我的情况，甚至连你都不知道。"若泽·奥古斯托忧郁地说道。他无比惆怅地抽着雪茄，紧张地咬着。他们在苏艾玛庄园的家里，后院里的绣球树上开出了朵朵蓝花，长成了花墙。若泽·奥古斯托又问："卡米洛在忙什么？"

"他在那儿东转西溜；写了很多东西。他用惊人的信念跟修女谈情说爱。他是一个不受教义约束的马丁·路德。今天他会来吃晚饭。"

"他今天会来吃晚饭？"若泽·奥古斯托问。他磨蹭了一会儿，卡米洛到时，他还在聊天，不过马上便告辞了。那次相遇的前一分钟

---

[1] 18世纪法国大革命时期著名活动家，雅各宾派的主要领导人之一。

三　罗德伊洛

里,两人有过短暂的怯生生;之后,若泽·奥古斯托身上知足的平庸便克服了怨恨,那份怨恨破坏了友谊,既无理由,又不明智。他紧紧地拥抱了卡米洛,眼中含着泪水。

"我听说了许多关于你的事情。"他说。

"好还是坏?"

"我们听到自己被人说起的时候,一般总是坏事。若是好的,人们只会窃窃私语,不会诉之于口。"

"在波尔图,大家都说我什么?"

"就是在雅典大家说苏格拉底的那些话。说你既虚荣又极其丑陋。对了,明天你想和我一起去吃午饭吗?"

"我得写一篇文章。"

"那文章付得起你午餐的钱吗?"

"如果是吃鹧鸪和牡蛎,那可付不起。"因为若泽·奥古斯托把这个回答当作是同意了,卡米洛又补充道:"美德就是这样:迅速让步,是为了尽早忏悔。"

外面有一辆散步车,与意大利那种被称为花园童车的车子相似。若泽·奥古斯托研究了好一会儿,车的饰板上绘有乡村题材的花纹;扶手垫子的图案上,能看到一位年轻女子在树林里,披着头发,神情忧伤。这是他对范妮的幻想,在他写的日记中就曾这样描述过她。"你是我恳求上帝前来拯救我的天使。"他把"拯救我"那几个词划去,现在甚至已不愿再记起这些词。但庄园里那种散步车,一定要送给范妮一辆。他要请若泽·德·梅洛找细木工匠测量一下车轴间距和车厢高度。或者去阿良德拉的庄园里,找辆一模一样的,那里的车主人们,跟随朝廷去了巴西,没能把车带走。若泽·奥古斯托高高兴兴地离开苏艾玛庄园,前往波尔图酒店,现在他在那儿包了一个长住的房间。第二天,他就在那里招待了卡米洛。卡米洛望着挤满了人的餐厅，巴西男人，还有那些全身别满了黄金胸饰、身着蓝紫色锦缎、戴着白色手套的女人们。

"对于一个孤单的人来说，这个地方不太合适。"卡米洛说道。他坐下来，从口袋里掏出他的几个药盒，像摆一队小锡兵那样，放到边上。

"一般来说，孤单的人是指在周围有许多人的情况下喜欢独处的人。"

"波尔图式的孤单通常就是这样。啊，我亲爱的若泽·奥古斯托，让我们开玩笑似地聊吧！我受够了正经事。就在昨天，有一位女士跟我聊天的时候，还引用了一本有关稻米收成的作品。"

"这样的事一般都会让你高兴的。"

"我再也高兴不起来了。成功的毒液已经浸透了我的精神。我失去了匿名写作天才的特点。已经有人评价我的文章说：'这个穷酸的家伙写得还不差……'"他停顿了一下，问道："你呢？"

"我结婚了。"

卡米洛的目光没有离开盘子，喃喃地说：

"你还来得及，若泽·奥古斯托。别结婚。"

"我爱她；她也在热恋之中；上流社会要我作出交代。"

"上流社会要你投河、喝苦酒，要你像骗子那样去爱，要你觉得在平庸的浪漫中成为英雄非常重要。这就是你想要的吗？"

"我感受到的是完美的爱，卡米洛。"

"完美之外，便是厌烦。或者说，达到完美了，便必定要终结。别结婚。你会杀了她的。"

"杀了她？如果我爱她的话！"

"你是用骄傲在爱。你爱的是爱情的奢侈，仅此而已。范妮的爱，还有像我这类文人的友谊。二十五岁富有男士的雄心壮志，无法走得更远了。"

"你的背信弃义也无法走得更远了。它都超越了你原有的恶名。"

三　罗德伊洛

"我还能走得更远，这就是你错的地方。"

"你知道我是什么人的吧，卡米洛？我现在就可以抽你一顿。"

"我知道你是什么人。你是……一个可怜虫。"

他猛地站起身，怒气冲冲。若泽·奥古斯托却无动于衷，他继续坐着用餐，一丝不苟、毫不掩饰。卡米洛要找手套，却没有找到；单片眼镜用一条带子挂在胸前，晃得很可笑。若泽·奥古斯托说道：

"你知道怎么用寥寥数语就把一切都说出来。谢天谢地，因为如果说有东西让我无法忍受，那就是你用来说教的连载小说。今晚我要去剧院接拉克尔。如果你愿意八点钟在盖查德咖啡馆等我，我们可以继续聊下去。"

八点的时候，马尔塞利诺·德·马托斯带来一个用火漆封缄的小包裹。他把东西交给若泽·奥古斯托，欠了欠身，就匆匆地走了。若泽·奥古斯托看到一张卡片，是卡米洛写的。他读道："我给你的可不是铁路公司的股份，因为它们还没被收入乌托邦的目录。这些是让你充实蜜月生活的助兴文学读物。"若泽·奥古斯托弄开了封印，里面是范妮写给卡米洛的信。他喝完白兰地，去了剧院，但没去包厢外的小门厅。拉克尔穿得很简单，因为优雅的社交季还没开始，她向他伸出了手臂，问候的动作很亲昵。她的黑发上插着两朵亚历山大玫瑰，突然间，若泽·奥古斯托感到一股异乎寻常又野蛮的暴怒，想要把花扯下来。一道白色的口水从他的嘴角流出，双手动弹不得，观剧的双筒望远镜掉了下来，在寂静的房间里发出了一声巨响。拉克尔一动不动地坐着。幕间休息时，她回头看了看，若泽·奥古斯托已经不在那里了。他动身去了罗德伊洛。因为穿衣时用力过猛，深色的燕尾服被拉掉了几颗纽扣，他整个人匆匆忙忙，跌跌撞撞，一边还因为生气而抽泣着。他的愤怒与卡米洛无关，卡米洛被他完全摒弃在无边的悲痛之外。他要指责的人是范妮，兴奋中夹杂了快感。她的低声下气

155

刺激着他；而现在，自己手里攥着她那昙花一现的灵魂的证据，这就达到了一种罪行的高度。从私密性和风格上看，这些信都朴实无华。她抱怨说找不到一个能理解自己的人；这其中有一种甜蜜的忧郁，特别能代表引发所有激情的记忆。若泽·奥古斯托意识到了这一点。有些不痛不痒的言语用词，通过几乎难以察觉的渐变，能把人带入最深层次的快感。她不爱卡米洛，却在他身上使用了这种手腕，女人把这种手腕用于精神世界之中，却意在完善肉体物质。若泽·奥古斯托受了伤，骄傲、思想和激情的毛孔都在流血。这份爱情所受的影响源自性格中毫无用处的不安全感以及从卡米洛那里借来的精神生活本身，在此之前，进展并不太大。他带着范妮私奔，是为了履行自己打造的罗曼史义务，对此，他日记里也记载了所有的不确定性。可现在，来自陌生领域的某种残忍之物掌控了他，它经由最为无情的、充满爱意的野心而传达出来。他的灵魂陷入了一段无法挽回的进程之中；将以一种令人眩晕的速度穿越激情之路，这种激情泛滥、致命，能够瓦解周遭一切教育成果及所有为天性所设的障碍。他的欲望受到了社交圈所谓的男子性教育的刺激，这样的男子同时担当着冠冕堂皇的繁衍后代的角色以及小圈子里好色的代表，在对某个仰慕对象产生兴趣的那一刻，必然是要违背其本性的。这种缺陷是给他用来预防激情的，但除了让想象力变弱之外，百无一用。它无法满足于现实，因为其形象已被一种煽动性的推崇享乐极力歪曲，所留下的，唯有爱的幻象。三十年后，卡米洛将范妮和若泽·奥古斯托的日记称为"浪漫主义的不幸"。可上天赋予天才的道德空间有限，他忘了，自己曾在1854年5月30日《波尔图报》的一篇文章中，回忆起科尔沃男爵舞会上所发生的事情时写道："就是在那里……我看到了那个怀疑论者，我的朋友，他几乎是我灵魂的主宰，那个男人，让我面对他的见解而颤抖，让我从他心中惊慌失措地退却。"1854年5月，范妮已经在罗德伊洛

三 罗德伊洛

病倒了,而若泽·奥古斯托也不给卡米洛回信。但4月4日,他还从圣山仁慈基督堂给卡米洛去函,用一种高贵优雅、无忧无虑的风度邀请他。那封信的语气与日记里那种被痛苦与内疚压抑的语气真是有着天壤之别啊!若泽·奥古斯托只给我们留下了骇人和平庸的形象,那是卡米洛的恼怒和轻率同时作用而生发的丑闻。但毫无疑问的是,正如《波尔图报》上那篇文章中所载,这个男人身上有许多非常迷人的地方,能将卡米洛维系在这样一种阴郁的友谊之中,而这种友谊正是雄心勃勃追求进步的灵魂所特有的。没有激情,进步就无法实现,尽管激情无法抵御灵魂境界自身的壮大。"我好像已经有了一个朋友,非常亲密的朋友,很少有人有这样的知己,他是诗人中的异类。我认为他灵魂苍老,还为自己的不信神明而骄傲。在我看来,那个总是冰冷、总是死气沉沉的胸膛,不过是存放着一把奏出怀旧旋律的里拉琴,断了弦的琴,支离破碎,沉默无声,直至永远。"很久之后,卡米洛在若泽·奥古斯托日记的首页上用铅笔写下一条按语:"这些文件证明,三十年前的那场浪漫主义能把两个头脑空虚、内心愚蠢的可怜虫带向何等悲惨的境地。"忘恩负义,你的名字是理智。"我好像已经有了一个朋友……"所以,1854年5月标志着那段跌宕起伏狂风暴雨般激烈的关系冷却下来的时间。

*

从范妮那里听到的解释连若泽·奥古斯托自己都很失望。面对那个过于软弱、或者是过于坚定地抗拒自己愤怒的女人,他多少有些心软了。他下定决心要娶范妮,但他决不会称她为妻子,他要离开罗德伊洛,把宅子和足够的收入留给她,让她体面地生活。她无可奈何地接受了那个建议,没说一句话为自己辩护。很久以来,她似乎就在等着一个以身殉道的日子,好担得起爱着若泽·奥古斯托的那份幸福。因为她似乎是在认真地爱着他,而且不需要任何回报。在那间昏暗的餐厅里,他的双手抓着椅背,仿佛抓着法庭的隔栏。范妮说话的声音很平静,可在他看来却是怯懦:

"你不能原谅我吗?"

"能。爱你才是我所不能的。我原本可以非常爱你,但是现在不爱了。"

"爱情是第二大创世主。你原来对我就没有爱。"

"你对我没有足够大的吸引力,而我对你也不够虚伪。但是,你会忘记我的。"

"若是有人能让我忘记你,我一定会憎恨那个人的。"她跪倒在地,头枕着椅子的坐面抽泣,稻草编结的痕迹印到了她的脸上。"那些信真有这么糟糕吗?"

"我不知道。我只知道感情,就像原材料,会被消耗掉。我给你兄长的名份,范妮。"

"你的妹妹,你的女儿,你的朋友,你的妻子,你的奴隶,都随你。我发誓你是爱我的,世界是天堂,男人是好人,上帝是仁慈的,我和你是同类人,我是你灵魂的灵魂,血液的血液。不……对你来说,我什么都不是。"

"你的那些信!你的那些信在我朋友们的手里传来传去。它们可以被抄下来,当作普通的连载小说出现在报纸上,一字不差。它们也就只值这些了。"

"我爱你,若泽·奥古斯托。我爱你,就像上帝爱罪人。你需要这样被人所爱。"

若泽·奥古斯托走出了客厅,无法平静。他用刺耳的声音叫着维森特,尖叫声穿透了整个屋子。他骑马出门,五点才回来,吃了晚

三　罗德伊洛

饭，请范妮不要出现在餐桌边。克洛蒂尔德的眼睛里流露出一种怀疑的恐惧，若泽·奥古斯托不让她来上菜。

"从今天起，"他穿着骑装，站在通往厨房的阴暗走廊里，对一动不动的维森特说，"从今天起，我要你来给我上午餐和晚餐。女人让我烦神。"

"多可怜的人啊！"当儿子告诉朱迪特时，她说，"我都能猜到这一切。"

她同情范妮，尽量想让她孤独的日子过得愉快些，把从河边海鲜转运场里拿来的新鲜鲷鱼和鲤鱼当作小礼物送给她。但是维森特因为害怕若泽·奥古斯托，几乎从来都不敢把它们交给范妮。而若泽·奥古斯托正盘算着伤害卡米洛的办法，这个念头给了范妮喘息的机会。她做祷告，几乎不吃东西，也不离开房间。有一天，若泽·奥古斯托把她叫过去，告诉她说，他要回波尔图去。

"我要咨询一下朋友们的意见，看他们在这次的书信事件以后是否还赞成我结婚。"接着，他就突然仓促地离开了。这是他设计的伎俩，目的是迫使卡米洛为自己骗取他人的情感而公开辩驳。他之前曾写信给若泽·德·梅洛，召集一些最要好的朋友来讨论这一关乎尊严的问题。莱伊蒙多得知此事后，瞠目结舌。

"你疯了，兄弟，"他说，"除了你自己的是非感之外，谁还能判断这一切呢？"他还建议让若泽芬夫人去安慰范妮。若泽芬夫人非常同情范妮，但不想过多介入。那次私奔是一个错误，而婚姻则将是一错再错。

"别担心，"范妮说，"心告诉我，我们永远都不会成为陌路人。"

她俯身做着刺绣，泪水打湿了花朵图案的针脚。她没有觉得自己是不幸福的，而是认为注定要经受一次自我升华的考验。她有些发烧，若泽芬夫人注意到了，便去告诉丈夫，范妮去娘家应该会更好，

159

并主动提出由她来处理这差事。

与此同时，卡米洛在他松林庄园的新居里病倒了，病情看起来很严重。他一刻不停地吃药，曼努埃尔·内格朗去看他，发现他气色很差，想请一位医生来。卡米洛坚决反对。他说到若泽·奥古斯托时深表同情，并表示两人已经断交。

"你看过《曼侬·莱斯戈》吗？知道蒂伯格是谁吗？我失去的……就是那个男人……"他还生动地补充道："对他而言，我是忘恩负义之徒……但这也不是肆意诽谤……"

"当然……当然……但是你连站都站不住。"

"别管我……他不喜欢她，这是个误会。"

"若泽·奥古斯托？有什么不是误会呢？九个月之后，因为误会，一个小孩会出生，他会把这一系列的误会延续下去，永无止尽。"

"九个月之后，死亡将为我们接生内心孕育之物。这就是我要跟你说的。"他像往常那样，在床上盘腿坐着，地上是一个开着盖的锡制墨水瓶和几张潦草书写过的纸。"你哪里知道什么是幻想为爱而牺牲。什么是为了爱，日复一日，雕琢一种谦卑的英雄主义。我会把自己的才华赠予第一个出现在我面前并对我说'她爱你'的可怜人。爱的奢侈就是悲伤。但开始时，这总是被称为希望。"

"你那时爱范妮吗？这可真是大新闻啊！你还是用爱的信物来安慰你自己吧。你有一撮头发吗？一根腰带？一只芦苇色的手套？"

"叫悲伤快乐起来的人对悲伤知之甚少。"深沉的痛苦在安慰中愈演愈烈。而从中解脱出来似乎是一种耻辱。

"她怎么会让你这般用情至深！我从没见过范妮对你感兴趣，她都没正眼瞧过你。"

此时，卡米洛认为还是三缄其口为妙。城里疯传范妮·欧文给一个神秘的西班牙男人写了涉嫌的信件，但没人知道那个人在哪里。那

三 罗德伊洛

是卡米洛创造出来救急的一个人物,好躲过落到自己头上的猜疑。对于真相,他那灵敏的嗅觉总能准确捕捉到,即使要让真理闯过平庸浅薄的难关也万无一失。人民赋予了卡米洛魔鬼梅菲斯特般的角色,他们甚至指控,是他唆使了那次私奔。在树防和失意之间的神志恍惚之中,卡米洛让那个西班牙人问世了,那是他某日被人民党时期那位青年将领激发出想象力的成果。总而言之,圣地亚哥将军是征服者的典范,是阿泽尼亚贵妇无法抗拒的夫君,卡米洛希望能用自己那雷亚尔镇布洛克斯家族的全部天赋来换取将军的个性与温文尔雅的气质。那个男人,让年轻女子目眩神迷,让年迈老妇失神溢荼,正如卡米洛所说,使之印象至深。他甚至还把这个男人公开在了迫害他的社会面前,仿佛他是一个能够保护和洗脱自己罪名的幻象。伤痛在苦难中会结出累累硕果,苦难大多数时候还会转变为真相。

"我了解你,"内格朗说,"讥讽必定会在悲剧中让最好的部分凸显而出,你可以拯救自己。"

"我可以拯救自己,但是必须通过地狱之路,假设是由荒谬、背叛、丑闻和声名狼藉铺就,它们也并非如此不堪。亲爱的内格朗,它们对你来说不堪,是因为你不喜欢成为万众瞩目的焦点。但是我喜欢:喜欢在风口浪尖,在双轮马车上、在椅子上、在四轮马车里、在轿子里,还喜欢在凯旋而归的车里。你走吧,我得写篇专栏。"

"你痊愈了,我已经看到了。"

"我已经死去,但又有何区别呢?"正如卡米洛自己所说的,接着,他"偏偏要沾沾自喜地"沉溺到"连载小说的撰写之中"。

*

苏艾玛庄园召开了一次会议,出席的人有马尔塞利诺·德·马托斯、内格朗和卡米洛本人。卡米洛看上去神色凝重，若泽·奥古斯托暗暗地打量他，试图捕捉他脸上最细微的情感流露。可除了一种庄重的真诚之外，他什么也没看到，也就让自己继续被蒙蔽下去。自那一刻起，卡米洛就对他展开了持久残酷的报复。有时，他听到朋友说："草包才会无视复仇。"如今正值一场致命的决斗，而两人都无法解释清楚，他们是如何在遵循礼节的情况下达到了如此疯狂的极端。

"我尊敬的先生们，"若泽·奥古斯托说道，他右手的食指搁在客厅的桌面上。家具都是用黑色帕罗斯大理石制成的，给人一种坟墓的感觉，尤其是靠墙摆放的那四座一模一样的立式镜台。"大家都知道那些事情了，让我悲催地声名大噪。我把范妮·欧文从她家里带出来，把我的家给了她。现在，这个女子在我们俩已有婚约的时候写给另一个男人的信落到了我手里。我应该信守诺言，和她结婚吗？"

与会者之间起了一阵轻微的躁动。那个男人出了名的疯狂、古怪、能做出荒谬的决定，一时间让客厅里的气氛压抑了起来，一股焦糖的味道传过来，因为宅子里正在烧制醋栗糖浆罐头。马尔塞利诺·德·马托斯是律师，比较活跃，率先开了口。

"如果逻辑要求你在这种情况下结婚，那是毫无逻辑可言的。"

"我以前爱范妮，但现在不爱了。"若泽·奥古斯托公然看向卡米洛，而卡米洛没有回避他的目光，说道：

"出于怜悯的婚姻，若能被尝试着当作你的一份新感情，明天就会让你厌倦。你来质问范妮的过去，是为了在一个失去新鲜感的故事中推卸自己的责任。我觉得这一切种种，都是不明智之举。如果你不娶她，也许范妮·欧文会遇上另一份爱，来改写这第一次爱的耻辱。我只是遗憾，男人的性情能使我们之间的关系牢不可破，却无法把内心迅速抽离出来，快得就像向一位朋友伸出手那样。"

三　罗德伊洛

卡米洛懂得总结这门艺术，这让若泽·奥古斯托很是欣赏。而与会者都无法确定他是在促成这桩婚事，还是列出种种不便，劝其反其道而行之。众人都很惬意，此次会面迫在眉睫的原由也变得模糊暗淡了。卡米洛陪若泽·奥古斯托抵达瓦隆戈时，听到他用结束两人之间某段历史的告别方式说"达到精神美德尚需百年之久"，没有时尚，没有依靠天赐禀赋来克服人性的神秘：

"我要娶范妮，但是我不爱她。我的意识已被照亮，但它却让我走入了歧路。"

"贵族要照亮某个东西的最好方法就是把自己挂到灯上。你去读一下拜伦，《唐璜》第十一章，第二十七节。"

大家都笑了。从自身的弱点中抽身而退需要太大的勇气，笑总是最好的办法。在若泽·奥古斯托眼中，前路漫长又孤寂。9月5日，波尔图的圣伊尔德丰索教堂里，通过委托程序进行了婚礼。当若泽·奥古斯托接到消息时，已经是7日上午9时。他去了范妮的房间，她还躺着，粉色细带睡袍让她看起来仿佛一个摇篮里的孩子。他拥抱了她，忽然间，他精神上所经受的起伏屈服给了被这个女人所激发出的正直。在被自己为爱所设的障碍压抑之时，一种强烈的愉悦之感油然而生。

*

他们举办了一场婚宴，范妮出席时穿了一件镶满蕾丝和花朵的金色绣花连衣裙，显得那么美丽。玫瑰花环让她看起来像个与世隔绝的人物，仿佛是玻璃神龛中卡西亚的圣丽塔。正是人类关系史上由象征物来巩固的这一兴奋感，才在这些生命进程中起到了真正的作用。卡米洛与若泽·奥古斯托的过往中，为彼此打下烙印的所有误解、神秘约定、毁灭性幻想与自私的愤怒,其意义都在于人类被此象征物所左右的激烈战斗。维也纳学派为激情运动做出了部分澄清。但随后,出现了一种需求,把男性态度作为一种暴力因素来观察,而这种暴力远远超出了性的本质和与之相关的问题。自从男性不再靠争夺来占有眼前之物,比如另一个人打下的猎物,或是女人,当女人在部落中变得稀缺时,男人便开始为这些相同物品的象征物而战。满足需求的基础本能已被由更抽象的原因所产生的刺激所取代。暴力是一个冗余的神话。若有什么东西能象征冗余——而范妮就完全与天使如出一辙——那么它就可能变成引发战争的动机,其间能经历一切灵魂的力量、所有精神的潜能、背信弃义、反水倒戈、道德伎俩,而最后,则是死亡。我们不会毕恭毕敬地相信卡米洛在悲剧发生之后所说的话。当时,他主要是想摆脱落到自己头上的大部分中伤,虽然那些言辞最终也不无道理。他对若泽·奥古斯托的愤怒仍是如此强烈,便让大家毫不犹豫地怀疑,若泽·奥古斯托对女人无能为力,甚至觉得她们乏味枯燥。而范妮最终则将那份愤怒拉向她自己,通过自身的死亡而确定了象征物。但事实是,如果范妮和卡米洛之间没有更加亲密的关系,就无法解释她的信给若泽·奥古斯托造成的震惊。若泽·奥古斯托在帕莱索小镇租了一个装修豪华并配有家具的小宅子,即所谓的单身公馆。没人相信范妮会去那里,但玛丽娅会。若泽·奥古斯托所认为的"他的罗曼史"是与玛丽娅之间的爱,那些爱依赖着范妮这个象征物所带来的兴奋而生存。这番残酷的局面她无法幸免。范妮与若泽·奥古斯托之间,比肉体亲密更多的,是一种强烈的迷惑,一种痴迷,它可以追溯至人类发展方向的最深条件,追溯至远远超越了生存本能的动量。若泽·奥古斯托日记的第一部分,显然(除非另有更神秘的人物)是献给玛丽娅的,他称她为"蓓"。"一晚上,蓓!我们都坐在沙发上,我们那时还不是今日的我们——但已经建立了一些友

三　罗德伊洛

谊的纽带！……你让你那黑色的卷发触碰到我的面孔！" 1852 年 5 月 20 日，若泽·奥古斯托写道："今天我离开了小屋，有多少次，我曾在此用眼泪为你的样子施洗！……只要我活着，就一定会记得曾在那里度过一段时光！……"同年的 9 月 28 日，范妮抱怨说姐姐要自己陪着他们。然而，当玛丽娅看到范妮和若泽·奥古斯托在一起时，却很痛苦。"我的胸中感受到了那种情绪，那个憎恨我们、把我们视为对手的女人造成的情绪。"卡米洛说，若泽·奥古斯托与帕莱索的决裂发生于 9 月 24 日，但却是在此之后，可怜的范妮，这个背负着肉欲象征重担的受害者，才成为了那所变得无法忍受的宅子中被绑架的玩物。"如果你不走出房间，我就不再回来了。"若泽·奥古斯托是这么对她说的。他甚至还通过猜疑、指责、疯狂的坚持来挟制她，范妮受到了双重的束缚——自己的爱和那两个女人贪婪、致命的计谋。因为在那个像蛇样盘成一团难以解开的结中，玛丽娅·丽塔夫人也难辞其咎。可以相信，范妮跟若泽·奥古斯托私奔是为了从那种可怕的压迫中解放出来，更别提那种压迫还会导致整个人群神经衰弱。而若泽·奥古斯托决定把她带走，是因为感觉到她无法再对家庭内部冲突所释放出的风暴忍受更久，尽管这种风暴只会让她脸红，而非感到恐惧。

把她的身份转变为妻子，若泽·奥古斯托觉得自己犯了一个错误。就像发生在荷尔德林笔下的许佩里翁那样，炽热的爱情之火使得他的灵魂过于成熟，而内心的充实则让他与凡间生活格格不入。若泽·奥古斯托已不再是一个普通之人，尽管卡米洛有时会竭力用各种不敬的影射来玷污关于他的回忆。若泽·奥古斯托正是荷尔德林的同类，对他而言，没有痛苦的幸福只能代表愚蠢的昏睡。

在那篇回忆科尔沃男爵舞会的小说连载之后，若泽·奥古斯托写信给他。卡米洛用另一篇连载回复了他的这封信。首先，他摘录了信中暗示舞会上那个女人的话语："在蓓娅特丽斯那完美的魔力光芒之中，我得到了升华，你可以相信这一点，亲爱的卡米洛，我将成为一个具有天赐灵感的诗人！"蓓阿特丽斯就是那个"蓓"，出现在若泽·奥古斯托日记开始的部分。是玛丽娅还是范妮？可能两者都是，还是另有其人？迪奥蒂玛还是阿拉邦达？荷尔德林说："为了迪奥蒂玛的爱，我会欺骗你，最终将会把我们杀死，她和我，因为我们无法融为一体。"按照曼努埃尔·内格朗的说法，卡米洛这篇1854年5月31日的连载中所说的揭示出许多真相——若泽·奥古斯托已回到罗德伊洛，那时正由范妮陪同前往波尔图，范妮此刻已面目全非，散发着死尸的味道，"我知道自己并非独一无二，因为被钟爱时无法做到。她的双眸发出微弱的火苗，在那火苗的周遭，定有许多灵魂神魂颠倒，争先恐后，飞蛾扑火。多少灵魂？无人知晓……只有你，朋友，因爱而谦卑，放下了你的骄傲，如激情般奔放，你来到这里，在冰冷的社会面前，敞开心扉，翻阅自己内心的福音书中最神圣的一页，并以至高无上的傲慢承认，在蓓娅特丽斯的祭坛前，面对冲动情感的崇高使命，无人能将其发挥至极致，超越你灵魂的情感。要知道，面对如此的软弱，需要巨大的勇气！"他在结尾写道："我并不羡慕你，因为蓓娅特丽斯的身旁有一位天使，也许终有一天她会住到星星之上，与世间唯一魅力能与之抗衡的人一起。那人便是艾玛。"这显然是加密过的语言，而且似乎鲜有涉及舞会上的那些女子。不言而喻，这一切都突出了若泽·奥古斯托是个与众不同的人。艾玛是谁？是那个对他说过"我们的幸福在世间不能成真，唯有梦中才合乎情理"的天使吗？浪漫主义是没有经过验证的超现实主义。"这个世界若非自由生灵的合奏，会是什么样子呢？"荷尔德林如此吟道，人类所有的秘密，震撼人心话语的精髓，《启示录》七印，都在这些诗句之中。

三 罗德伊洛

*

范妮的家人没有参加婚礼,但欧文上校和儿子在帕莱索的家中,而且由若泽·德·梅洛告知了此事。玛丽娅仍然处在尴尬之中,很难摆脱。她跟若泽·奥古斯托的关系人尽皆知,上校不得不面对全城人的责问,更确切地说,是朋友们的责问,在他们面前,他需要保存颜面。目前要做的是给玛丽娅找一个丈夫。她的嫁妆非常丰厚,但已不可能引起贵胄才俊圈子里某个杰出男子的兴趣。如今,她的层次是巴尔扎克笔下那些次要的女性角色,那些"略带污点的年轻女孩",拥有一大笔财富,可以说服一个小公务员与她缔结婚约,也许还能让他认下一个私生子。玛丽娅嫁给了一个医院的职工,过着平庸的生活,她定然是在回忆留下的苦涩之中度日,泪水和欲望都在其间停滞不前。美貌的玛丽娅,母亲的钻石与她相得益彰,这些钻石配得上卡尔洛塔·若娅奇娜的宫廷,她像女巫般头发散乱,却还是高傲狂妄的皇后,而美丽的玛丽娅只能期待被众人遗忘。九月里的一个下午,天凉下来的时候,欧文上校在花园里散步,儿子在一边陪着他。

"我们感到不幸却又不能归咎于祖国,它看上去从未像此刻这般虚伪过。"他说道。

"家庭的不如意使我们消沉。事业的不如意使我们升华。的确如此。"

欧文上校露出了感激的苦笑,说道:

"如果我哪天消失得无影无踪,想想我,退隐到切尔滕纳姆,在那里平静地生活,"他又补充说,"啊,女人!战争中最好的勇士,平时最糟的敌人。"

"您认为男人是为她们而战吗?"休格带着一种男孩自信的好奇

心问。

"不。我觉得他们是为了逃避爱情而战。"

可这段谈话的内容让他们两人都感到不自在,于是他们进了家门,喝了些波尔图酒,戴上丝缎领带,准备用晚餐。

罗德伊洛庄园里的情形每况愈下,若泽·奥古斯托招待很多客人,下达的指令颠三倒四,中午骑马出去,三点钟和马童维森特一起回来。他派了托尼科给范妮差遣,把她送到若泽芬·克莱门蒂娜夫人家,在那里待到五点钟。范妮会准点回到罗德伊洛,脱下绿色骑马装,穿上配有肩章的印度薄纱连衣裙,或者镶有缎带的阿尔及尔薄纱连衣裙。他们面对面吃着克洛蒂尔德烹饪的鲜美菜肴,很少说话。如果有客人来喝咖啡,他们会在十点钟回房休息。这样,他们又回到了两人独处的时候,若泽·奥古斯托会一直看书看到很晚;有时是范妮读给他听。按照英国的传统,他们分房睡。范妮是这么安排的。早晨,若泽·奥古斯托在知道她醒后,会去见她,他们在与卧房相连的小厅里喝茶。波澜不惊的生活,静止着,但也没有摩擦,没有任何烦扰。和许多长子继承人一样,他们可以在炭烤菱鲆鱼和跟女佣的苟且之间,咀嚼着婚姻的成果,没有多少可怕的东西会留在真实可信的记忆之中。只是在若泽·奥古斯托身上,那种令人恐惧至极的焦躁愈演愈烈,让这件不可救药的事情变成了众人的不幸。

十一月末,他非常沮丧,当罗德伊洛的严寒更加刺骨的时候,他请求卡米洛在佛斯给他租一栋房子。那种"阿雷格勒花园附近最舒适的房屋之一"。他仍喋喋不休地提了很多要求,这必定会让他的腰包遭到重创;但对于处于思维停滞过程中几乎已无药可救的病人来说,毁灭无关紧要,实现一定程度的自恋价值才是要紧的。他抑郁的状况严重了许多,这势必会影响到婚姻,还会牵涉到其用以解决但却让他失望的负面构架。因此,是的,他极有可能不会和范妮共同生活。若

三　罗德伊洛

泽·奥古斯托意识上的困扰让人难以察觉，也许是因为教养和言辞的缘故，让他这个不过是世袭体制下的忧郁个体只是继续显得反常古怪而已。范妮认为自己被拒之门外，并为此苦恼。卡米洛不仅让人窥见了他得以了解两个不幸的人家庭内部故事的来源，还在这一确诊病例的病态影响下，越走越远，这一点虽无关紧要，但同时却是一个让人无限憧憬的炼金术时刻，炼制相互对立的人际关系，寻找其痛苦的替代物，寻找生命的限期，以逃避毫无特色的烙印。

卡米洛不仅向范妮也许会吐露心声的共同好友打探消息，还在若泽·奥古斯托的仆人那里进行了调查。维森特把所有经过都一步一步列了出来，卡米洛对自己理解透彻的内容进行了总结，内容少得可怜。除了显而易见的东西，他什么都没有看到。当人类渴望自己力不能及之物时，就连显而易见的东西都会摒弃不顾。

*

在阿雷格勒花园的那栋房子里，海水几乎要击打到玻璃窗上。范妮曾多次和母亲这边罗查·平托家的一个女亲戚谈心。有一天，若泽·奥古斯托粗暴地对待她，一度脾气暴躁，甚至还动手打了她。范妮说道：

"动物更快乐，本能从来不会欺骗它们。而在我们这里，当本能接近我们时，一同出现的还会有义务、惯例、甚至更糟糕的东西。"

"你们还是会很幸福的。现在是婚姻中的一个低谷。所有的婚姻都是这样的。"

"希望是这样，可是这对我来说有什么安慰呢？我不想要安慰。我想要死，我会死的。我有一个要达成的命运，而我要用命运来达成它。"

"人不能只靠情感来过日子,范妮。"

"是的,是不能。这种被称为诗歌的是一种疯狂。存在的是精力、物质、血液和肉体。如果他感觉不到我,那你就不要跟他提到我。我想征服他,把他束缚在我身边,把他从一切之中夺走,包括从他本人那里。把他从他的痛苦之中夺走。把他从内心认为一切都归其所有的贪婪中夺走。作为交换,我会给他一份炽热、无尽的爱。"接着,她大喊道:"如果我今天见不到他,我就会死。"

罗查·平托夫人——我不知道她的闺名是什么——被吓坏了。她拥抱了范妮,仿佛要保护她似的,伤心欲绝地哭了起来。那个情景抓住了她的心灵,激情是那么的执着,让她从此变成了另一个人。她有时会说:"范妮,范妮,不幸是一份难得的禀赋!"范妮便会接着说:"等等……,那是他的声音,但我却感觉不到快乐。我的心真是荒谬!当我认为自己不那么远离他时,就会不那么看重自己的爱情。在我的眼中,连肯定自己被爱都会扼杀我的爱情。"

就在此时,卡米洛陪着若泽·奥古斯托出现了,她狠狠地瞪了两人一眼。欧文上校禁止任何人与范妮通信,他顽固的态度使她日益憔悴。信被原封不动地退了回来,退回的信封上是玛丽娅的笔迹。有一天,范妮看到其中的一封信在若泽·奥古斯托手里,而他则拒绝把信交给她。范妮认为丈夫和玛丽娅继续保持着联系,这从他如此郑重地拒绝把信交出来就可见端倪。于是,嫉妒便毒害了她生命中的每时每刻,失去理智的嫉妒以及随之而来的一连串幻觉、影像、声音,想象是如此真实,以至于无法用事实来加以反驳。她会看到若泽·奥古斯托和一位女子在农场里散步,那是玛丽娅。她还能把她衣着的最小细节一丝不差地描述出来。然而,若泽·奥古斯托那时正在马尔克镇,或是正在客厅里和他的神父朋友聊天。范妮要求他做出解释,精神恍惚,脸部抽搐,脖颈上一根蓝色静脉突突跳动。

三　罗德伊洛

"那是谁？"她叫嚷着。若泽·奥古斯托关上门，试图让她平静下来。还有些时候，他打她，拼命吻她，请求她原谅。

"我的范妮！我的天使！无论我经过哪里，都会留下犯罪的痕迹。我是被诅咒过了！"

范妮盯着他，目光呆滞，脸色苍白。她瘦了下来，脸上瘦骨嶙峋，仿佛是戴了张按遗容模制的面具。她哭泣着，肌肉却纹丝不动，那无比的悲伤仿佛是从一座人形的石刻喷泉中宣泄而出。

"我们并不幸福，对不对？我们拼命地过着我们的幸福生活，就是这样。"

事情经过就是这样，而卡米洛则无法进入罗德伊洛那已变成地狱的宅子。每个人都受到了影响，但反应各不相同。有一天，克洛蒂尔德把围裙扔到地上，说不干了。取而代之的是一个名叫弗兰兹娜的姑娘，她连怎么煮鸡蛋都不知道，还立刻就爱上了若泽·奥古斯托。她陶醉地望着他，停在桌边听他们边吃饭边聊天。"多奇怪的事啊！"范妮甚至都没有注意到她这些真真切切神魂颠倒的征兆。若泽芬夫人提醒她说：

"最好把弗兰兹娜从这个家里赶走。"

"啊，为什么？"

"她做事很没分寸。妹妹，你没见她瞧着若泽·奥古斯托的样子吗？"

"有什么不对吗？"

"别说我没提醒过你。"范妮觉得嫂子疯了，反应过激。早晨，弗兰兹娜在给若泽·奥古斯托端去热水时，放肆地在他房间里逗留，若泽·奥古斯托还和她眉来眼去。但是，范妮无动于衷。弗兰兹娜哭着；她觉得自己像一只野兽，没有真实的形状、没有灵魂、不可能被人挑衅。有一天，当着范妮的面，若泽·奥古斯托对她说："别靠我这么近,你身上有股难闻的味道。"弗兰兹娜突然发作起来,不得不被人拽了出去。如果不是把家里漂白衣物的酸盐藏起来,她是肯定会自杀的。范妮很同情她,去小房间里看她,那个房间的高处有扇小窗,光从那儿照进来,上面还爬着一根葡萄藤蔓。

"你好些了吗,弗兰兹娜?"

她把双手藏在被套里。她的脸肿肿的,嘴上有些挫伤。范妮对她感到深深的怜爱,为她抚顺了两鬓的头发,"但愿上帝能帮助你,亲爱的姑娘,你还这么年轻!想事情的时候,千万别心怀不悦,封闭心门。啊,亲爱的,亲爱的!"

两人都哭了,一只猫爬过来撞到了床,她们又都大笑起来。就这样,弗兰兹娜的闹剧结束了。

至于朱迪特,她让人惊讶到竟然与丈夫重归于好。他们一同吃饭,同床共枕的吵闹也减少了。就这样,爱情让人改变、分化,不给任何人喘息的机会。诽谤伴着真理同行,仿佛一群白色的蝴蝶绕着亮光飞来飞去。即使在初冬,它们也会飞来。它们宛如片片灰烬跳跃着,而若泽·奥古斯托在它们短暂的存在中感到了些许慰藉,感到每一天这样的场景周而复始。

*

是范妮出的主意,要去圣山仁慈基督堂那边待上一段日子。与卡米洛所推测的相左,是她对那座房子提出种种期望并要求照做。若泽·奥古斯托连忙遂了她的心愿,这样,在佛斯待了两个月后,他们于四月初去了布拉加,并在那里待了十五天。卡米洛去仁慈基督堂看他们。他发现范妮坐在楼梯台阶上看书,她指指若泽·奥古斯托,他正从台阶上稳步而下。看起来,他比之前精神,稻草帽在他绿色的眼睛上投下一道阴影,看上去闪闪发亮。

"太让人意外了!你看起来好多了。"

"我没有。心灵的东西是无法治愈的。只不过是同一种疾病的不同阶段罢了。"

"你在看什么书,范妮?"

"拜伦,若泽·奥古斯托最喜欢看他的书。来,你听:'当从未成为也永远不愿成为恋人时,这世间绝不会奉上能与女子友谊相比较的情谊。'"

"拜伦是自私者的福音。"

"她爱自己的丈夫,或者至少她认为自己爱他,但这份爱需要她苦心经营,多么令人痛心的义务啊!……她毫无因由去抱怨或是指责,没有家庭问题或是反目成仇。这种结合是真正的典范,平静高贵……但却冷酷无情。"

"唐璜和贞洁的阿德琳。"

"……这种男人从男人身上感受到的友谊,她比以往任何一个女子都更能做到这一点!"

"范妮!发生在你身上的事太可怕了。"卡米洛说。他瞥了一眼若泽·奥古斯托,他正从高处的台阶上下来,动作缓慢得好似在空中游弋。范妮继续念道:

"无人怀疑,在这一点上,正如血缘法则,性别的秘密影响无法发挥其无辜的力量。"

"是他让你相信了这样的胡说八道吗?"

"根本不是。如果心被践踏,女人什么事都干得出来。这是您告诉我的。"

"你迷失了方向,范妮。"

"我现在认清了一个恶魔,它的名字叫固执。打哈欠成了我最真实的情感表现。我学到了,当我们远离激情时,感情才能被运用得更加光鲜亮丽。每个人都应该知道这一点。学校里应该教大家这个道理。"

若泽·奥古斯托走到了那段异乎寻常的台阶的尽头,与他们会合。他手上拿了一本笔记,上面记录着自己的所思所想,封面上写有"铭记"一词,这无疑是范妮在恋爱伊始送给他的礼物。卡米洛继承了这本笔记,为它写了一篇悼文,既无品位亦乏高贵。也许是那青春之火的不幸洗礼把他心中所有的清新都燃烧殆尽;留下的是讽刺,就像是用世间万物积蓄的所有力量,给枯燥乏味的激情拉上了剧终的帷幕。然而,若泽·奥古斯托的记事却是以震撼的话语开始的:"没有人能因我的感受而为我定罪!"可他身处这份控诉的恐惧之中,其一举一动,就仿佛人类灵魂不是寰宇的明镜,需要服从于受其能量支配的有序运动。"多少次,整座城市更阑人静,我坐在那溪流边,多少次,我的眼泪与溪水交融,流经我的足边!"这说的是奥维尔溪,它最终汇入杜罗河之中,流经拜昂高地村落下面的宽广山谷;深深的溪流将马朗山脉与阿博博雷拉山脉隔开。这些宿命之地,承载着多少战士与隐士之间的编年历史!埃加斯·莫尼斯的先祖、拜昂人的族徽上有两条蛇,无疑是象征了谨慎与机智,那两条蛇也在欧文家族的纹章上面。可是那条蛇,智慧却无度,清醒却默然,在言语之间游走,下意识地设计出它如世界般古老的圈套:"天使啊,有一天你可曾想象,但丁爱着蓓娅特丽丝的那份纯真?与但丁相比,我的感情更甚,爱意更甚,纯洁更甚!我的'蓓'活在这个世间!我哭泣,因为我不能说:'我爱你'。"

"我爱的方式不同,"范妮在日记中写道,"我原本想让他当一位兄长。"她不抱有姐姐玛丽娅那样的希冀,不想把他当作枕边人,或是子女的父亲。"但愿他除了我之外,不了解其他任何人!"她有一种

三　罗德伊洛

疯狂的愿望,要让若泽·奥古斯托断绝与外界的所有接触,使他远离给他内心施加压力的影响和利害关系。更主要的是,她有一种要将其他孤立的执念,但她并不爱他。"我向你诉说我的星辰!可你在那颗星上看到了谁?"范妮写道。"我并不羡慕你,因为蓓娅特丽斯的身旁有一位天使,也许终有一天,会和她住到同一颗星上。"卡米洛如是说。相互纠缠打斗的蛇,却无法解开沉重巨大的圈。

*

卡米洛给若泽·奥古斯托写了两个月的信,但都没有得到答复。最后,他收到了一封带有纪念意义的回信,很符合若泽·奥古斯托本人的怀旧风格。"我所经历的种种,迄今为止已有一年!……今日是范妮的生辰。我曾如此幸福,曾经是!可一年之前,我还与我情有独钟的女子相隔万里,我心知肚明,感觉只有在天堂里才能重拾这份旧爱!"过了九年,卡米洛才对这些话的矛盾百出和离题千里感到惊讶。1854年佛斯的那个冬天,对范妮和若泽·奥古斯托的生活应该是起到了决定性的作用。范妮有时会到屋外去,裹上一件镶皮草的绿色羊毛缎纹斗篷,帽子上的丝带在她身后随风飞扬。她似乎有些迷惘,游离在所有的感觉之外。撞碎的浪花飞溅到她脸上,仿佛满脸都是咸涩的泪水。卡米洛看见了她,朝她走去。他的纽芬兰犬认出了范妮,要扑到她的脚边,匍匐着,兴奋地呜咽。

"这样的天气出门,对你没好处。"有一天,他对她说道。

"现在没什么会对我没好处,什么都没有。我已经成为了您在波尔图认识的那三百个灵魂之一,对爱情小说、对悲剧,甚至对滑稽喜剧,都毫无用处。"

她兴奋地说着,话里隐约透露出一种要故意败坏伦理道德的感觉。1月12日的晚餐前，卡米洛发现这对夫妇的情绪十分激动。范妮一见到他便退了出去，而若泽·奥古斯托则在很长一段时间里都沉默不语，对愤怒丝毫不加掩饰。

"若是打扰到你，我可以改天再来。"卡米洛说。

"不，你留下来。"后来，他同意让卡米洛离开。他看上去极不自在，用手指敲打淌着雨水的窗玻璃。他去看范妮。范妮平静地坐在二楼的大房间里，正用岩羚羊皮给指甲抛光。

"你向我提出来……一个要求！相信我，那会是一次巨大的牺牲。你逼我迈出的这一步，比你想象的要大得多！但我不相信预感。如果你愿意，随便你想做什么都行。"范妮的沉默并没有表露对他怀有敌意，反而显得几近仁慈，所以若泽·奥古斯托继续说道，"这太荒谬了，范妮！他从来没有给过我任何不尊重你的理由。你认为卡米洛是我和那个深陷泥潭而且被我鄙视的人之间的纽带。但你现在却陷到这个泥潭里去了，因为你对我的信任已经破灭。噢，范妮，保持距离对我们没有任何意义！我现在明白了以前不明白的事情。噢，范妮，我对你不存幻想，即使我的感情没有改变！我不知道，范妮，你自降身价到了这个地步，我是否还能爱你。"

若泽·奥古斯托痛苦无比，从脖子到额头都涨得通红。范妮总想把若泽·奥古斯托从某人那里抢过来，而在佛斯的那段日子里，暴风雨爆发了，彻底地斩断了与过往的种种牵绊。与此同时，那段建立在某种情欲嫉妒、而非浓情蜜意之上的婚姻，它的基石也被撼动了。范妮是这么回答他的：

"再降我也只能降到地面为止了，我亲爱的朋友。当我身处被这四面高墙围住的境地，我便会愤怒。但愿我能像你一样出去，可以奔跑，直至筋疲力尽得倒地而死！晚上，你在山间策马，你带着你的痛苦自由自在地飞奔，这就是幸福。可我呢？我被束缚了手脚，只能欺

三　罗德伊洛

骗时间，只能变得粗俗来维持自尊。听着，我是有价值的！"

这惊人的声明，卡米洛以前也曾以掺杂着讶异与畏惧的心情听到过……！拉克尔，对若泽·奥古斯托起过积极作用的爱人，有一次曾预言过，那个"细致严谨的女孩"会失去他。"我希望这些文人神圣之爱的魔力能被打破。"她说道。拉克尔与范妮并非熟识，但彼此之间却存在着一份战争宣言，可能是由于她们来自不同的星球，或源自冲动的非物质范畴的理由。

"我没下到泥潭里去，"范妮说，"我就在你遇见我的地方。如果在你眼中，我堕落了，这不是我的过错。别把我抬得那么高。内心的恶习我未曾开启，如果你认为我变得粗俗，是因为我曾经就是粗俗的。我们共同生活的阶段正接近尾声。曾经，我因为爱你而想要去死，而现在我会死去，因为必须要离开你。"

"别这么戏剧化，范妮。你选个分开的日子，让我们分开吧。"

"好吧。你已经冷酷地算计好了亲密关系的种种弊病，已经制造出了距离的必要性。我爱你，却未为此而考虑过你会成为什么样的情人。我没请求你拥有尚可的丈夫头衔。正是我现在所告诉你的这些，摧毁了你所谓的'你心中神圣的热情'。我们制造了一段糟糕至极的罗曼史，因为真诚与怠惰互不相容。你冷酷无情地对待真心实意的女人。知道你哥哥的妻子对我说了什么吗？刚到罗德伊洛庄园的时候，我沉溺在羞涩、激情与迷恋之中，她对我说：'在爱情中，男人不值一提。'她是怎么知道的？她不是个文人，脑袋最多也就是用来插插羽毛头饰。她是怎么知道的？"

"你说完了没有，范妮？你认为卡米洛是把我和那位女子联系起来的一个链环。你觉得我不摆脱卡米洛是因为他可以让我接近她，可以让我和她的过去继续保持下去，这太可怕了。我不在乎那个女人。"

"你不在乎？你在大庭广众下自寻其辱，探求内心痛苦的解药，却并没有不在乎那些耻辱。在强行自毁形象之中,你失去了个性,已经连善恶都分辨不出了。"

这次以无可挑剔的庄严开始的对话,并未能让他们相信对方所述皆为事实。事实的存在独立于可以向世界宣告的事实记载。若泽·奥古斯托向卡米洛讲述了那次会面的一部分内容,隐瞒了范妮要他离开的请求。他们渐渐地承认,范妮远非天使唱诗班中的一员,那些没有性别的天使不是真人,聚居在盖查德咖啡馆遁世者的语言之中,她却是一个真正可怕的女人。若泽·奥古斯托逃避爱她以自保,并认为能从男人的那种沉瀣一气之中寻到力量,里面还混杂了面对女性神秘的提防与痛苦。

"你现在问我是否爱她,"若泽·奥古斯托说,"没有哪个女人不会在范妮面前黯然失色,而我却不爱她。没有哪个女人能与她那种植根于天堂的信仰相比较,而我却不爱她。我想象着与范妮的亲密生活中那最难企及的幸福,而我却不爱她。这是怎样一种灼烧着我、残杀着我的矛盾啊?医生告诉我,只有我能救她,而我回答说:'我无法爱范妮;我无法救她。各人自求多福吧,医生。但愿您能有幸创造奇迹。'"

男性关系里,在他们之间,存在着奇怪的阿谀奉承,若泽·奥古斯托害怕自己敞开因思念范妮而千疮百孔的心扉,会在卡米洛面前屈尊,他当然知道,范妮是一个多情的女人;而他自己,则仅仅是其全盛时期的一个借口。

自那以后,他们都痛苦着,而痛苦却无法将其团结在一起。他们挣扎着,被封锁在黑暗之中,那黑暗如同他们升华至此的巅峰一般,为他们所需要。作为高贵的女子,范妮缺乏一种成果更为缤纷多彩的生活。而若泽·奥古斯托的身边也没有一种小心谨慎的文明资源,可以使其拥有复杂的友谊却不至于堕落。他们越来越被一种企图所控

三　罗德伊洛

制，禁止回望曾经的幸福；在他们看来，与现在的痛苦相比，那种幸福似乎属于一种令人难以忍受的单调乏味。

曾有多少次，若泽·奥古斯托把范妮留在她的房间里，由朱迪特和弗兰兹娜先后照看，她们眼泪汪汪，围裙口袋里装着念珠，数珠子的时候发出轻轻的碰撞声。他骑马出门，进入到了马朗山脉的山梁里。橡树林划破了他的皮肤，阿博博雷拉山里高耸的金雀花木宛如一条灯芯草之河，仿佛一条绿色的尼罗河，将马儿的身体两侧淹没。在塞里尼亚山顶，他下了马，还要徒步继续往上爬。天晴时，可以望见大海。他在那里驻足，额头上的汗水被微风吹得结起了冰，泪眼模糊，除了一种尚未成形的感激之外，什么都感觉不到，因为他存在着，也因为死亡对其而言仿佛就是存在。人类的荣耀是共同生活，没有不平等，如同大家都爱着神赐的世界一般。他们的爱是一首流浪漂泊的歌谣，其中的欢乐无法用一种物品来代表。所以他说："我不爱范妮。"可范妮却是他与生活的共同之处，是他与精神和青春的共同之处。她把自己和万物的相似之处都与爱情扯上关系，尤其是和那些最亲近之人的相似之处，如曾经的玛丽娅，如那时的卡米洛。

那里，在那些高地上，生活着第一代卢济塔尼亚人的神圣影子，他们睡在墓穴石块的下面，他们曾在史前石坊的祭坛上祷告，现在的石坊是牧羊人遮风避雨之地，若泽·奥古斯托明白，他的身体里面，住着一位爱之神。神将最亲爱的友人们分开，因为他要维护灵魂的完整，因为人的实质无法抗拒他的情感，不管他们有多强大。而这一实质就是自由，从未遭受过压抑热切内心之物的践踏，它快乐、平和，甚至是最甜蜜、最丰硕的幸福。若泽·奥古斯托明白自己为何无法对范妮的爱有所回报，因为尽管卡米洛曾用高明的争斗引诱他，这一方式对其他男人都会奏效，若泽·奥古斯托虽然心如刀割，却无法听从他的召唤。他属于那个地方，属于那些变成了石楠和金雀花的逝者所经历的孤独。这片茂密的金雀花丛，被风折弯了腰。若非风的边界将其限定为风，甚至都不能称其为风？这种轻风，它与其他任何的风都不同，里面包含了一个声音，穿透马朗山脉的斜坡。这座传说中的山脉，狼在此处游荡，无声的小跑使兔子在林中空地上无法动弹，让地下泉水的声响浮出地面。阿博博雷拉山的巨石就像白云石建成的大教堂，承载着千钧之重拔地而起，尖形拱肋的秘密在里面静静流淌。若泽·奥古斯托是与众不同的，他自己便多次说过："我的构造并不完美！"他对卡米洛也是这么说的，那个男人并无出众的天赋，时刻与世界为敌，并迅速化敌为友。但他从小就过着一种漫不经心的平静生活，那种平静有时会被他的母亲称为自私。纯真，他生活的立足点，与平静相得益彰，却又寸步不让。范妮和他一样，无法让任何人或物来分享，甚至连爱情都不能。就深层意义而言，她自己本身就是一种生命。自他们相遇，控制彼此的呼吸和意愿之时起，他们就日渐枯萎了。因为爱是顺从依附，而他们两人却都过于尊贵，无法屈服。"听着，范妮！我们的灵魂是有特权的！"他对她说过，就在他写下"我不能爱你"的那一刹那，他们就将因为不能合二为一而死去。

因此，所有的一切都混合在那舞动的浓郁气息之中，高高的石楠也经不起它的重压。这连秘密都算不上。这是思想不可能孕育的某种东西，如果我们愿意，也可以说它是具有神性之物。有时，他会遇到几个小牧童，他们的眼中承载着幻象，声称一位身着白衣的美丽女士曾来探望他们。消息传遍了各个村庄，满怀希望的人们前往朝拜，却又被好奇心所支配，这与希望截然相反。他们失望而归，神父布道的时候很严肃，反对那样的轻信盲从。但若泽·奥古斯托却用目光追随着那些吹起短哨召唤羊群的孩子们。他知道，他们确实看到了一位和颜悦色、双唇红润的女子。那玫瑰般的双唇，仿佛是牛乳中染了玫瑰色，是她最不寻常的地方。不朝她看是一种牺牲，看不见她亦是一种

三　罗德伊洛

牺牲。只有她才能避免让思索之人从所有教诲之中得到堕落的后果。

　　我们可以说，如博斯卡和厄文斯一般，若泽·奥古斯托投入到了闲游之中，有些迷失在乡野山民之间。进入阿博博雷拉高原之后，迎面而来的是蒙特山隘，那是帕斯科艾斯[1]的故乡。那是一个可以在广阔世界脱颖而出的地方，在那里，石头变成了风，而风把月亮包裹在黑色的面纱之中，月亮变成了风的遗孀。那些杜罗河沿岸的偏远地区造就了充满梦想的杰出人物，正如公元十世纪的那个家族，在领地争斗中孕育了葡萄牙，这些争斗的意义超出了分封人与土地的欲望。"有梦想的人是神，有思想的人是乞丐。"荷尔德林懂得如何让这种无人知晓的热情发出声音，它甚至不渴望荣耀，是梦想的助推，就如同过去，它曾是那些亲近王权之人的助推。那里长眠着塔梅加高地的领主们，可是没有蛛丝马迹可以让他们在历史上留名，他们是高傲的逝者，未曾被智慧压弯了肩膀。他们未曾流芳百世，亦未传递其中的奥秘。可是他们和所有人一样，都有秘密。

*

　　尽管若泽·奥古斯托没有向卡米洛转达范妮要他疏远的请求，但自己的去信如石沉大海，卡米洛也便明白了这一点。于是，渐渐地，他不再给若泽·奥古斯托写信，而越来越专注于自己的事业。现在，他表露出了天赋，这种天赋游移在抱有渴望不朽的感情和某种没有教养的退缩之间。讽刺是恳求的羞怯表现，是他向自身天资最圣洁部分——要在世间留下其经过的足迹——所提出的恳求。

---

[1] 葡萄牙诗人、思想家，后长期在乡间离群索居，主张文学应该复古，是怀旧主义文学奠基人之一。

有一天,卡米洛去莫斯特伊洛庄园看望曼努埃尔·内格朗。他看到内格朗戴着宽边帽子修剪葡萄藤叶,好让太阳把串串葡萄催熟。他们谈起了范妮。

"范妮已经死了,"内格朗说,"我不久前见过她。她闻起来有股死尸味,另人作呕,你熟悉的那双绿眼睛就像猫头鹰的眼睛,是透明的,里边还燃烧着冷光。"

"不至于这样吧。"

"是真的。那一切都让我感到遗憾。那里没一个人头脑是完全正常的。大家都在哭,而且都只剩下巨大的沮丧情绪。多年来一直敌对的人相互拥抱,互相和解。我不知道是出于宽恕的缘故,还是因为有必要这样做。这一切都很难让人理解。谁能在死人堆里辨别出活人,并将他们区分开来?我修剪葡萄藤,就像以前割断敌人的喉咙一样:为的是不因悲伤而失去活力,也为了不感到惭愧,因为在我周遭开的花、结的果,并不能给我带来快乐。在骗人的月光之下,我们看不出爱与恨之间保持着宽广而持久的约定。我们尊重这份约定和那些遵守约定的人。"

"充满痛苦的生活有一种补偿:以微笑而告终。"

卡米洛意识到,他与若泽·奥古斯托的告别就在这些话之中。可他还是会保留着一份巨大的苦涩感,因为他曾当了回小柏拉图,被一个在某种程度上超出自己的弟子忽视——在感情方面。而现在,痛苦成了他的主宰。终其一生,卡米洛都会用一件脏斗篷来遮盖那份友情,在他眼中,那份友情似乎能使奥林匹斯的诸神们都冒然行事。当若泽·奥古斯托和范妮一起来到波尔图并下榻于巴尔塔斯酒店,卡米洛去拜访他们的时候就已经有些不情不愿了。这还是那个反复无常、假装不屑的青年吗?厄运让他们与世隔绝,为他们筑起一座让所有慰藉都粉身碎骨的堡垒。范妮还没有从房间里下来,若泽·奥古斯托说道:

三　罗德伊洛

"她很虚弱。我们要去马德拉住一段日子。你不想和我们一起去吗？"

然而，以往他们选择同步前行的相同志趣，现在已经不复存在了。黑暗的灵魂再也无法在旅行的开阔空间内找寻到快乐。多少计划在其中颤动过的冲突和妥协，穿过内心一片麻木不仁的区域，那就是所谓的失调与空虚。范妮走进大厅，卡米洛没有认出她来。怀着某种灾难性的幸福感，他看到了那没有血色的脸庞和双手，那双美丽的手，变成了瘦骨嶙峋的小爪子。卡米洛哭了，但并未感到苦涩。他为存留在范妮那双绿眼睛深处的所有一切而哭泣：帕莱索的日子，她坐在教堂台阶上，静静地，感受着生活在围绕着玛丽娅和若泽·奥古斯托的幸福之中的无力，那样美丽的日子，却注定要在她的婚姻中从完美走向凋零。

"如果你非要这样哭，"她说，"还不如认不出我来。"

"你怎么了，范妮？你哪儿不舒服？没人对我说过……"

"不严重的，"她干巴巴地说，"就是疼，这里，左肾下面。胸口也有影响。我小时候胸口就有病，而且经常咳嗽。晚上要喝罂粟糖浆，对我能起到镇定的作用。"

他们没再多说些什么。范妮在等母亲，因为和解的时刻到了。卡米洛走了出去，他心情悲伤。可内心施加给我们的痛苦里有一种无法名状的魔力，其使命就是要把我们夺走，再抛给全新的体验。放浪形骸者的传奇便是如此形成的，他们几乎都是对严重的轻率行为不存记忆之人。

他们最终没能离开葡萄牙大陆地区。若泽·奥古斯托在帕莱索仍旧保留着那套带有家具的房子，里面摆着漆成黑色的靠背椅。范妮在房间里小憩、哀泣，她房间边上的花园里，花仍然开着，橙树上结了橙子，紫荆树上鸟儿已不再鸣唱。若泽·奥古斯托经常写日记，不出家门。玛丽娅从不到那里去，范妮也没有说要见她。一日，玛丽娅·丽塔夫人说玛丽娅要结婚了，范妮问起婚纱是什么样子的。

"我的婚纱一定要是白色锦缎的。我希望自己的夜晚能闪耀到把黑暗驱散。"母亲哭了起来，她说："别哭了。哦，别听我胡言乱语，别哭了！病人的精神支柱叫做傲慢。"她微微起身，微笑着说："难道哪儿都没有一个爱我的男人吗？"

"他是爱你的，范妮。他非常爱你。但你们不是普通的人。"

"火焰是在普通事物的最深之处燃烧的。"因为若泽·奥古斯托正从花园里走进来，她便把他叫住，对他说道："我的开端很差，可这不要紧。我会重来的。"若泽·奥古斯托倒在她的膝盖上，几乎无法呼吸，把玛丽娅·丽塔夫人都吓到了。

"若泽·奥古斯托，我的孩子！"

"什么是普通的人？告诉我，若泽·奥古斯托。有一次，我经过一条街，一条无人谈及、至少在女孩面前不会说起的街道。我经过那儿是因为走错了，或是为了抄近路，或是因为有什么东西把我吸引到了那里。我看见，普通的女人坐在像鸽棚一样的小屋子门口。她们身上披着宽大的丝绸袍子，上面是三色堇小枝条，还有那么多的蝴蝶结、丝带、流苏和羽饰，看起来就像是专门用来迎接新生儿的大摇篮，迎接皇族千金。她们是普通的。她们教导的是欲望，欲望是普通永恒的亲眷。"

"哦，范妮，在我们爱情的奥秘变为一种平庸的罪恶之前，我就想死去。"

她异常坚定地说："告诉卡米洛，我非常抱歉不能爱他。如果我能幸福地和你在一起，总会在这份幸福中看到一朵乌云。那就是他的悲伤。"

这话让若泽·奥古斯托震惊，他逃了出去，把自己关在房间里。

三　罗德伊洛

但是，一种可怕的慰藉使他无法因想到范妮而痛苦到底。她即将死去，那使两人肝肠寸断的地狱般的种种，也即将曲终人散。他发现自己带着一种冷酷的绝望说："我还想要活下去。"仿佛是要挣脱范妮拽住他的胳膊。随着死亡的临近，她的言语变得更加肆无忌惮。她的脸上笼罩着一种近乎野蛮的不端，而往日里，这张脸曾带着那么可爱的坦诚表情。有一天，她残忍地说道：

"在我看来，我激情的炽热能使你超越欢愉的极限。我想征服你，若泽·奥古斯托。占有你，把你从所有人、从你自己那里夺过来。从你的天资那里夺过来……从你的天资那里夺过来……"接着，便陷入了长时间的昏迷之中。她疼痛得非常厉害，还不停地咳嗽，用了鸦片才能缓解。在那些昏昏沉沉的时间里，她一直呼吸轻缓，他怜悯地吻着她的手，心神恍惚，梦想着她能挺过来，重拾希望、日常、甚至是幻想。他脑子里突然闪过那个亲戚的名字，就是那位年轻的寡妇，他几乎已经要去追求她了。她富有、健康，可以为他生儿育女，帮他赎回抵押的物品。从女人身上还能期望得到什么呢？回忆罗德伊洛庄园，回忆招待邻居、命人把香桃木花撒在路上的日子，一齐向他涌来，就像是儿时的一个玩笑。最后一次盛大的宴请招待会是"老友节"，卡米洛也在。姑娘们给木头娃娃穿衣打扮，用它们来敲打钟情之人。罗德伊洛庄园里还有一个这样的娃娃，按照卡米洛的建议，穿了穆塞笔下方达西奥的服装，这个人物只有他才知道。方达西奥，这个伪装的小丑，就是卡米洛自己，他的卡米洛。若泽·奥古斯托再也不会去见卡米洛了。这个想法使他的眼神严肃起来，他就是带着这样的眼神，走近了范妮。她只能说：

"逆来顺受很容易！你知道吗，若泽·奥古斯托？我已不再为那些受苦的人而痛苦。你的苦难已无法再让我动容。我只怀念我的心，我把它弄丢了。"后来，她又说道："记忆已随灵魂而逝。"

8月2日的夜晚平静地过去了。范妮背上有一个伤口,是用浸泡了酒精的药棉灼烧处理后变黑的。她呻吟着,要人把床上到处都是的"沙子"拿走。用了一剂鸦片后,她安静了下来。死亡迅速而至,她最后几乎都没有醒过。3日上午十一点,范妮的脸颊上现出了一丝红晕,她睁开眼睛,盯着某一个点,可能是透窗而入的光,就在那扇窗边,她曾多次轻抚过夹竹桃花。她说得很响,却让人听不明白说的是什么:

"好像有什么东西!"

玛丽娅·丽塔夫人吻了她。她感到灵魂已做了诀别,没有流泪,把范妮的头抱在胸口好一会儿。接着,她小心翼翼地把范妮放平,正了正自己的身子,仿佛从重担中解脱了出来。若泽·奥古斯托跪在床边,就一直保持那样的姿势。前来为范妮行圣礼的神父把若泽·奥古斯托带到外面,他又走了回去,范妮还没穿好寿衣,看见她光着的脚,他失声痛哭。他亲手为她穿上袜子和羊皮鞋。他试图记起私奔那晚范妮穿破的那双鞋的样子,却怎么也想不起来。这让他非常纠结。他问玛丽娅·丽塔夫人:

"她和我私奔的时候,穿的鞋是什么样子的?"

好心的丽塔夫人觉得他失去了理智,所以没有回答。若泽·奥古斯托继续冥思苦想。那双鞋是什么样的?原色荷兰亚麻细布鞋?是人字斜纹布的,还是暗色的丝绸鞋?他记不起来。这使他备受折磨。费雷拉医生挽着他的胳膊,把他带到小偏厅内,他们在那里喝了咖啡。

"这一切,我负有很大的责任。"若泽·奥古斯托说。他这么明理,现在倒成了某种惺惺作态,故弄玄虚。若亚金·若泽·费雷拉打断他,说:

"不,别这么想。她容易得病,从小就有贫血。十二岁时,她就开始身体不好,我更愿意相信从那时起她的肺就受到了侵害。"

三　罗德伊洛

"如果我能确定就好了！我就不会感到这份沉重、这份悔恨、这片黑暗了。但你无法让我确定这一点。"

"那就只有靠验尸来确定了。"当他看到若泽·奥古斯托的眼神时，便后悔说了这句话。那冷酷、狂野的眼神，想要探寻爱情之中的最后一次悸动，那段爱里，分享的秘密多于情感。若亚金·费雷拉说道："不管怎样，就做一份医学报告吧！我宁愿看到你苦恼，也不愿看到你暴躁。有一种耻辱感灼烧着你的内心。"

*

这位若亚金·费雷拉，在波尔图人称"花花医生"，既不睿智，也不严谨，还不诚实。卡米洛在自己的一本书中描述他时，认为他是无知之流。可是，对于若亚金·费雷拉声称"范妮仍是处子之身"的著名证词，正是他本人——卡米洛，要求他去核实的。九年过去了，要承认这份非比寻常的好奇之心，那需要嫉妒到发狂的情绪仍然在他心里挥之不去。九年过去了，花花医生已经去世。没有人能够证实这一隐情，只能取决于卡米洛的陈述，他是其朋友若泽·奥古斯托的传记作者。"我是忘恩负义之徒……但这也不是肆意诽谤。"《在圣山仁慈基督堂》里的整个叙述都是肆意诽谤，小说《吉乐尔姆·杜·阿玛拉尔回忆录》和《一个堂堂大丈夫》也都是肆意诽谤。那些变成了报复的情感只能倚靠隐藏着的痛苦才能恰如其分地得以抒发。

范妮去世前三天，若泽·奥古斯托让卡米洛读她写的日记。他发现有几页被撕去了。他说道："我看到，你的秘密在此处已不复存在……而我连一点都猜不出是什么让你如此痛苦？！范妮，如果可以的话，别对我隐瞒这个秘密！哪怕是为我刚才流的泪！求你了，我的天使！"

所以，有一点永远都只能是雾里看花，不得正解了。他又接着说道："两年前的今日，你撒手离我而去！"因为他是在 1854 年 7 月 31 日写的这些文字，我们必须要回到 1852 年的 7 月 31 日。那一天正是帕莱索家中爆发的危机而导致他们分手之日，当时范妮说："我今天给你写信！我向你诉说我的星辰！可你在那颗星上看到了谁？"

范妮的病，通常被称为"自弃之症"的肺结核，是一种深度压抑的病症，范妮本人可能还没有意识到。她爱一个人，却不是若泽·奥古斯托，她把爱托付给了那人，用尽全部精力，使之无法逃脱。下意识间，他知道自己受到了欺骗，并为把自己强加到那份感情里去而奋斗，而实际上，那份感情总是把他排斥在外。在那种丧失理智又前言不搭后语的对话过程中，曾经有过一些灵欲合一的时刻，随之而来的必定是内疚和冷淡的阶段，这便是典型的深度神经衰弱状态，无力回天，无药可救。

尸检事件让人猜测，被人排斥、抬不起头的若泽·奥古斯托，通过让他变得无能为力的心理暴力过程，试图查明范妮是否曾有一段过去，好解释她和自己的水火不容，以及所有的种种，时而是道德侮辱，时而又是最纯粹的自我放逐。"就在你弃我而去的同一天！两年之后！！！一年是自我放逐和痛苦不堪，另一年，谁知道对你来说会是什么样子？"若泽·奥古斯托不知道那个女人究竟是在逃避他的什么；他只知道，她为他存留了什么，那便是死亡。

人们也可以猜测，作为一种不愿迁就之举，尸检的目的在于防止范妮的肉身腐坏。若泽·奥古斯托有时会去看她，他命人将她安置在帕莱索小教堂的一口水晶盖板棺材之中。而她的心，则被他带到了罗德伊洛庄园的小礼拜堂内，放在一个满是酒精的圆罐子里。这一切都是有些缺乏条理的态度，反映出遗传忧郁之症已严重发作。无论如何，美丽且神秘的范妮所做的贡献没有别的，就是恶化了若泽·奥古

三　罗德伊洛

斯托的状况。当若泽·奥古斯托精神失常的消息传到卡米洛耳中时，他说：

"对心如刀割最为有效的安慰，就是不再怀疑会有另一种更大的痛苦能威胁到我们。"

接着，他点了咖啡牛奶。手肘支在那块红色的大理石桌面，用手杖在铺满地面的厚厚一层沙子上缓缓地划来划去。马尔塞利诺·德·马托斯问他：

"你现在就是这样，在沙子上写连载小说的吗？"

"或者是写预言，就像个没精打彩的犹太教拉比[1]。听着，去跟那个加利西亚人要杯啤酒！我们一会儿就去雷芒饭店吃炸鳗鱼，好吗？"

雷芒饭馆的炸鳗鱼成了后来莱萨镇加拉坊饭馆里的知名菜品。当时那个酷似小小水族馆的饭店刚刚开张，配的是加了浓汁龙虾和大虾的面包。卡米洛盯着盖查德咖啡馆墙上的印花壁纸，上面绘了令人恐惧的战争图案，然后他说道："你知道吗？没有一个拥有审美品位与宏伟抱负的女人，会爱上一个让别人发笑的男人。"

"看看你现在想起来的事情！"马尔塞利诺说。

"我只是想洗清自己的一样罪名。而且，我不再需要你的服务。"

"但愿你明天还能这么说，永远都能这么说。"

"我需要的是爱上一个出类拔萃的女人。还得在冬季来临之前。爱情和雨鞋并不般配。若泽·奥古斯托怎么样了呢？"他问道。

"他在罗德伊洛庄园，已经疯了。在波尔图，大家把他和你说得可难听了。"

"这类一传十十传百的连载小说我是知道的。你也写过《遗憾》，

---

[1] 犹太人中的一个特别阶层，指接受过正规犹太教育、系统学习过犹太教经典、担任犹太人社团或犹太教教会精神领袖或在犹太经学院中传授犹太教教义者。

可我与此事全无瓜葛。你可能也没有。波尔图那帮人有一种美德：他们大声叫嚣时，没人明白他们说些什么，而他们窃窃私语时，就更让人听不懂了。"

"你会孤独终老的，卡米洛。"

"别人的友谊变得非常昂贵，那会是一种奢侈。我不是好小伙，我不是。去写你的诗吧，我已经写好了我的诗。现在，我只写粗俗的散文。天使的语言，这我还能用尚存的未被教化的心灵去理解。我不想让自己看起来太糟糕，因为这才是大恶。我就是个恶人。"

"别再一直这么说了，大家都要封你为圣徒了。"

那是八月的一天，大家都在喝铁线蕨茶。多米诺骨牌在桌面上发出沉闷的声响。

*

若泽·奥古斯托戴着重孝，脸色是那么苍白，所以朱迪特说："这都是悔恨……"，然后不动声色地迅速躲开了他。她出谋划策，要把维森特从宅子里弄出去，并在这件事上将自己的才能发挥殆尽。小伙子不知道该同情主人，还是该听从母亲的建议，如果不去领圣职，母亲至少希望看到他能在修道院当个杂役，或者神甫的助理。朱迪特并未如愿以偿。维森特突然动了结婚的念头，要娶一位来自内格朗家的家庭教师，那是一位 36 岁的女士，戴着金色夹鼻镜，还掉了两颗牙。若泽·奥古斯托甚至连一点点好奇都没表现出来。

"你做得对。"他说。小伙子给他刷骑马穿的厚棉布裤时，告诉他新娘有财产，有很多金子。

"你做得对。"若泽·奥古斯托又重复说了一遍。他张开的手放在正写着的日记本上，希望维森特能退出去，让他继续写下去。他的

三　罗德伊洛

日记所述并未表现出过度的悲痛，而是一种使之偏离一切的成见。一日，他走进小礼拜堂，仿佛被某种外力所驱使，他驻足看着范妮的心，祭坛上罐子中的那一团粉色。他没有祈祷，甚至都没有感伤。他只是表现出那种模糊的感觉，提醒他危险的到来。他听到动静，吓了一跳。是弗兰兹娜前来打扫小礼拜堂，手里拿着一个桶和一把扫帚。她停了下来，不知道是应该离开还是继续做事。那个身着黑色衣服、遭到众人激烈指责的男人，让她感到不适，难以承受。

"我让你害怕吗，姑娘？"若泽·奥古斯托问。

"不，先生。只是进到这里让我紧张。"

"这是一颗心，一块停止跳动的肌肉，就像一只停了的钟。当你可以在手腕上感觉到它在她的胸中跳动时，你不会有什么感受。可那时，才是可怕的。由心而生的东西是惊人的：一个人的命运，甚至于更多。绝对性和报复性的真相也在那里制造。即使是坐在宝座上的上帝亦能在心里面被创造，仿佛一项工程、一座桥或一条街道。现在，请看：干干净净，不带恶意，没有气味，不会燃烧，没有任何东西会导致世界的混乱。"

"让我走吧，若泽·奥古斯托先生……"

"你喜欢你的女主人吗？"

"她是位善良的夫人。"

"但你不爱她。她是个天使，但你不爱她。她拥有美德、才干和惊人的美貌。可这一切都你来说都毫无用处。别，别急着走，等一下……是什么让我们爱上一个人的？我们被撕成碎片地活着，寻找着散落在整个大地上的自己的躯干。腹部叫喊着，想要与手臂连到一起；肝脏呻吟着，试图依附到肋骨脊背的右侧。而心，碎成了千万片，钻进最悲惨的小巷，询问让其成形的鲜血在何处。"

"让我走吧，若泽·奥古斯托先生。"弗兰兹娜乱了方寸，嘴巴颤抖着。水桶掉下来，发出"啪"的一声巨响，她跑了出去，若泽·奥古斯托又转身对着祭坛。他轻轻地把玻璃圆罐倾倒又马上竖起来，酒精就撒了出来，还连带着一些粘稠的苍白液体。

"你最好知道我不会让你受苦。这就是自由。"他在祭坛的小台阶上坐下，专注地看着一只黑蝴蝶绕着天花板上的吊灯盘旋。是夜，他写道："今天整整一个晚上，一只黑蝴蝶围着我飞来飞去，让我印象深刻！……会是什么呢？在无比悲伤的日子里，在我思念你的那些日子里，这屋子里满是白蝴蝶……此番显灵让我心存感激……"那天是8月13日，因为太热，狗儿都趴着，不停地挪动位置，寻找更加凉爽一些的地方。18日，若泽·奥古斯托写道："事情看起来挺糟糕！我的祷告一点效果都没有吗！？总有一个邪魔在诱惑我……"。他接着又写道："请你乞求上帝，给我力量，让我能够熬过这场深陷其中的可怕斗争！"若泽·奥古斯托离开罗德伊洛庄园，去帕莱索待了几天。他没在任何地方停留，无法忍受与人交谈，感到一种热烈的渴望，随着他对范妮的爱和思念的描述，情感上的自我麻醉也愈演愈烈。他被忧郁的狂热操控着，被一种剧烈的耻辱感紧追着。他去看了范妮，她被安放在帕莱索的教堂内，现在在圣器室边上的屋里。若泽·奥古斯托不允许埋葬范妮。下葬这一举措，如果真这么做了，也会被他列到自己的过错清单之上。他试图激起自己的怜悯之心，而范妮的模样，躺在玻璃棺材内是如此美丽，却不能唤起他所期望的情感。他在日记里撒了谎，因为事实上，他已被冷漠折磨殆尽。他回顾了一生中和范妮度过的最有意义的日子，试图赋予其本来没有的含义。"7月12日！……我再也无法体会到那时的感受了……永远都无法体会！六个月之后，我仍然觉得幸福！"一月的时候，两人仍住在罗德伊洛庄园，生活在卡米洛所探究的沉闷单调之中，这可能与整件事情的真相不相符合。确实曾有过一段时期，富有生气的情感仍然持久不衰，尚未完

三　罗德伊洛

全屈服于一种可怕的动摇状态。"我记得，我感觉到自己是如此幸福，让你终于也相信了这一点！！……"他失眠的情况愈发严重。那个时候，若泽·奥古斯托就已经在客人离开、范妮退回自己房间之后来到客厅里，没人能确知他上床睡觉的时间，但一定是在很晚的时候，死气沉沉的宅子完全归于沉寂之后。

再次回到罗德伊洛庄园的时候，他起了半夜骑马出门的兴致，把朱迪特吓得在床上划十字祷告。就像是拉·封丹的寓言故事，担忧使她变得对夫妻间的欢愉之事更为顺从，马尔克斯便利用了这份半夜里的恐惧，他是如此志得意满，甚至还为若泽·奥古斯托的这种反常举动辩护起来。

"那又怎么样呢？如果他喜欢，为什么不能在凉快的时候出去散散步？白天，谁能出门呢？"他这么说道。可若泽·奥古斯托却为自己赢得了狼人的恶名，阴险歹毒，双目如同炭火，据说会在黑暗中发光。

他与范妮的口角始于一月底，他希望范妮即便不与卡米洛断交，也至少应该疏远他。"这是重大的牺牲！……是的，相信我！我觉得在这一步里，我看到的比你想象的要多……但我很少相信预感！"可以肯定的是，从那时起，他们两人的关系就恶化了，不再有相互理解的可能。范妮感到了冲动性的嫉妒。一封生意上的来信都会激起她强烈的怀疑，她断定是玛丽娅写的，因为从字迹上可以辨认得出；或者，信是拉克尔写的，因为她香水的味道可以闻得出来。但范妮从来没有说过，事实上，她认为信是卡米洛写的，他和若泽·奥古斯托还谨小慎微地保持着通信。若是看到若泽·奥古斯托出门，她就派一个仆人去莫斯特伊洛庄园，看看人是否在那里。又或者，她就在昏暗的壁橱或没人去的顶楼里躲上一整天，为的是让若泽·奥古斯托一回到家，就以为她弃他而去了。她检查他的西服，闻衣服的味道，寻找印迹或是头发；一粒脱落的纽扣会让她失控，臆想出各种淫秽的激情游戏和所能想到的最为极致的凌乱不堪。这种癫狂传递给了每一个人，有那么一种亢奋，类似于在它变成信念和具体的威胁之前所能体验的恐慌。

有一天，范妮在若泽·奥古斯托的抽屉里找到了《波尔图报》的剪报，其中一张是 1854 年 5 月 30 日的。那时，他们刚从圣山仁慈基督堂回来，卡米洛和他们一起待了八天。之后，卡米洛写了那篇文章，他在文章里回忆起那句令人毛骨悚然的警告："随他去吧。你不会想要吸入他的气味，因为它已沾染上了死亡的气息。"再往后，他又写道："我已将她埋葬。她不知道这些野兽的存在。然后，我注意到了杜尔斯。从她的样貌中，能读到好奇、同情、被冒犯了的自尊、对自身坦诚的恐惧、或是男子气概的表现……那是什么？也许一切都有。是我自己弄错了！我的朋友是一个谜，如果透过心灵的帷幕窥视他，他对整个世界来说也将是一个谜团！……"

卡米洛没有弄错。范妮落到了那双袖手旁观的臂膀之中，落到了不会为大起大落而落泪的冷漠之中，对这些大起大落的情绪而言，心智健康的世界并不现实。自那一刻起，她便一板一眼，被一种羞愧感所控制，再也没有对若泽·奥古斯托的古怪行径表现出任何兴趣。她的病情恶化了，已经不再读书，也不再刺绣。她很少骑马出门，把骑马装也送给弗兰兹娜，弗兰兹娜用它做了一条镶有三层荷叶边的裙子。

卡米洛认定他们 1853 年 11 月底的时候住在圣若昂达佛斯，他把时间弄错了。事实上，11 月 10 日，范妮和若泽·奥古斯托就已经到了那里，他们之间的关系决裂，被记在了各自的日记之中。他说："我请求你，我亲爱的范妮！鼓起必要的勇气，面对这个解决办法！若不是为了你，至少是为了我！……就算是一种牺牲，请相信，我会在有生之年都对你心怀感激……"

当天下午四点，她把自己关在房间里，在爱情伊始的别扭过后第

三　罗德伊洛

一次动笔,那时,她因玛丽娅的怨恨而肝肠寸断:"在我以往写过的这本日记上写东西,让我难过!……当日之痛与今日之痛截然不同。那时,因为那份无法继续保持沉默的感情,我乞求终结自己的生命。我曾深爱着那个如今折磨我的男人。今日,我乞求生命的终结,是因为我想要离开他!是因为我不应该活下去!这本日记让我无法承受,过去是这样,永远都会是这样。"

日记写到这里戛然而止,接下来的好几页纸都被撕去了,然后是若泽·奥古斯托的文字,他从范妮香消玉殒的前夜开始写,直至她验尸后被停放在帕莱索教堂的那天才辍笔。"你把这几页撕去了!"他说,"我甚至都无法猜测是什么让你如此痛苦。"若泽·奥古斯托没有撒谎。但他肯定知道范妮是痛苦的,也知道她不愿为此留下证据。其余的,玛丽娅·丽塔夫人可能知道,尤其是玛丽娅和休格·欧文。六年之后,卡米洛找回了这些日记,并断言范妮写的是"如今憎恨我的人",而不是"折磨我的人"。那个词被擦掉了。是谁干的?谁有权把原词换掉,选用另一个?可以肯定的是,1853 年 11 月 10 日,若泽·奥古斯托决定与那个被他在卡米洛面前称为"吾之姐妹"的女人分开。倘若他们之间的关系只是兄妹之情,若泽·奥古斯托就不会允许验尸,因为此举揭示了某种特殊情况,让那已无法令人艳羡的名声更加昭著。

8 月 30 日,范妮已经过世,他同往常一样,记起一个日子,是二号。"二号那天,我与你分开了,你是如此受尽折磨,我的天使!……那些邪恶之人把我们弄到了那个地步,他们永远都不会知道,我和他们的友谊是对你记忆的侮辱……我一定会报仇的,那一天总会到来,如果他们没有先遭到老天的报应!!……"因为若泽·奥古斯托一开始就说"已经过了一年",那么他提到的日子肯定是 1853 年 9 月 2 日,也就是那一天,他收到了那些决定命运的信件。"每月的二号都是我们庆祝的日子！……它让我们回忆起那晚经历的种种！"因此，他们分手，又和解了，而且几乎同时发生，这在无比混乱的激情中很常见。1854年9月7日，他说："那时你我感到痛不欲生的思念，让我们饱受了五天的折磨，时至今日已有一年。早上九点，我去你的房间拥抱了你。"二号再次凸显而出，成为这段摇摆不定、若即若离的关系的极点。两性关系以激烈争斗的方式而存在，幻觉式的淫虐特征承载于冲动的愤怒之中；能看到高尚情操、流氓本性与和欺骗行为的共生共存。惩罚、攻击、分离的痛苦、对新生活和改变的渴望，即使是住所、环境、朋友的渴望也都可以；封闭行为的倾向、失去理智的组织、行为动机的不明——所有这一切都可以用来诊断，但还不足以用来写成一部罗曼史。当我们偶然发现某些字眼，诸如"可怕的争斗"或"我过往片段之中的悔恨"之类时，能做出一种假设：那就是若泽·奥古斯托在服用鸦片。这一点也不足为奇，因为鸦片酊是当时常用的药方。有段时间，他确实出现过消瘦、梦魇、不适应社交的情况，尤其还有错乱的症状，这在他的日记中显而易见。促使这一切发生的应该是慵懒怠惰，失去母亲的创伤性震撼，以及一种精神紊乱的先天倾向，这是卡米洛观察到的，他对感情有所保留，无法不用精明把自己武装起来。"我看到了苍白与微笑。苍白是为道德衰败，微笑是为因幻想过早破灭而衰老的青春。"但是他承认，自己几乎成了这个灵魂已逝的阴郁男人的奴仆，多年之后，卡米洛仍记着他，收集他写的日记和他读的书籍，就像是收集沉船的残骸。有一天去阿马兰特时，卡米洛在那里遇到了若泽·奥古斯托的一个朋友，他把一些拜伦的书赠送给卡米洛，那些作品曾是若泽·奥古斯托那么钟爱的藏书。"现在我看到了这二人的肖像。每当我望着他们，就会相信他们是在对我诉说，他们说：'你还活着！而我们，如此被看好的幸运之人，却倒下了……而你……你在那里，安然无恙，询问我们的肖像，

三　罗德伊洛

我们是因为什么弱点而逝。'"六年过去了。卡米洛的忘恩负义完全体现在他对若泽·奥古斯托的荒诞评价之中:"但愿上帝保佑,那晦涩灵魂的阴暗殉道者!"然而,记忆却在"安然无恙"之类的痛苦话语中闪耀着光芒。卡米洛的身上有一种嫉妒的冲动,这才是让他抗拒与若泽·奥古斯托保持永恒友谊的真正原因。他曾因大众对他的看法而抗拒挣扎,最后却被其束缚,深陷其中,无法自拔,如同一个呱噪又贪心的仆役。若泽·奥古斯托的缺点来自性格,而非感情。他知道感情不是交易之物,无法负债,无法奴役他人。卡米洛是他的奴仆,因为他将天赋交付给了对自己充满诱惑的价值理念;甚至连范妮的生命也被牺牲在了自爱那令人怜悯的范围里,这与最为罕见的激情如此相似。若泽·奥古斯托并没有晦涩的灵魂。诗人说,人的生命线不是一条直线,亦不会如箭般飞翔。另一种力量会阻挡它的道路,阻止它的脚步。然而,如果命运未曾如此多舛,躁动的心中便不会波涛汹涌,从而变幻为精神。"不要如此严谨,"诗人说,"让万事顺其自然吧。"但是,这种忠告虽然说了等于没说,却总能令人信服。

*

若泽·奥古斯托的家人去罗德伊洛的间隔时间越来越长,那里不再举办骑士队列仪式,骑士们亦不再像从前那样,去装饰着香桃木和水仙花花环的大厅里跳舞。从莫斯特伊洛庄园到梅桑弗里奥,一种勉强有所保留的态度蔓延到了所有亲戚的家中。这种无声的评价让孤独感压到了若泽·奥古斯托身上,在漫不经心对待友谊的时光里,他和卡米洛一同散步到帕特朗达特谢拉,这曾经令他那么愉悦,可现在都无法让他提起兴致。在波尔图,他不受欢迎;在帕莱索,他看见到处都是谴责的目光。有一次,他想再见见范妮,却发现门都关着,教区

神父拒绝做出任何解释。只有若泽·德·梅洛在苏艾玛庄园招待了他两天。后来,若泽·德·梅洛问他:

"你为什么不去旅行一次呢?"

"那我就再也不会回来了。我们什么都不是,亲爱的朋友。我所寻找的,是能给我错觉的东西,觉得自己还算个什么。"

他看到了那辆打算给范妮照样子定制的马车,声音便哽咽了。第二天,他乘蒸汽船去了里斯本。有人在码头上看到他,对他说:

"你保养得不错,若泽·奥古斯托。这就是乡村生活。"

"炼金要炼到老迈,那是需要你花费很多时间的。"他微笑着,带着为人熟知的做作的冷漠。然而,若泽·奥古斯托已经改变了许多。1848年,卡米洛这样说道:"一个和我一样思维混乱的男人,让一切都成了谜。"当前,若泽·奥古斯托被困在了范妮之死所带来的持久休战之中,有机会深思之前与她共同生活时争执不休中所经历过的种种谜团。疑问出现了,却没有答案。范妮奄奄一息之时,若泽·奥古斯托就在擅自翻阅她写的东西,暴露了他十分急于了解自己无法得知的真相,那让他们两人迷失的整场灾难的关键所在。我们必须接受他所说的"我看到,你的秘密在此处已不复存在! ……范妮,如果可以的话,别对我隐瞒这个秘密!哪怕是为我刚才流的泪!求你了,我的天使!"范妮咽气之时,没人相信若泽·奥古斯托做出了任何可怕的策划。更何况,他从来都没有策划过任何事,连私奔都不是他设计出来的,而是范妮。毫无疑问,她才是所有阴谋的色欲极点,也是因此,她的存在才对同时也憎恨她的姐姐那么有必要。没有范妮,她与若泽·奥古斯托的爱便不会继续存在;没有范妮,卡米洛和若泽·奥古斯托之间放荡不羁式的单纯好感,便不会发展到如魔鬼附身,以致引发出过激行为,比如,把内容不宜公开的信转交出去。可是,将范妮情欲化的动机,她那无法控制的情欲原动力,并因此能在家庭和社

三　罗德伊洛

会层面引爆一连串欲望的动机，究竟是什么呢？在某种程度上，那是一种天赋，一种与生俱来的绝对能量。之后，当然还有另一种负面能量，造成了与人类正常发展死亡的静态规律的巨大决裂。这就是范妮的秘密，也是若泽·奥古斯托在她死后想要查明弄清的。

他去找休格·欧文，想好好地重新审视范妮的过去。可到达休格下榻的旅馆时，他只见到了一张毫无表情的脸，休格·欧文只对他吐出了几个词。正如他们家里家外的普遍看法，他确信这个妹夫就是杀死范妮的刽子手。他确信，那一直伴随她到吐出最后一口气的深深绝望，就是因为缺乏丈夫的爱。可怜的若泽·奥古斯托，他才是盲目力量的牺牲品，他挣扎着，时而发起攻击，哭泣着，在山间策马疾驰，心知肚明，自己既未被爱，亦未被背叛，对于一个连不幸都想象不出来的男人来说，那情形是致命的！这能腐蚀最坚定的灵魂。"对有些男人来说，爱是生命的源泉，我就是其中之一。"他说道。他也确实是这样。可他碰巧遇到了一个女人，她被坚不可摧的激情完全吞噬，而同时又纯真无邪。纯真是一个深渊，没有锚有可能触及它的底部；是无法用铭文诠释的下意识。是范妮。

若泽·奥古斯托在埃斯特瓦奥佳利亚尔多街上的那家酒店住了一个星期，试图接近休格·欧文，后者表示了对他的蔑视，最后，对他说道：

"别把对范妮的记忆耗在我身上。您对人性的理解跟我的不一样。您是社会混乱状态的典范。有才华但欠缺理智；野蛮却又有文化；拥有伟大原则却没有实践它们的精神。感性伴随着假装感性的自私；浮夸的说辞加上经历的苦痛。我们对这整件事都三缄其口吧，这样，它可能还有点作用。范妮的谜，您这么说！如果真有什么谜，就随它自己去开花结果吧。也许，多年后它会瓜熟蒂落。轮不到我们来把它挖掘出来。"

休格·欧文再未见过若泽·奥古斯托。一天晚上，若泽·奥古斯托服了些鸦片让自己冷静，可突然发生意外，他把鸦片吐了出来。他实际上并不想自杀，服用的剂量并不比其他类似情况下更大。但是在他机体的炼金术过程中产生了某种化合物，最后造成了此番后果。"有些结构是如此充满瑕疵，若不是我每天都看到这一伟大真理的确凿证据，它们的存在都令人难以置信！……如果我问自己，我是什么，便会陷入可怕的尴尬之中！……我令人费解，这便是我所能达到的最最极限！"他曾这么说过。

对于旅店女老板来说，那次死亡造成了实际的困难。她不想惊动客人，而休格·欧文则断然拒绝承担与若泽·奥古斯托有关的事情，不管是什么。女老板有一个侄子，他年轻、果断，打理了这场古怪的葬礼。他们把尸体装进一口被伪装成行李箱的棺材里，然后趁着夜色偷偷运到了欢乐园墓地，九月底某天下午的五点，他被埋葬在一个无名冢内。那些日记是这个不幸者的遗产，由旅店女老板保管了长达六年之久，之后又由她侄子保管。卡米洛把它们赎了出来，带到圣米格尔德塞德镇。流言蜚语疯传，说若泽·奥古斯托是服砒霜自杀的，他的弥留持续了很长时间，在一位忏悔神父的陪伴下，被残忍的痛苦折磨了好几个小时。死亡证明上写的是胃肠炎。1909 年，棺椁被迁到另一个墓穴之中，5175 号，位于那个墓园的第 47 列。卡米洛在他的文章里提到，若泽·奥古斯托被葬在圣若昂高地的一处毫无装饰的坟墓里。这并非令人激动之谜。卡米洛说："我不愿让自己的精神对激情的奢侈习以为常，我无法承受。"我也不能。此事便就此了结。

*

若泽·奥古斯托去世的消息传开时，不乏最大胆的猜测。若

三 罗德伊洛

泽·德·梅洛写信给莱伊蒙多,请他对这如此突然的结局予以澄清。他曾见过朋友痛苦不堪,但没有任何迹象表明他会做出悲剧性的决定。他也没有发现若泽·奥古斯托有什么疾病,后者也没有说过任何关于身体疼痛的情况。因此,他要求"了解这一事件的确凿细节:我决不会考虑去相信,这件事情中没有任何意外发生。"休格·欧文就在附近,而且就同住一家旅店,这让若泽·德·梅洛很是不安,卡米洛在得知若泽·奥古斯托的结局时说:

"如果有一天我来写这件事,我会说他死于脑膜炎。这样更优雅,读者也会喜欢。"

"你会怎么死呢,卡米洛?"二十岁的若泽·维埃拉·德·卡斯特罗问道,他为人冒失,身材矮小,非常崇拜卡米洛。维埃拉是他松林庄园的邻居,与他的亲密关系已经取代了和若泽·奥古斯托的关系。在圣山仁慈基督堂逗留过后,两人关系最为紧张的时候,卡米洛甚至在自己的小说连载中提到过维埃拉的名字,显然是为了激怒若泽·奥古斯托,他认为维埃拉思想幼稚,爱情对其而言只是一种迷信。卡米洛的眼神落在盖查德咖啡馆的大厅里,说道:

"这些人之中,有六个人寻了短见:因为债务,因为对爱情的失望,因为一无所成。除此之外,还有那些死于肺结核的,死于肺炎的,因为他们忘了带上雨鞋和雨伞。生命是一桶垃圾,被随意抛撒在地上,这样,在地表上看起来便是无害的。每块碎片都有一个故事,这个故事里则包含着无限。我们都是粗鲁之辈,注定要被自己扬起的尘土所蒙骗。"

"真是了不起的人!"维埃拉说,"若是生于某座有名的城市之中,您就不会这么才华横溢了。"

"你也是。你就发明不了带珍珠门襟和扣子的丝绸短裤了。但是,我们会更加幸福。"

范妮与若泽·奥古斯托去世后，作家卡米洛的创作巅峰开始了。我们所爱之人的离去会激起创作的渴望。他没有将两人遗忘，而是在他们之上培育了他作品的菜圃和玫瑰园。他永远无法确切地知晓，他们的内心发生过什么，导致生活如此起伏跌宕。他承认，曾亲自去问西班牙人富恩特斯讨要范妮·欧文的信件，富恩特斯已婚，其身份是西班牙驻波尔图领事。他对卡米洛说："你等等，我去问我妻子要。"卡米洛对此的解释是，此举证明了那些信件内容的清白。哪位妻子会保留丈夫红颜知己的信呢？哪个男人又会同意呢？难道范妮是一个没有读者的小说家，正如我们对维尔吉尼娅的《吉乐尔姆·杜·阿玛拉尔回忆录》所理解的那样？"文人维尔吉尼娅将其风格归功于所有不同的精神世界。"此番算计对范妮来说是过于吝啬了。愚昧的心谨小慎微，这适合把她限制在循规蹈矩的范围内，远离荆棘及更多障碍。相似的人最终会类聚，但她却和别人都不一样。若泽·奥古斯托的痛苦源于不能爱她，而只是把她当作一种象征，对于这种象征，他的敏感度有限。而范妮的痛苦，是因为想迫使他拥有高尚的灵魂。她在这一点上寄托了所有的希望，因为女人会把自己所有的幸福都押在所爱男人被赋予的命运之上。说到这些女人，就像普罗提诺[1]说到光，说到灵魂照亮行为，都是令人钦佩的阐述。当躯体不复存在，这是因为其灵魂和附近的灵魂最终有所欠缺。既然这样，还如何能继续活下去呢？可是，到底会发生什么呢？难道她们的生命消失了吗？我们就简单地说吧：今生是一道反射光。而它，已不在此处。

波尔图——戈尔戈塔，1979 年 2 月 15 日

---

[1] 新柏拉图主义奠基人。